KB236739

석정 시의 시간과 공간

강희안

국학자료원

국립중앙도서관 출판시도서목록(CIP)

석정 시의 시간과 공간 / 강희안 지음. -- 서울 : 국학자료원, 2004
    p. ;   cm

ISBN 89-541-0179-8 93810

811.609-KDC4
895.7109-DDC21   CIP2004000342

책머리에

　　이태 전에 끝낸 학위 논문과 그 기간 전후로 쓰여진 소논문들을 모아 이 책을 엮는다. 단행본으로 출간하기 위해 그간의 작업들을 스스로 엄정한 시각에서 들추어 보니 난감할 정도로 서투른 구석 투성이였다. 논리의 비약은 차치하고서라도 비문에다가 왜 이리 동어반복은 많은지 부끄러움을 넘어서 자괴감이 들기까지 했다. 그리하여 여름 방학 기간 중에 발간하려던 계획을 전면 수정하여 첨삭하며 다듬는 데에도 꽤 오랜 시일이 소요된 듯싶다. 그간의 글에서 드러난 현대시에 대한 나의 관심은 주로 공시적 접근보다는 시인의 전 작품에 나타나는 내적 질서와 시의식의 변형 과정에 집중되어 있음을 확인할 수 있었다. 한 시인의 시를 공시적 차원에서 거론할 때, 특별한 경우를 제외하면 대개 연구자가 들이댄 잣대 안으로 시세계가 재단될 소지가 있다는 평소 나름의 소신에서였을 것이다. 시창작은 시대사적 명제와 결부된 이상적 자아와 인간의 존립 기반을 기만하는 현실적 자아와의 괴리감 속에서 강한 추동력을 얻는다고 나는 누구보다도 굳게 믿고 있다.

　　이 책의 1부에는 필자가 학위 논문으로 쓴 「석정 시의 시간과 공간」을 실었다. 석정은 낭만주의적 발상법과 정서를 반영하면서도, 첨예한 역사의식과 함께 양식화의 거리를 확보한 시인이다. 그의 시의 총체적 의미와 구조적 비밀을 밝히기 위해서는 무엇보다도 시간적 질서와 공간적 구조에 논의의 초점을 모을 수밖에 없다. 따라서 이 글은 그의 시를 실존적인 자아 성찰로부터 역사·사회 현실에 대한 현실적 대응이라는 관점에서 시기별로 어떤 굴곡과 궤적을 그려왔는지 시간과 공간 의식의 논리에 따라 해명하고자 했던 작은 노력의 산물이다. 사실 이것은 시에 내재된 정신사에 관심을 둔 것이기 때문에 매우 복합적이고도 미묘한 성격을 띤다. 그렇지만 한편으로는 단편적이고 평면적인 시 해석의 태도를 극복하고 시작품을 시인의 의식 세계를 반영한 총체물로 간주함으로써, 석정이 역사와 사회 현실을 바라보는 태도가 어떻게 변화하고, 또 그 변화 속에서도 지속적으로 그가 추구한 진정한 자아상은 무엇인가 하는 점을 이해할 수 있을 것으로 생각한다.

2부에는 「현대시의 인식과 논리」라는 부제를 빌어 그간 지면에 발표했던 작품론과 작가론을 실었다. 작품론의 경우 우리 학계는 선학들의 업적을 인정하는 차원에서 기존의 논의를 수렴하면서 약간의 첨삭을 가하는 것이 이미 관행처럼 굳어져 왔음은 주지의 사실이다. 이 같은 자세는 학문과는 대척된다는 인식하에 다소간의 어눌한 식견으로 논리의 비약을 무릅쓰고라도 새로운 각도에서 해석하려 애썼다는 점을 고백한다. 그리고 작가론의 경우에는 작품 성과와는 무관하게, 혹은 불가피하게 문단이나 학계에서 소외될 수밖에 없었던 박용래, 오장환, 박봉우의 작품을 분석한 글이다. 시란 자아와 세계와의 긴밀한 역학관계에서 촉발된다는 리얼리즘적 관점에서 본다면, 그 바탕을 이루는 자아 의식의 인자는 시정신을 결정짓는 척도가 된다고 할 수 있다. 따라서 자아가 세계와 맞물리면서 어떤 성향으로 굴절되고, 그것을 어떤 방식으로 극복해 나갔는가를 탐색하는 일은 시인의 정신 세계를 들여다보는 한 방법임을 입증하는 데 충실했음을 밝힌다.

누구나 그러하겠지만, 첫 연구서를 내는 일이 성취감보다는 두려움이 앞선다는 것이 상투적인 진술만이 아님을 오늘에야 비로소 깨닫는다.

그러나 이 박토의 결실도 얼마나 많은 분들의 격려와 노고에 힘입어야 했는지 모른다. 우선 모교의 김영석 교수님을 비롯한 조재윤, 전용오, 유광수, 정문권 교수님께 받은 은혜를 잊을 수가 없다. 학위 전 과정을 무사히 마칠 수 있도록 각별히 배려해 주신 신익호, 김종구 교수님, 논문을 지도해 주신 손종호, 전정구 교수님께도 지면을 빌어 감사의 말씀 올린다. 또한 출판계의 어려운 사정에도 불구하고 선뜻 출간을 허락해준 국학자료원의 정찬용 사장님과 편집부 식구들, 그리고 여러모로 불편한 작업을 도맡아 해준 이강록 후배에게도 고마움을 전한다. 마지막으로 창작과 학문에만 관심을 둔 이 미력한 자식을 묵묵히 지켜주신 부모님, 워드 작업은 물론 마음의 배려까지 아끼지 않았던 나의 아내 수영, 공부할 때 잘 놀아준 나의 수린이와 현규의 몫도 컸음을 안다. 더 큰 사랑과 연구 성과로써 보답하리라.

2004년 2월
구봉산 자락에서
강 희 안

제 1 부

석정 시의 시간과 공간

목차

제 1 장

논의의 실마리

1 어떻게 쓸 것인가

夕汀 辛錫正(1907~1974)은 처녀작 「기우는 해」(조선일보, 1924. 4)를 발표한 후 50년에 이르는 기간에 걸쳐 시작활동을 하면서 "시학적 미의 결정"[1]이라고 평가될 만큼 독창적인 시세계를 이룩하였다. 『촛불』, 『슬픈 牧歌』, 『氷河』, 『山의 序曲』, 『대바람소리』 등 5권의 시집은 그간 절차탁마의 아름답고 쉬운 언어, 전원을 향한 근원적 그리움과 일체화의 지향 의식, 그리고 자연과 인생을 관조하는 후기시의 달관 의식 등 다양한 특성으로 주목을 받아왔다.

석정은 시문학파의 일원으로서 '목가시인', '전원시인'으로 불리워지기도 했으나, 그의 시세계가 독창적이며 개성적이라는 사실은 그의 목가가 한국적인 것이 아니라 서구 낭만시의 한국적 이식이라 할 수 있는 '서구적 목가'[2]라는 평가로부터 '도교적 자연주의', 도연명 혹은 노장사상의 영향을 받은 것이라는 평가에 이르는 대립적인 관점에서도 쉽게 확인할 수 있다. 이러한 대립된 관점은 석정 시가 낭만주의적 발상법과 정서를 반영하면서도, 자신만의 독창적인 형식성과 함께 양식화의 거리

---

1) 이재철, 「자연해조의 목가」, 『한국 현대시 작품론』(도서출판 문장, 1981), 184쪽.
2) 정태용, 「신석정론」, 『현대문학』(1967. 3), 263쪽.

를 확보하고 있음에 기인할 것이다.

그럼에도 불구하고 이러한 석정 시문학에 대한 기왕의 연구 성과는 충분치 못한 실정이고 석정 시의 전체적인 면모와 시세계의 본질적인 특성을 도출하는 데에는 일정한 문제점을 드러내고 있다. 이러한 연구의 한계는 첫째, 석정의 시세계에 대한 본질적인 접근보다는 <시문학파>의 일원이었다는 유파주의적 관점, 혹은 '목가시인', '자연시인', '전원시인' 등 기존의 의미 부여에 매여 석정 문학의 전체성을 구명하는 데에는 미흡한 측면이 있으며, 둘째, 석정 문학 자체의 전개 과정상 석정 시문학에 대한 관심이 주로 초기 시세계에 집중되어 있어 중·후기의 시에 대한 관심은 상대적으로 낮을 수밖에 없었다는 사실이다. 따라서 그의 중·후기시의 유기적인 전개 과정과 시적 특성의 전체적, 통일적 측면에 대한 조명이 소홀했다는 점이다. 끝으로 문단의 서울 집중화 현상을 감안할 때, 전주에 기거한 석정에 대한 문단의 관심과 연구자들의 관심이 낮을 수밖에 없었다는 점이다.

그러나 근자에 이르러 석정 시에 대한 보다 포괄적이고 심층적인 연구3)가 시도되고 있음은 의의 있는 일이다. 특히 이러한 연구 경향은 한 시인이 전 생애를 통해 이룩해 놓은 업적을 외면한 채, 논자의 편의에 따라 관심 있는 몇몇 특정 작품 중심으로 시적 특성을 고구하는 기존의

---

3) 1980년대 후반기에 들어서야 비로소 석정의 시세계를 다양한 방법론으로 접근하는 연구들이 시도되었다. 허형석의 논문「신석정 연구」(경희대 대학원 박사논문, 1988)가 역사주의와 구조주의 방법을 통합적으로 수용하여 석정의 시정신과 사상의 선후 영향관계를 밝히고 나서, 시세계의 변모 과정을 심도 있게 밝히고 있다면, 황송문의「신석정 시의 색채 이미지 연구」(전주대 대학원 박사논문, 2001)에서는 석정의 현실 인식이나 자연관, 그리고 역사 인식의 변화 과정을 색채심리학적 방법을 통해 석정 시세계의 특질을 밝히고 있다. 그러나 오택근의「신석정 시 연구」(한양대 대학원 박사논문, 1989)의 경우 구조주의와 원형비평 방법을 동원하여 그의 시가 대화적 원리를 중심으로 조직되어 있음에 주목하고 있지만, 여기에서는 주로『촛불』등의 초기 시만을 한정하여 논의하고 있어 변화 과정의 일관된 해명이 이루어지지 않고 있다는 점이 아쉽다.

연구 방법을 극복하고자 하는 노력이라는 점에서 긍정적이다. 그러나 석정 시의 전개 과정에서 두 번째 시집 『슬픈 牧歌』의 후기에서 석정 자신이 밝힌 바 있듯이 "숨막히는 현실과 호흡"[4]하게 되면서 역사·사회 현실에 눈을 돌리는 석정 시의 변화 과정에 주목한다거나, 그의 시가 실존적인 자아 성찰로부터 역사와 사회에 대한 현실적 대응이라는 관점에서 접근하고자 하는 노력은 찾아보기 힘들다.

따라서 본 연구는 이러한 한계를 극복하기 위해 석정 시의 시간 구조를 통해 드러난 시적 자아 의식이 어떠한 양상을 띠고 있으며, 또 어떻게 변모해 갔는가에 관심을 모으고자 한다. 그리고 석정 시의 특징적 요소인 상징어 중심으로 공간 의식의 변모 양상을 분석함으로써 개별적인 이해는 물론, 그 시대 전반에 걸친 이해도 아울러 해명하고자 한다. 따라서 석정의 작품 속에 나타난 시간은 어떤 구조로 드러나며, 상징 이미지가 드러내는 공간의 의미는 무엇인가가 검토될 것이다. 이렇게 될 때 석정의 현실 인식 태도와 자아 의식이 시의 산출연대를 통하여 그 시기별로 어떤 굴절을 겪어왔는지도 한층 분명하게 보여지리라 생각된다.

2 선행 연구사

석정의 처녀작은 1924년 4월 『조선일보』에 발표한 「기우는 해」로 알려져 있다. 당시로서는 문단에서 그다지 주목받지 못했던 석정은 1931년 『시문학』지에 발표한 「선물」을 통해 본격적인 비평의 대상이 된다.

김기림은 「1933년의 시단의 회고와 전망」이라는 글 속에서 처음으로

---

4) 신석정, 「나의 몇몇 詩友에게」, 『슬픈 牧歌』(浪州文化社, 1947), 91쪽.

석정을 '목가시인'이라 부르면서 목가 그 자체가 견지에 따라 현대 문명에 대한 간접적인 비판이 된다고 평가한다. 즉 김기림은 석정을 정지용과 같은 반열로 비교하면서 "現代文明의 雜踏을 멀리 避難한 곳에 한개의 「에덴」을 陰謀하는 牧歌詩人 辛夕汀을 니즐 수는 업다. 그가 꿈꾸는 詩의 世界는 全然 個性的인 것이다. 그는 牧神이 조으는 듯한 世界를 조금도 誇張하지 아니한 素朴한 「리듬」을 가지고 노래한다"[5]고 지적하였던 것이다. 김기림의 이러한 평가는 이후 해방 이전까지 대부분의 평자들에 의해 두루 일반화된다.

석정의 본격적인 활동을 <시문학파>와의 관계부터라고 이해할 때, 그의 시에 대한 평가는 개성적인 언어 사용과 신선한 이미지의 제시로써 구현된다는 긍정적 견해로 요약된다. 그러나, 30년대 사회주의 계열의 문학측으로부터는 이러한 시작 태도가 비판을 받아왔는데, 임화는 정지용, 김기림, 김영랑과 함께 석정을 기교파로 몰면서 "技巧派는 詩의 內容과 思想을 放棄한다"[6]고 공박했는가하면 이상, 지용, 기림 등과 함께 석정을 가톨릭문학파로 지목하여 비판하기도 했다.

석정의 시가 본격적으로 거론되기 시작한 것은, 1939년 첫 시집 『촛불』이 출간된 이후부터이다. 그러나 이 무렵의 문단은 아직도 카프 계열의 영향권내에 있을 무렵이었다. 가령 박용철이 영랑의 시만 가지고도 예술성 확보를 내세우며 긍정적 평가를 내리는가 하면, "센치멘탈한 얇은 소녀취미"[7]라고 카프 계열의 부정적인 견해가 팽팽히 맞설 만큼 그 당시의 조선문단은 대립적인 풍토였다. 이러한 양극화된 평가는 말할 나위도

---

5) 김기림, 『조선일보』1933년 12월 7일~12월 13일 연재. 『시론』(백양당, 1947).
6) 임 화, 「담천하의 시단 1년」, 『신동아』(1935. 12), 171쪽.
7) 이원조, 「영랑시평」, 『조선일보』(1936. 5. 14).

없이 문학의 본질과 기능에 해당하는 교훈론과 쾌락론, 또는 내용과 형식이라는 종래의 이분법적 사고에 근거한 견해에 입각해 있기 때문이었다.

이러한 단편적 논의에서 한 걸음 더 나아간 것은 1940년 3월, 신석정의 첫 시집 『촛불』을 읽고 쓴 정래동의 글이다.[8] 비교적 객관성을 유지한 최초의 본격적인 석정 시평이라는 점에서 주목되는 이 글에서 그는 석정 시의 특색을 다음 몇 가지로 나누어 지적하고 있다.

첫째, 우리 시단에서 아름다운 시를 쓰는 시인으로 먼저 석정을 들게 되는 바 그는 어려운 용어를 써서 시를 미화하지 않고 일상어, 또는 우리말로만 시화하는 기교를 가지고 있다. 둘째, 시인과 자연이 온전히 융화되어 인간과 자연의 구분이 모호하리만큼 자연을 미화하고 동경의 대상으로 하고 있어 회화미술에 가깝다. 셋째, 석정 시가 도시에 눈감음으로해서 감각은 현대적이지만 더불어 원시적인 점이 많음을 지적하고 있다. 이어서 그는 시의 대상미의 주소지가 전원농촌에만 있고 인위적인 도시에는 없다고 보는지를 물으면서, 앞으로도 이런 태도를 견지할 것인지 아니면 인간생활의 각 부분으로 돌릴 것인지 주목된다고 하였다. 덧붙여 그는 석정의 시가 아름답고 자연스럽지만 정열이 강하지 못하다는 점과, 더 넓고 심각하게 시의 대상을 확장하지 못한 점을 지적하면서 석정 시가 변모해야 하는 당위성을 조심스럽게 유도하고 있기도 하다.

1941년 『문장』과 『인문평론』이 폐간되고 일어로 표기된 『國民文學』이 나오자 석정은 「黑石고개로 보내는 시」(1943)를 끝으로 일단 8·15 해방까지 창작을 멈춘다. 이로부터 10여 년 동안 제2시집 『슬픈 牧歌』(1947)가 간행되었음에도 불구하고 석정에 관한 문학적 논평은 거의 찾아볼 수가 없다. 다만 1950년대에 장만영이 첫 시집 『촛불』과 제 2시집

---

8) 정래동, 「신석정 시집 '촛불' 독후감」, 『동아일보』(1940. 3. 7).

인『슬픈 牧歌』를 대상으로 논평을 했을 따름이다. 그렇다고 이러한 논평이 해방 이전에 있었던 논의의 방향과 커다란 차이를 보이는 것은 아니다. 그는 "『촛불』은 차라리 목가요,『슬픈 牧歌』는 잃어진 자연을 그리워하는 애달픈 엘레지"9)로 평가했을 뿐이다. 그러다가 1960년대에 접어들면서 석정 시에 대한 연구는 활발하게 진행된다.

정태용은 석정의『촛불』,『슬픈 牧歌』,『氷河』등 3권의 시집에 담긴 시세계의 변모 과정을 추적하였다.『촛불』은 한국적인 목가라기보다 서구적이라면서 "중세기적인 무한과 깊고 가녀린 신비를 그리워했던 서구 낭만시의 한국적인 이식"10)이라 했다. 이어서『슬픈 牧歌』는 일제말기의 우리 문학인, 그리고 우리 겨레 모두의 생활이 얼마나 비참하였으며 그것을 견디고 일어나려는 인고와 재생의 열의가 얼마나 강인했는가를 보여주는 시집이라 언급하면서, 이러한 인고의 극복 때문에『氷河』의 출현이 가능했다고 말하고 있다. 세 권 시집의 사상과 작법의 다름에 주목하고 있는 이러한 견해는 종래 자연친화 일변도로의 단면적인 석정 평가의 첫 극복이라는 점에서 60년대까지의 대표적인 견해라 할 만하다.

박두진은『山의 序曲』을 초기시에 비교하면서 "거칠고 어둡고 통곡스런 조국과 시대와 역사의 현실을 응시 고발"11)한다고 말하고 있다. 그리고 이건청도『촛불』의 시세계가 식민지 치하의 암울한 상황에서 찾아낸 이상향을 노래하고 있다면,『슬픈 牧歌』는 "훨씬 가열화된 시대상황 속에서의 이상향을 노래한다"12)고 역사주의적 입장에서 조명하였다. 그러나 이러한 평가는 주로 석정의 초기 시집에 국한하거나 초기 시집이나

---

9) 장만영,「석정의 시」,『시문학』(1950. 6).
10) 정태용,「신석정론」,『현대문학』(1967. 3), 263쪽.
11) 박두진,「신석정의 시」,『현대문학』(1968. 1), 239쪽.
12) 이건청,『한국전원시연구』(문학세계사, 1986), 70쪽.

후기 시집에 국한하여 내려진 것이기에 변모 과정을 다 수용하지 못하는 일정한 한계를 안고 있기도 하다.

이에 반해, 석정과 누구보다 인연이 깊었던 미당 서정주는 「辛夕汀과 그의 詩」에서 석정을 가리켜 자연시인이니 전원시인이라고들 불러온 것은 그의 시가 자연을 중심으로 해서 이루어져왔기 때문이라고 파악한다. 그리고 '도교적 자연주의'13)의 영향을 석정 시의 특색으로 서술하고 있는데, 이는 석정 시의 본류를 자연 친화 쪽으로 보려는 대표적 견해라 할 수 있다. 윤경수도 이와 유사한 시각으로 살핀 바 있다. 그는 석정의 전원 생활이 도연명과 노장의 영향 속에서 이루어진 것으로 보면서, 특히 도연명과의 관계를 대비적으로 고찰하고 있다.14) 이러한 대비적 고찰은 김상태도 시도한 바가 있는데, 그는 쏘로우(Thoreau)와 석정, 두 시인이 모두 삼림시인·자연시인이라는 결론을 추출하고 있다.15)

여기에서 나아가 신현락은 석정 시의 사상적 배경은 노장사상으로서 무위자연의 세계가 두드러진다고 분석한다. 그는 어둠과 빛은 상호 융합하는 관계구조를 통해 초세간적 통일의 세계에 대한 깨달음을 성취하고 있다고 갈파한다. 즉 '산'과 '대나무'를 이상과 현실, 천상과 지상, 영원과 순간의 대립을 지양하는 시·공간적 상징으로 파악하면서 그는 석정의 시가 노장적 자연관의 전통을 현대적으로 계승하면서 자연시의 형이상학적 전통을 잇고 있다고 평가한다.16) 이와 유사한 관점에서 오택근도 노장사상과 도연명의 귀거래의식으로부터 영향관계를 초기시 위주로 고찰하면서 이상향이라는 초월적 세계를 획득하고 있다고 전제한 뒤,

---

13) 서정주, 「신석정과 그의 시」, 『한국의 현대시』(일지사, 1965), 183~184쪽.
14) 윤경수, 「신석정의 전원생활」, 『월간문학』(1978. 1).
15) 김상태, 「Thoreau와 석정의 대비적 고찰」, 『전북대교양과정부 논문집』(1974. 1).
16) 신현락, 「한국 현대시의 자연관 연구」(교원대 대학원 박사논문, 1998).

이와 같은 인식 태도는 현실과 이상향이라는 이항대립적 인식을 바탕으로 화자와 청자의 담화구조를 설정함으로써 합일 지향의 궁극적 태도를 원형적으로 제시하고 있다고 평가한다.[17]

최승범은 석정의 생애를 배경으로 각 시집마다 선후 관계를 기반으로 하여 변모해온 과정을 비교적 밀도 있게 추적하면서, 마지막 시집 "『대바람소리』에 이르러선 초기시의 기조로 되돌아간 듯하면서도, 한결 더 차분하고 고요한 관조와 대바람 소리와 같은 격조로 구성되어 있다"[18]는 결론을 도출하고 있다. 김해성은 「전원목가적 사상과 경어체 연구」[19]에서 석정의 초기시가 전문체, 대화체로 된 경어체의 작품이 많았던 데에 유의하면서 순수시를 통한 석정의 30년대의 시사적 위치를 조감하는 입장을 취하고 있다.

이 밖에 조병춘은 그의 「한국현대시사」에서 석정은 "평생을 전원에 살면서 어머니와 같은 따스한 정감을 자연에서 찾아 혼자 유유자적하며 살다 간 청초한 목가적 시인"[20]이라고 정의한다. 따라서 앞에서 살펴본 김기림과 서정주의 '목가시인'과 '전원시인'에 관한 언급 부분을 인용하고 있다. 신용협은 석정의 시세계를 3기로 나누어 고찰한 바 있는데, 석정의 초기시가 자연을 주로 노래한 데 비하여 후기시는 인간(생활)을 노래하고, 자연과 인생을 관조하는 노래를 불렀다는 논지를 펴고 있다.[21] 이와 마찬가지로 국효문도 30년대 대표적인 전원파 시인 또는 목가시인으로 석정을 평가한다. 그는 석정의 시를 초기·중기·후기로 나

---

17) 오택근, 「신석정 시 연구」(한양대 대학원 박사논문, 1989).

18) 최승범, 「신석정의 생애와 시」, 『슬픈 牧歌(詩選解說)』(삼중당, 1975), 245쪽.

19) 김해성, 「전원목가적 사상과 경어체 연구」, 『현대한국시인연구』(대학문화사, 1985).

20) 조병춘, 「신석정의 시」, 『한국현대시사』(집문당, 1980).

21) 신용협, 「신석정 연구」, 『인문과학연구소논문집』(충남대, 1982. 12).

누어 분석하면서, 초기는 현실을 초극하여 이상향에의 동경을 담은 시기, 중기는 현실에 대한 자각과 초극에 대한 확고한 의지를 표출한 시기, 후기는 친근한 자연에 복귀하려는 자연관조의 세계를 보여주는 시기로 구분한다.[22]

이와 같이 석정 시에 나타난 자연의 문제를 중점적으로 해명하려 한 일련의 연구들은 「그 먼나라를 알으십니까」를 중심으로 살핀 바 있는 노재찬[23], 석정의 초기시에 나타난 자연관을 노장사상을 중심으로 고찰한 이정화[24], 자연시 속의 식물에 관한 연구는 이기반[25], 박철석[26], 박호영[27] 등에 의해 지속적으로 고구되어 왔다.

김윤식 논문의 경우 대부분의 연구가 자연의 문제, 또는 생애를 통한 통시적인 고찰에 집중된 데 반해 시인의 정신사를 중심으로 폭넓은 시각을 보이고 있다. 이 글은 지객·가람·석정의 난초와 수선화를 통해 제각기 시정신의 입지점을 제시하고, 이후 '대나무'는 오직 석정 시에만 존재하는 것으로 중시하면서 해방 전후를 연결하는 균형감각의 상징물로 보고 있다. 그리하여 그는 『촛불』의 세계가 대내적인 유아 의식에서 맴돈 것이라면, 『슬픈 牧歌』의 세계는 대외적인 자기 인식의 단계로 보고 있다. 이어서 고향에 뿌리를 박았다는 것은 석정이 관념으로 시를 쓰지 않았으며 한국 근대의 시문학사가 은밀히 요구해온, 즉 시보다 시인을 더 중요시하는 선시적(先詩的)인 것의 표상에 석정 시의 흐름이 부합되는 것으로 결론을 내리고 있다.[28]

---

22) 국효문, 「신석정 시 연구」(성신여대 대학원 박사논문, 1994. 3).

23) 노재찬, 「신석정과 자연」, 『부산사대 논문집』(1979. 6).

24) 이정화, 「석정의 초기시에 나타난 자연관고찰」, 『경기어문학』(1980. 1).

25) 이기반, 「신석정의 자연시에 나타난 서정성」, 『김준영 화갑 기념 논총』(1980. 4).

26) 박철석, 「신석정론」, 『한국현대시인론』(학문사, 1981).

27) 박호영, 「신석정의 문학사상」, 『한국 시문학의 비평적 탐구』(삼지원, 1985).

오택근은 석정의 전반기작품에 투영된 '밤'의 의미를 추출하여 초기 시를 목가적 이상적 추구로만 보지 않고 역사주의적 입장에서 일제 식민 치하라는 시대 상황에 초점을 맞추어 저항시로 보고 있다.29) 이한용 역시 석정의 문학을 광복 이전 암흑기의 문학과 광복 이후 참여의 문학으로 나누고, 과거의 단순한 자연시인이란 표현을 부정하는 입장에 동조하고 있다.30) 민병기는 석정의 문학사적 평가의 미흡함을 들고 그의 시세계를 4기로 나누어 시적 특징을 추출하고 있다. 여타의 논자들에 비해 그는 후기시의 사회적 관심도를 무엇보다 강조하고 있는데, 석정을 한국 근대시 흐름에서 리얼리즘 시운동의 선두주자로 그 시사적 의미를 부여하고 있다.31)

이와 같은 편향적 평가와는 달리 근자에 들어서는 총괄적인 접근이 이루어지고 있어 주목된다. 신익호는 석정의 시를 3기로 분류하면서 시대적 현실, 사회적 현실, 생활적 현실의 세 가지 국면으로 나누어 분석한다. 그에 의하면 석정은 사회·정치적인 현실에 리얼리티를 토대로 하여 인간이 느끼는 현실의 고통과 인간 가치의 회복에 노력한 시인이라는 점을 내세운다. 석정이 인식한 자연은 도피하거나 즐기는 것이 아니라 이상을 갈구하고 현실을 타개하려는 측면이 있음을 구체화한 이 논문32)은 기존의 논리보다 한 걸음 더 나아간 근래의 연구 성과로 여겨진다. 또한 허형석은 석정 시가 자연을 통해 미적 이상향을 추구한 낙원 지향의 자아와 시대 양심의 구현체로서의 자아와의 갈등을 통합적 문법으로

---

28) 김윤식, 「신석정론」, 『시문학』(1978. 7).
29) 오택근, 「신석정의 전반기 작품에서 밤의 의미」, 『시문학』(1981. 3~4).
30) 이한용, 「신석정 연구」, 『국어국문학』제92호(1984. 12).
31) 민병기, 「신석정의 시사적 의미」, 『국어국문학』제95호(1982. 12).
32) 신익호, 「신석정론」, 『한국 현대시 연구』(한국문화사, 1998).

구현하고 있음을 고찰한다. 이러한 석정 시의 비극적 편력은 한국 서정 시의 이원적 경험을 통합하여 흡수한 공분모 창조라는 대 과제에 이바지한 결과가 되었다는 평가와 함께 석정 시의 시사적 위치를 새롭게 조망하고 있어 관심을 환기한다.33)

한편 색채 이미지와 관련하여 방법론적 접근을 시도한 논문들도 몇 편 있어 주목을 요한다. 채수영은 한용운, 이육사, 신석정의 시에 나타난 색채 이미지를 연구했는데, 여기에서는 석정의 시를 색채 이미지보다는 '어둠'과 '밝음'의 두 가지 측면만을 단순하게 도식화한 한계를 보인다.34) 여기에서 나아가 황송문의 논문은 색채심리학적, 원형비평적 방법을 동원하여 석정이 추구한 낙원사상과 사회적 현실 의식의 성격과 그 변천상을 세 시기로 나누어 살핀 석정 시의 총괄적인 연구에 해당한다. 그는 석정의 초기시를 자아와 자연의 친화로서의 전원시 목가시의 경향으로, 중기시는 자아와 사회의 단절된 사회 현실을 응시 비판한 참여시로, 후기시는 자아와 세계와의 조화 시도에서 서정과 참여의 조화적 경지를 보여주는 선풍적(仙風的)인 시의 경향을 보인다고 주제상의 특질을 밝혀내고 있다.35) 이 연구는 내재적 접근을 통해 현실을 해석하는 방식을 취하고 있는 가장 최근의 두드러진 연구 성과라 할 만하다.

석정의 문학정신을 계승하고 그의 시세계를 지속적으로 연구하기 위해 이루어진 <석정문학회>에서는 『辛夕汀대표시평설』(1986)을 간행하였으며, 이 밖에도 전주 지역에서 발간되는 잡지 『표현』36)과 『盧嶺』37)

---

33) 허형석, 「신석정 연구」(경희대 대학원 박사논문, 1988).
34) 채수영, 『한국 현대시의 색채의식 연구』(집문당, 1987).
35) 황송문, 「신석정 시의 색채 이미지 연구」(전주대 대학원 박사논문, 2001).
36) 『표현』, 표현문학회(1985. 3).
37) 『盧嶺』, 전주문화원(1985. 11).

에서 석정의 인간과 문학 세계에 대한 특집으로, 석정 문학의 새로운
자료 발굴에 이바지한 바가 있다. 나아가 근자에 이르러서는 회원 중심
으로만 편집되어 왔던『석정문학』이 15집을 계기로 필진을 늘리고 면수
도 늘려 전국지로 발돋움하여 괄목할 만한 연구 성과를 내놓고 있다.

3 방법론의 모색

본 연구는 석정의 시작품을 대상으로 하여 시간 의식을 통해 드러난
역사·사회 현실에 대응하는 자아 의식과, 상징 이미지를 중심으로 한
공간 의식의 변모 과정을 구명하는 것을 목표로 한다. 사실 이것은 시에
내재된 정신사에 관심을 둔 것이기 때문에 매우 미묘하고도 복합적인
성격을 띤다. 그렇지만 한편으로는 개별 시작품의 단편적이고 평면적인
시 해석의 태도를 극복하고 시인의 의식 세계를 반영한 총체물로 간주함
으로써 시인의 역사·사회를 바라보는 태도가 어떻게 변화하고, 또 그
변화 속에서도 지속적으로 석정이 추구한 진정한 자아상은 무엇인가 하
는 점을 이해할 수 있을 것으로 판단된다.

이와 같은 관점에서 본다면, 본고는 주요 논점을 해명하기 위해 크게
세 가지의 접근 방법, 즉 현상학과 분석심리학, 그리고 신화·원형비평
적 관점을 유지하게 된다. 이것은 가능한 한 문학 외적인 조건들을 유보
하는 본질적 접근 방법으로서, '작품의 내재적 해석'[38]을 통하여 시간
의식과 상징어 중심으로 독특하게 드러나는 시인의 자아 의식과 현실
세계와의 관련성을 논의하려는 본 논문의 의도와 무관하지 않다.

---

38) M. 마렌 그리제바하, 장영태 역,『문학연구의 방법론』(홍성사, 1983), 73쪽.

한 시인의 전 작품 속에 내재해 있는 총체적 의미와 통일된 질서를 밝히기 위해서는 그 작품을 유기적으로 연결시켜 주는 시인의 의식의 뿌리, 즉 의식의 지향성39)을 검토하는 것이 우선되어야 한다. 이는 곧 작품에 앞서 작품을 잉태하고 있는 침묵으로부터 작품이 태어나는 순간40)의 원초적 발상을 포착하여 작품의 내적인 움직임을 해명하는 작업이라 할 수 있다. 문학의 세계를 언어에 의한 내적 경험의 외면화41)라고 말할 때 문학작품은 인간 경험의 기록으로서, 자기의 존재 동일성을 찾아가는 과정의 지표로서 시간의 의미를 포함한다.

모든 경험 속에는 시간적 지표(temporal index)42)가 찍혀 있다고 한 마이어홉의 말은 그러한 의미에서 시간과 자아와 예술작품의 상보적인 관계를 단적으로 증거한다. 문학 형식의 한 부분으로서 작품에 내재해 있는 시간의 속성은 문학작품의 중요한 의식 구조 역할을 한다. 그것은 작품을 이루는 형식적 구조뿐만 아니라 동시대 중요한 삶의 문제와 직접적인 관계를 가지면서 작가 의식이 반영된 경험의 표출 수단으로도 작용한다. 따라서 시인의 의식 현상을 밝히기 위한 본고의 특성상 시간현상학은 가장 기본적인 비평 방법의 하나로써 동원될 것이다.

현상학의 서술 대상은 물질적인 대상 자체가 아니라 하나의 의식에 비친대로의 대상, 즉 어떤 대상과 의식과의 관계라 부를 수 있는 현상을

---

39) 의식이 대상에 대해서 갖는 관계를 지향성이라고 하지만, 이것은 의식과 사물간의 단순한 관계를 특징짓는 것은 아니다. 그것은 의식 작용의 본질을 가리킨다. 지향성의 관계는 대상화의 의식작용을 말한다. 대상화 작용은 어떤 사물에 대해서 의미 부여의 관계를 맺음으로써 인식주체를 위한 그 대상의 대상성을 획득한다. 이 대상화 작용은 다른 모든 종류의 의식 작용의 기반이 된다. 가치판단, 의지 그리고 감정과 같은 의식 작용은 대상화로 얻어진 대상과의 관계에서 일어나는 의식경험이다. 차인석, 「현상학에 있어서의 지향성과 구성」, 박이문 외, 『현상학』(고려원, 1992), 19쪽.

40) J. P. Richard, 윤영애 역, 『詩와 깊이』(민음사, 1984), 1쪽.

41) 이승훈 『문학과 시간』(이우출판사, 1983), 48쪽.

42) H. Meyerhoff, 김준오 역 『문학과 시간현상학』(심상사, 1979), 48쪽.

대상으로 삼는다.43) 따라서 현상학은 외부의 객관적 세계보다는 그것을 인식하는 주체의 의미부여 작용에 관심을 모은다. 문학 텍스트를 연구하는 데 있어서의 이러한 대상과 의식의 문제는 의미를 창조해내는 시인의 주관성, 즉 시인의 상상력을 탐색하는 방향으로 나아가게 된다. 상상력은 시인 특유의 미적 경험을 형상화하는 원동력이라 할 수 있는데, 이는 실제의 시간이나 공간과는 다르게 별개의 가상적 공간(상상 공간)을 통해서 표출된다. 상상력의 역동적 흐름을 표상하고 있는 이 공간은 또한 구체적 이미지에 의해서 드러난다.

이 같은 방법의 구체적 실현은 작품에 나타나 있는 특권적인 이미지들에 대한 이미지의 현상학을 행사하는 것, 즉 그 이미지들의 상상적 변화, 상상적인 생성을 추적44)하는 것이며, 상상력의 궁극성, 대상 작품의 대상 이미지들이 추구하는 동일한 원형을 알아내고, 다음 그 원형과 이미지 사이의 차이를 드러냄으로써 각 이미지가 처하고 있는 구체적 상황의 의미를 추측45)하는 것이 된다. 따라서 석정의 시가 상징 이미지를 통해 구축한 공간과 자아 의식을 밝혀내는 데 공간 현상학은 긴요한 방법이 아닐 수 없다.

이와 더불어 문학작품이 어떠한 경우든 작가의 경험적 사실은 물론 그 정신적 현실과 밀접하게 관련을 맺는다는 점에서 분석심리학과 정신분석학도 참고하고자 한다. 인간이 내·외계와의 관계를 맺는 자아46)의

---

43) 박이문, 『현상학과 분석철학』(일조각, 1985), 31쪽.

44) 곽광수, 『문학, 사랑, 가난』(민음사, 1978), 100쪽.

45) 위의 책, 101쪽.

46) 여기에서 말하는 '자아'란 의식적이든 무의식적이든 "인간의 마음 속에 들어 있는 '나(Ich, ego)'로서 의식의 중심에 위치하고 있는 것을 말한다. 이 자아는 한편으로 外界와의 관계를 맺으며, 다른 한편으로는 나의 마음, 內界와의 관계를 갖도록 되어 있다"는 점에서 시의식을 유발하는 인자를 내포하고 있다. 이부영, 『분석심리학』(일조각, 1987), 41~42쪽.

의식적 국면을 자아 의식이라 할 때, 그것은 시간의 흐름에 따라 사회가 변하고 인간이 육체적·정신적으로 성장하듯 그에 따라 변화를 겪게 된다.47) 그러므로 시가 시인의 의식의 반영, 또는 사회라든가 현실이라고 하는 것과의 관계와 그 반응에 대한 주체 의식의 표출이라는 점을 인정한다면 시인의 시간 의식 태도나 상징 이미지를 통해서 '자아 의식의 변화상'48)을 구명할 수 있으리라 생각한다. 문학작품이 비록 꿈과 상상력을 바탕으로 구축된다고 하더라도 그 심연에는 궁극적으로 정신적 현실로서의 자아 의식이 작용하게 된다. 이러한 자아 의식의 심층적 층위를 포착하고 그 맥락을 밝혀 의식의 지향적 체계49)를 알아보기 위해서는 이 두 가지 방법의 장점을 원용하는 것이 유용하리라고 보기 때문이다.

나아가 신화·원형비평의 방법을 고려한 것은 의식의 변화 과정에 관심을 가짐으로 생에 부과되는 통과제의적 구조를 참고해야 하기 때문이다. 통과제의란 인간사회의 변하지 않는 항목 중의 하나로 인간이 존재론적, 의식적 전환을 이룩하는 과정에서 겪게 되는 의식주의적 국면을 말하는 것인데, 인간은 살아가면서 알게 모르게 이와 같은 과정을 수없이 거치게 마련이다. 이것은 한 인간이 충격과 시련을 통해서 자기 인식과 세계 인식을 고양하거나 변화시키게 하는 계기로서의 기능을 가지며, 동일성의 상실과 획득이라는 구조 속에서 나타나는 변화의 매개요소가

---

47) H. Meyerhoff, 앞의 책, 29~30쪽.

48) 여기에서 '자아 의식의 변화상'이란 곧 그 자아 추구 과정에서 그때 그때 드러나는 의식의 추이와 굴곡 현상을 말한다. 이것을 달리 말하면 한 인간은 삶의 과정에서 끊임없이 자아 추구를 하고 그 결과 궁극적으로는 자아 실현의 국면으로 성숙되어 간다는 점을 의미한다.

49) 지향론적 분석은 의식 대상에 언제나 지향하는 의식 안에서 그 대상성을 어떻게 갖게 되는가를 밝힌다. 본고는 이러한 현상학적 관점을 수용하여 지향론적 분석의 형태를 취할 것이다. 단지 지향론적 대상을 시간과 상징어라는 대상에 한정하는 것일 뿐이다. 차인석, 앞의 글 참조.

되기도 한다.50)

그러나 이것이 인류학에서는 반드시 의식의 형태를 동반하지만 문학 작품에서는 의식 행위가 반드시 외형적으로 드러나는 것은 아니라, 그 변형으로서 상징화되어 나타나는 것이 보통이다. 따라서 문학작품 속에서의 통과제의는 문학적 상징을 통해 자기 동일성을 점성해 가는 과정에서 드러나게 된다.51) 이 같은 구조는 주로 원형 상징성을 띠고 있기 때문에 그 질서를 해명하는 데 원형비평 방법은 매우 유용한 근거를 제공해 줄 것으로 생각된다.

시는 궁극적으로 각 작품마다 제각기 완결성에 의해 이루어지지만, 그러나 그것은 시인의 생애라는 통시적 맥락에서 보면 그의 시적 생애의 어느 한 시점에 해당되므로 앞 뒤의 작품은 시인의 의식에 따라 진폭을 겪으며 연관을 맺을 수밖에 없다. 특히 주관적 성향이 강한 석정의 시가 역사·사회적 상황과 밀접한 관련52)이 있는 것으로 볼 때 쓰여진 순서에 입각해서 접근해 갈 필요가 있다고 본다. 다시 말해서 한 시인의 작품들을 통일적 구조라는 측면에서 바라보기 위해서 각 작품을 통시적 맥락 속에서 어느 한 시점으로 보려고 하는 이러한 관점이 유효할 것이다.

다음은 텍스트의 재검토 문제이다. 지금까지 씌어진 석정 관계 글들은 거의 2차 자료에 의존하고 있어 석정 시가 지니고 있는 다양한 의미망을 놓칠 수 있는 여지가 있다. 특히 『슬픈 牧歌』의 경우, 1947년에 인문사에

---

50) 陵部恒雄, アメリカの 秘密結社, 中公新書, 1970, p.62.

51) 동일성(Identity)이나 통과제의(Initiation)의 문제는 인생의 줄거리를 가진 서사양식에서 다루기 적합한 개념이지만 시에 드러나는 주제가 순간성과 완결성을 기저로 하더라도 그것은 결국 한 시인의 전체 인생사라는 과정 속의 한 순간이요, 그 과정을 구성하는 한 단계임을 고려할 때 이를 재구성해서 통시적으로 고찰이 가능할 것으로 본다. 김준오, 『시론』(문장사, 1982), 43~46쪽 참조.

52) 역사주의적 관점에서 석정 시의 사회 의식을 다룬 대표적인 논자로는 혜산 박두진을 비롯하여 오택근(1981), 민병기(1982), 이한용(1984), 이건청(1985), 신익호(1998) 등을 들 수 있다.

서 나온 초판본과 석정이 6·25 직후 빈곤에 지쳐 『촛불』과 함께 판권을 넘겨버린 이후 1952년 대지사의 중판본과는 크게 달라 정확한 서지적 고찰이 요청된다. 이는 석정 시의 변모와 그 의도 등을 파악하는 데 중요한 자료가 되고 있기 때문이다.[53]

우선, 석정의 첫 시집 『촛불』에서 비교의 대상으로 삼은 판본은 인문사본(서울, 1939)과 대지사본(서울, 1952)[54]이며, 두 번째 시집 『슬픈 牧歌』는 낭주문화사본(전북 부안, 1947)과 대지사본(서울, 1952)이다.

『촛불』의 경우 석정은 이 시집을 간행하기 위해 육필초고본(『珊瑚林의 百孔雀』)을 만들어 놓고 1933년부터 노력했다는 사실[55]로 보아 이 시집의 초판본인 인문사본은 작가의 창작 의지가 가장 잘 반영된 판본으로 보인다. 초판본의 판권을 넘긴 후에 나온 대지사본과는 크게 두 가지 다른 점을 살펴보면 다음과 같다.

첫째, 초판본은 간행 당시의 나이(33세)에 맞추어 33편이 수록된 데 반해 중판본은 「먼 航海」, 「먼 날이 지내면」, 「화려한 풍선을 타고」 등 3편을 추가하여 36편으로 되어 있다.

둘째, 초판본은 발표 당시의 원전 그대로 한자어를 살리고 있는 데 반해 중판본은 일정한 기준이 없이 제목을 제외한 모든 본문을 모두 한글 전용으로 표기하였으며, 필요에 따라 한자를 병기하는 등 시어의 무게를 반감시킨 것에 대해 석정 자신도 무척 애석하게 생각했다고 한다.[56] 따라서 『代表作 自選自評』(「文學思想」, 1973. 2) 집필 당시 손수

---

53) 본고에서 『氷河』(서울: 정음사, 1956), 『山의 序曲』(전주: 가림출판사, 1967), 『대바람소리』(서울: 문원사, 1970) 등의 시집을 판본 비교 대상에서 제외한 것은 이 시집들은 한 번씩만 출간되었으며, 『촛불』이나 『슬픈 牧歌』의 경우처럼 원본 훼손의 상태가 교열 과정의 오식이라 여겨질 정도로 심각하지 않기 때문이다.

54) 대문사본(1956)은 대지사본(1952)과 출판 상태가 같아 비교에서 제외했다.

55) 허형석, 『신석정 연구』(경희대 대학원 박사논문, 1988), 62쪽.

인용한 작품들을 보면 모두 초판본과 같이 한자어를 살리고 있음을 알
수 있다.

석정의 제2시집 『슬픈 牧歌』(부안:낭주문화사, 1947)는 「水仙花」(「詩
建設」, 1937. 9)로부터 「黑石고개로 보내는 詩」(1943)에 이르기까지 6년
여 동안에 발표된 작품들로 이루어졌다.[57] 그러므로 비록 이 시집이 일
제의 검열불통과로 8·15 해방 이후에야 간행되었으나, 그 속에 담긴
모든 작품은 일제하의 어둠 속에서 창작 발표되었다는 사실이다. 그러나
이 시집의 초판본인 낭주문화사본과 6·25 직후 생활고로 판권을 넘긴
이후의 대지사본과는 서지적 측면에서 상당한 차이를 보이고 있다.[58]

특히 초판본에는 대지사본 이후의 판본에서는 보이지 않는 「『슬픈
牧歌』에 받치는 글」과 「나의 몇몇 詩友에게」라는 두 편의 글과 작품
「房」 등이 실려 있다. 또한 초판본과 비교할 때 수록 편수의 차이, 서문
과 후기의 유무, 작품명의 개제(改題), 내용의 첨삭 등이 차이를 보이고
있다는 점은 간과할 수 없는 부분이다.

이 외에도 『촛불』과 『슬픈 牧歌』의 발표지 게재분과 초판본 사이에는
공통적으로 차이를 보이는 점이 있는데, 그것은 우선 맞춤법과 띄어 쓰
기의 문제이다. 발표시 게재분의 표기가 초판본에서는 현대 맞춤법에

---

56) 예를 들어 '야장미(野薔薇)', '정안(靜安)', '노대(露臺)', '해저(海底)' 등 한자를 병기하고 있다.
그러나 '一林', '山', '蘭草', '綠色寢臺', '淸秀', '淸淡', '單調한 悲劇' 같은 단어들은 한글로
만 표기되는 등 일정한 기준이 없었다. 특히 석정은 "密柑껍질이라도—"(「촐촐한 밤」)를 "왜감(密
柑)껍질이라도—"로 字句 정정한 점 등을 불쾌해했다고 한다. 그리하여 작고 1년 전 全州에서
朴木月과의 對談시 木月이 「촛불」에 관한 이야기를 부탁했을 때 "初版은 내게도 없습니다. 그후
大志社에서 낸 것은 시집을 망쳐 놓았어요"(『心象』, 1974. 5)라고 못마땅해 하는 석정의 술회에서
도 확인할 수 있다.

57) 다만 「山에서 온 사나이」(재판본에서는 「작은 짐승이 되어」로 개제) 한 작품만 이 「촛불」期(1935)
의 작품이다.

58) 허소라, 「'슬픈 牧歌'의 書誌攷」, 『신석정대표시평설』(유림사, 1986), 253~256쪽 참조.

맞게 고쳐졌다는 점이다.[59] 또한 초판본과 대지사본의 경우에는 조사를 포함하여 어휘가 첨삭되거나 아예 다른 시어로 바뀐 경우도 있다. 있던 시어가 없어졌거나 다른 단어로 바뀐 경우, 조사가 바뀌거나 첨삭되어 의미가 달리 파악되는 경우, 상징어에서 음상의 차이 등은 주로 중판본인 대지사본 이후 잘못 수정된 부분이 최근본에까지 영향을 미치고 있는 경우라 할 수 있다.

지금까지 석정의 첫 시집 『촛불』과 제2시집 『슬픈 牧歌』의 기존 판본을 비교하여 신석정의 최종적인 창작 의도가 각 판본에 어떻게 반영되었는가를 살펴보았다. 그 결과 두 시집의 초판본이 원전에 가장 가까운 것을 확인할 수 있었다. 특히 중판본인 "대지사본과 대문사본은 훼손한 정도가 심하기 때문에 텍스트로 사용할 경우 많은 문제가 제기될 수 있다"[60]는 점이다.

이와 같은 고찰을 토대로 본고는 초판본을 원전으로 확정한 뒤 석정 시문학의 전개 과정을 크게 세 시기로 구분하여 논의를 진행할 것이다. 즉 초기는 『촛불』(서울: 人文社, 1949)과 『슬픈 牧歌』(부안: 浪州文化社, 1947), 중기는 『氷河』(서울: 正音社, 1956), 후기는 『山의 序曲』(전주: 嘉林出版社, 1967), 『대바람소리』(서울: 文苑社, 1970) 등이 그것이다. 이러한 구분의 기준은 한국 근대사의 사회 변동과 무관하지 않으며, 초기는 1931~1945년 8·15 해방까지, 중기는 1945년 해방 이후부터 1959년까지, 그리고 후기는 1960~1974년까지를 의미한다.

---

59) 이러한 점은 시간 의식을 통해 드러난 현실 대응 의지와 상징어를 통해 드러난 공간 의식 문제를 다루는 본고의 의도와는 긴밀한 역학관계를 가지고 있지 않으므로 크게 문제될 것이 없다고 판단하여 초판본을 텍스트로 삼는다.

60) 오창렬, 「신석정 시 연구」(전북대 대학원 석사논문, 1995), 29쪽.

제2장
시간론과 공간론의 전개 양상

1 인식론적 시간 위상

인간은 누구나 존재성을 유지하기 위해서 시간과 공간이라는 두 차원의 제약에 순응할 수밖에 없다. 인간의 그 출생으로부터 죽음에 이르는 전 과정은 주관적인 관점에서 인간의 시간에 관한 도전이며, 객관적인 관점에서 시간에의 적응이라 할 수 있을 것이다.[1] 시간과 인간은 불가분 관계로서, 공간을 떠나서 인간이 존재할 수 없듯 시간을 떠난 인간은 세계-내-존재라는 의미를 상실한다. 왜냐하면 신적 존재를 제외한 시간을 일탈한 인간이란 바로 죽음으로 소급됨을 의미하며, 반대로 인간 없는 시간이란, 과연 인간의 의식이 없이 시간이 존재할 수 있다는 범박한 질문을 제기하기 때문이다. 따라서 궁극적으로 시간과 공간의 논의는 자연스럽게 인간 의식의 문제로 귀착하게 된다.

인간 의식과 관계된 시간과 공간의 문제는 고대의 자연철학자들로부터 현대의 현상학자에 이르기까지 끊임없이 고구되어 왔다. 그런 까닭에 지금까지의 시간론을 일별하여 정리한다는 것은 너무도 방대하고 지난한 작업일 수밖에 없다. 그러므로 철학사에서 다루어진 중요한 시간의

---

1) 오세영, 「문학과 시간」, 『문학연구방법론』(반도출판사, 1988), 56쪽.

개념이 문학적으로는 어떻게 변용·개진되었는가를 개략적으로나마 정리하여 본 논제의 초석으로 삼는 데 의의를 두려 한다.

플라톤이나 아리스토텔레스는 이데아의 존재 양상에 대해서는 서로 다르게 생각했음에도 이데아의 존재 자체를 인정한다는 점에서는 같았다. 플라톤이 인식한 공간은 사물의 가시적 질서 속에 주어진 형식이며, 시간은 정적·기하학적 형태의 영역으로 이상적·무시간적 원형에 기초한 질서의 양상이다. 그에 의하면, 정적·기하학적 형태의 영역이 바로 영원성의 세계이다. 따라서 시간은 움직이는 영원성의 이미지에 지나지 않는다. 시간은 천상적 실체들의 운동에 의해 현시되는, 정상적이며 숫자적인 표시가 가능한 계기성에 지배되는 존재이다. 이런 등질성(等質性)과 구체성(具體性)으로 표시되는 시간은 아리스토텔레스의 경우에도 마찬가지다.

> 변화는 언제나 더 빠르거나 혹은 더 느리다. 이에 반하여 時間은 그렇지 않다. 왜냐하면 느낌이나 빠름은 時間에 의하여 정의되기 때문이다. 遲速을 재는 척도가 되는 시간 자체는 빠르거나 느리거나 해서는 안될 것이다.[2]

아리스토텔레스에 의하면 시간 자체는 빠르거나 느리거나 할 수 없는 등질적(等質的)인 것이다. 그러나 그의 시간관이 등질적이라고 해서 추상적이거나 선험적인 것은 아니다. 그에게 있어서 시간은 선후에 따르는 운동의 수(數)이다. 즉 운동의 변화 없이 시간이란 존재할 수 없다는 것이다. 플라톤이나 아리스토텔레스의 시간 경험이란 운동의 지각이었으며, 운동 그 자체 또한 시간을 요구하는 불가분리의 개념이었다. 그래서 결

---

2) 김규영, 『시간론(증보판)』(서강대 출판부, 1987), 91~92쪽.

국은 시간의 본성에 대한 문제에 직면해서는 불가피하게 근본적인 실체를 감안하지 않을 수 없었다. 그들이 시간에 대해서 초월적 존재와 현실적 존재 사이의 연관3)을 꾀하려 했거나 상정하려 했던 것도 바로 이 때문이다.

이와는 달리 등질적인 절대 시간임에도 불구하고 구체적인 실체가 아니라 추상적인 개념으로 간주되는 시간의 개념이 있다. 칸트에 의하면, 시간은 절대적 추상적인 개념으로서 선험적 직관의 내적 형식이다.4) 그는 시간을 내적 지각의 좌표를 위한 도식이라 한다. 그의 시간관이 절대적이며 추상적이면서도 인식론적으로 전개되는 까닭이 여기에 있다. 그에 의하면 시간은 감성적 직관의 순수한 형식5)으로 정의된다. 감성적이란 감성을 매개로 하여 우리에게 주어지며, 따라서 감성만이 대상에 대한 직관을 가능하게 한다는 의미이다.

감성이란 대상에 의해 촉발되는 방식을 통하여 표상을 얻게 되는 능력이다. 직관이란 어떠한 방식, 어떠한 수단으로 대상이 인식되든 대상과 인식의 직접적 매개로 나타나는 특성이 있다. 순수하다는 것은 감각에 속하는 어떤 것도 그 속에 지니지 않는 표상을 뜻하며, 여기서 감각이란 우리가 대상에 의하여 촉발되는 경우 그 대상이 우리의 표상 능력에 미치는 결과에 준한다. 형식이란 감각을 받아들이는 우리의 마음속에 선험적으로 주어져 있어 감각과 구별되는 것이다. 현상의 세계에서 감각에 대응하는 것은 질료이며, 현상의 세계가 보여주는 다양한 내용을 일정한 관계로 질서화하는 것6)이 형식인 셈이다. 결국 시간을 감성적 직관의

---

3) 김규영, 앞의 책, 111~113쪽 참조.

4) Arnold Koslow ed, The changeless order-The physics of space, time and motion(New York, George Braziller, 1967), p.127.

5) I. Kant, 최지선 역, 『순수이성비판』(박영사, 1970), 248쪽.

한 형식으로 본다는 것은 시간이 대상에 대한 표상을 얻게 하는 인식의 직접적 수단이며, 감각적이기보다는 오히려 감각적인 세계를 질서화하는 선험적 능력이라는 사실과 다르지 않다.

나아가 동서고금을 통하여 시간을 주관의 의식으로 파악한 최초의 사람은 성 어거스틴이다. 그는 인식 대상으로서 시간이 표상하는 이율배반적 성격을 어느 누구보다도 잘 갈파했다. 즉 존재하는 것 같으면서도 존재하지 않고 정지하고 있는 것 같으면서도 흘러가는 시간의 이원성을 감지하여 그는 최초로 시간에 대한 주관적 인식의 일단을 피력하였다. 즉 객관적인 과거, 현재, 미래를 주관적인 의식으로 바꾸어 그것을 각각 기억, 직관, 예기7)로 환치하였던 것이다. 나아가 시간이 지배하는 질서와 시간이 초월된 세계와의 구별에 대하여 철학적인 사색을 했던 사람도 어거스틴이다. 그는 신의 우주 창조가 시간 안에서 이루어졌는가 밖에서 이루어졌는가, 즉 시간 그 자체도 신의 창조인가 아닌가에 대하여 의문을 제기한다. 그러나 그의 사색의 귀결은 신은 시간의 질서 밖에서 존재하며 과거, 현재, 미래를 지배하는 영원, 그 자체라고 보았다.8)

어거스틴이 마음이라는 내면적 공간 안에 주관적 시간론9)을 이룩하였으나, 주관적 시간의 성격으로서 방향은 결국 인간의 죽음의 문제로 귀착한다. 왜냐하면 시간이 주관적 의식일 때, 시간의 종말은 결국 의식의 소멸을 의미하기 때문이다. 따라서 시간에 있어서 방향의 문제는, 죽

---

6) I. Kant, 권명오 역, 『순수이성비판』(동서문화사, 1975), 79~89쪽 참조.

7) 성 어거스틴에 의하면, "원래 과거, 현재 그리고 미래의 세 가지 시간이 있다고 하는 것은 타당하지 못하다. 더욱 정확하게 말한다면 과거의 것의 현재, 현재의 것의 현재, 그리고 미래의 것으로서의 현재가 있을 따름이다. 그 이유는 우리의 정신에는 이 세 가지 이외에는 존재하지 않기 때문이다. 과거의 것의 현재는 기억이며, 현재의 것의 현재는 직관이며, 미래의 것의 현재는 예기"인 것이다.
   H. Meyerhoff, *Time in Literature*(Berkeley : University of California press. 1969), p.6.

8) St. Augustin, 방곤 역, 『고백록』(대양서적, 1971).

9) M. F. Cleugh, *Time and Its Importance in Modern Thought*(New York, Russell & Russell, 1970), p.9.

음을 맞은 인간의 태도와 관련된다고 하겠다.[10] 다시 말해서 그것은 시간을 주체와 분리하여 대상으로 바라보려는 것이 아니라, 시간 그 자체를 인식의 한 형식으로 놓거나 또는 의식의 운동으로 관찰하려는 태도이다. 이러한 시간 인식은 모든 의식을 시간으로 간주하여 시간의 연속, 유동성을 의식의 흐름으로 보고자 하는 태도이다.

여기에서 한 걸음 더 나아간 사람이 베르그송인데, 그는 의식의 근본상을 순수지속으로 파악한다. 그는 의식의 이 순수지속이 부단하게 약진하는 데서 시간이 존재한다고 파악한다. 순수지속은 동질적인 것이 보지(保持)되면서 동시에 이질적인 것이 창조되는 일종의 진화론적 지속이다. 그리하여 그는 순수지속의 본질은 생의 약진에 있으며, 그것은 항상 창조적인 활동의 계열을 형성한다고 믿었다. 이와 같이 모든 것을 지속의 상태로 보려는 철학적 직관을 그는 시간의 내적 파악이라고 말했다. 순수지속은 동질적인 것(과거)에서 이질성(미래)이 창조되며 현재는 그 부단한 약진의 한 과정일 수밖에 없다. 따라서 그는 이 같은 시간의 연속성을 의식 내지 생명의 연속성으로 파악코자 했다. 그것은 곧 시간의 흐름을 의식의 흐름과 동일화함을 의미한다. 시간을 하나의 흐름으로 파악할 때 '순간'이라는 개념은 배제될 수밖에 없으므로 베르그송의 시간관에 의하면 과거, 현재, 미래와 같은 시간의 구별은 불가능하다고 말

---

10) 그리이스 철학에서 보면 인간이 시간의 지배하에 있는 것은 곧 노예상태이다. 왜냐하면 동일한 것이 동일하게 영구히 반복되겠기 때문이다. 그러므로 그리이스적 인간 구제 방식은 이 저주스런 시간으로부터의 탈출이다. 그것은 죽음이다. 죽음은 차안으로부터 피안으로의 인생의 이행이라고 그들은 믿었다. 시간과 영원은 유한과 무한의 대립에서가 아니라 이곳·저곳이라는 공간적 대립으로서 파악된다. 저곳은 차안을 지배하는 시간이 미치지 못하는 곳으로서 지극히 고요한 곳이요 일체 세간의 번뇌를 세척해 버린 곳이기도 하다. 그러기에 그리이스인들은 죽음이야말로 인생을 고뇌로부터 구출하는 복음이라고 찬미하나, 영원이란 다름 아닌 저 정지된 피안, 무시간 바로 그것이다. 그것은 생성의 정지화를 의미한다. 소광희, 『시간과 인간의 존재』(문음사, 1980), 120~121쪽 참조

할 수 있다. 왜냐하면 이들의 구별은 순간이 각각 다른 완결성(completeness)에 의하여 보장되기 때문이다. 말하자면 베르그송에 있어서 시간이란 유일불가분의 운동이며 생성인 것이다.11)

하이데거는 시간과의 관계를 통해서 결정되는 인간 존재의 내적인 구조를 문제삼기 때문에 주관적인, 혹은 객관적인 시간과는 달리 시간성이라 부른다. 시간성이란 하나의 형태가 아니라 시간과의 관계를 통해서 결정되는 하나의 존재의 구조형태를 말한다.12) 그는 내적 감각의 형식이라는 칸트의 시간관에 따라 시간은 경험적 자아의 특성이지 논리적 자아의 특성이 아니라는 견해와, 칸트의 소위 상상력의 이론을 수용한다. 칸트의 상상력의 이론은 시간과 합리성 두 측면에 동시에 개입된다. 그러나 칸트적인 개념을 수용하면서도 결국 하이데거가 칸트적인 시간 개념을 초월한 것은 시간의 참뜻을 본래적 실존의 특성이라 할 선구적 결의성에 두고 현존재의 시간적 구조를 분석하기 때문이다.

현재가 시간성의 시숙(時熟)의 통일에 있어서 도래와 기재성으로부터 발현하는 것과 똑같이 기재와 도래라는 두 개의 지평과 등근 원적으로 현재라는 것의 지평이 시숙한다. 현존재가 시숙하는 한에 있어서 어떤 세계도 존재한다. 현존재는 자기의 존재에 관하여 시간성으로서 시숙하면서 시간성의 탈자적, 지평적인 기구를 근거로 하여 본질상 어떤 〈세계내에서〉 존재하고 있다. 세계는 사물적으로 존재하고 있는 것도 아니며, 도구적으로 존재하고 있는 것도 아니라 시간성내에서 시숙하는 것이다.13)

이와 같은 하이데거의 시간관은 다시 죽음과 유한성의 두 개념들과

---

11) 이인옥, 「時間에 대한 考察」, 『부산대학교 15주년 논문집』(1961).
12) O. F. Bollnow, 이규호 역, 『현대철학의 전망』(법문사, 1973), 126쪽.
13) M. Heidegger, 이규호 역, 『존재와 시간』(청산문화사, 1974), 539쪽.

함께 고려되어야 한다. 우리의 현재 삶을 구성하는 미래는 현재의 삶
속에서 함께 작용하고 있는 죽음이기 때문이다. 근원적으로 시간성은
수평화된 통속적 시간과는 달리 미래와의 관련에 의해서 비로소 구성되
기에 탈자적 통일체로서의 시간은 현존재의 의미 구조로써 드러날 수밖
에 없다. 따라서 현존재에 대한 실존적 분석은 이러한 시간적 구조를
분석함으로써 성취된다. 실존의 토대가 시간이며, 실존의 존재론적 구조
는 외면적으로는 세계-내-존재이다. 세계-내-존재의 특성은 인식적 관
계가 아니라 실천적 관계로서, 한결같이 선구적 결의성에 의해서만이
하나의 전체가 된다는 점이다. 하나의 전체가 될 수밖에 없는 것은, 그들
이 모두 현존재에 근거하면서도 시간의 제약에서 스스로에서 벗어나는
모습들의 통일체이기 때문이다.

　이에 반해 동양의 시간관에서의 일상적 시간이란 결국 도(道)를 이루
지 못한 미망에서 비롯된 것에 불과하다는 부정적 견해로 드러난다. 시
간의 원천을 무명으로 생각하는 것은 결국 현실적인 시간의 존재를 무화
하려는 태도이다. 따라서 그것은 서구와 같이 시간을 역사 의식 안에서
파악하는 것이 아니라 그것을 초월하는 데서 파악하는 것임을 의미한다.[14]
앞서 언급한 바와 같이 서양에서는 일찍부터 시간을 인간의 의식 속에서
파악하려는 반면에 중국에서는 그것을 객관적인 정(靜)의 상태에서, 인
도에서는 불교사상의 영향으로 현세의 시간을 무화하는 초월적 범주에
서 인지하고자 했다. 동양적 시간관은 그것이 결코 현실적 또는 역사적
진화로 구현되는 시간이 아니라 종교적 차원에서 존재하는 것이므로 엄
밀한 의미에서 주관적 의식 대상이 되기는 힘들다. 따라서 동양적 시간
관이 문학에 투영될 수 있는 영역은 신화적 원형, 초월적 내면 공간 또는

---

14) 송욱, 『시학평전』(일조각, 1962), 19쪽.

상징 등 비교적 반리얼리즘적 세계에 있다. 이에 비해서 서구에 있어서의 시간은 일찍부터 인간 의식으로 파악되었기 때문에 문학에서 그것은 대체로 심리주의나 리얼리즘의 세계에 존재하게 된다.

이상에서 살핀 바와 같이 시간은 인간과는 별개로 존재하는 것이 아니라 시간 그 자체는 의식이며, 인간이야말로 시간의 주체라 할 수 있을 것이다. 그러나 우리는 인식의 소박한 단계에서 가끔 시간을 객관화하여 독자적인 존재로 이해하려 한다. 물론 이러한 태도는 현대의 과학주의의 영향 때문이기도 하다. 구체적인 예로서 일상생활에 이용되고 있는 달력, 시계의 분침이나 시침에 의하여 표시되는 시간 등이 있는데 이러한 객관적 시간15)은 양으로 표시되는 공간상의 길이로 측정될 수 있을 것이다.

객관적 시간의 이러한 성격에 비해 주관적 시간은 다양한 요소의 상이점을 드러낸다. 우선 측정이라는 측면에서 주관적 시간은 객관의 그것과 달리 각 개인에 따라 달라질 수 있다.16) 즉 객관적 입장에서는 동일한 시간의 길이가 주관적 입장에 있어서는 사람에 따라 각각 차별적인 시간의 길이로 감지되는 것이다. 즉 객관적 시간이 규칙성, 통일성을 지닌데 반해서 주관적 시간은 불규칙적이고 파편적이다. 주관적 시간의 흐름

---

15) 객관화(공간화)된 시간이란 베르그송에 의하면 흐른 시간도 흐르는 시간도 아니다. 흐르는 시간은 일종의 순수지속이며, 동시성이 아니라 계기이며, 양이 아니고 질이기 때문이다. 따라서 이와 같은 객관적 시간은 지속과 계기가 없는 고정되고 죽어버린 시간이 되어 버린다. 따라서 시간의 객관적 파악은 인간의 주체적인 실천과는 아무런 관련이 없고 한낱 소박한 인식론적 오류에 불과한 것이 되어버리기 때문에, 문학작품에서는 거의 무용한 것이라 할 수 있다. 문학에 있어서 시간이란, 그것이 주관적 인식일 때 참다운 가치를 지닌다고 할 수 있다. 김형효, 『베르그송의 철학』(민음사, 1995), 102～109쪽 참조.

16) 일상적 시간과 문학적 시간을 파악하는 데 있어 소광희는 명백하게 나눌 수 없다고 전제하면서 다음과 같이 말한다. 일반적으로 "우주 시간 또는 공간 시간 등 천체의 운행에 그 기초를 둔 시간을 '물리적 시간' 또는 '객관적 시간'이라 부르고, 의식 시간, 역사적 시간, 생의 시간, 직관 시간 등 주로 생의 내용과 관련되는 시간을 '주관적 시간', 혹은 '체험 시간'이라고 부를 수 있다"고 분류한다. 소광희, "時間·自我·歷史(Ⅱ)", 『哲學硏究』제11집, (철학연구회, 1976), 79쪽.

이란 단순한 하나의 지속이 아니라 순간과 연속의 변화 혹은 단절이 있을 수 있어 단지 선형적 진행만이 아니라 역행 역시 가능한 시간이다.

시간의 순서는 객관적 파악에만 있는 것이 아니라 주관적 파악에서도 존재한다. 예컨대 칸트의 '인과성'이나 라이헨 바하의 '기록' 따위의 원리는 객관성에서만 보장되는 것이 아니다. 여기에서의 인과성이란 인간의 의식 속에서 심화되어 바깥 세계보다 내적 세계에서 효력을 지니는 특징이 있다. 그러나 내적 세계에서 보여주는 상호 인과관계는 이르다거나 늦다는 등의 객관적이고 균등한 질서 체계가 아닌, 기록 속에서의 질서라고 마이어홉은 말한다.[17] 주관적 시간에 존재하는 상호 인과성이란 베르그송이 말한 일종의 순수지속과 같은 것으로 상호 침투성 또는 이질성의 결합을 의미하는 것이다. 주관적 시간의 질서, 즉 상호 인과성은 서사문학에 있어서 소위 필연성 혹은 개연성 등 플롯의 원리로 작용한다. 시에 있어서는 이미지의 논리, 특히 현대시의 중요한 원리인 모순된 관념이나 정서의 통합에 상응하는 개념이라고 추론할 수 있다.

시간의 객관적, 또는 주관적 파악 이외에 제3의 인식은 앞서 언급한 소위 시간의 초월적 파악이다. '죽음'의 문제는 바로 여기서 초월적 시간과 관계를 맺는다. 고금을 통하여 '죽음'이란 인간의 존재 탐구에 가장 본질적인 속성으로 간주되어 왔다. 특히 실존주의 혹은 존재론에 의하여 중요한 의미가 부여된 '죽음'은 시간이 인간에게 미치는 마지막이자 가장 중요한 영향이라 할 수 있다. 즉 시간이라는 굴레 속에서 시간에 의하여 영위된 삶은 그 최종의 순간에 있어서 죽음에 이르며, 만일 그것이 무엇보다 의미 있고 가치 있기 위해서 인간은 바로 죽음(시간)으로부터의 초월을 이룩하려 한다. 죽음이란 주관적 혹은 객관적 시간의 질서가

---

17) H. Meyerhoff, 김준오 역, 『문학과 시간현상학』(심상사, 1979), 50~59쪽 참조.

지배하는 세계로부터 '자유'를 획득하든지, 아니면 그 시간의 굴레 속에서 소멸해 버리든지 결단을 강요하는 시간의 한 계기이다.

현대문학에 있어서 시간의 초월적 투사는 일반적으로 실존주의 계열의 작품에서 두드러진다. 하이데거에 의하면 인간이란 그 존재 조건에 있어서 이미 '내 던져진' 존재이며 일상성에 퇴락해 있기 때문에 본래적 자아를 상실한 삶을 누리고 있다고 역설한다. 그러나 인간은 죽음이라는 한계적 상황에 부딪힐 때 잃어버린 본래적 자아를 인식하지 않을 수 없다. 그가 본래적 자아로서 죽음과 대면하게 되는 것은 하나의 결단 앞에서 있음을 의미한다. 즉, 능동적으로 죽음을 맞이함으로써 초월을 이룩하든지, 아니면 퇴폐적인 일상성으로 전락해 버리든지 하는 것이다. 죽음을 능동적으로 받아들이는 것은 다가오는 미래를 수동적으로 기다리는 것이 아니라 자신을 기투(企投)하여 능동적으로 자기 초월을 이룩하는 것18)이기 때문이다.

2. 현상학적 공간 원리

공간적 측면에 대한 인간의 문학적 관심은 아리스토텔레스에게서 그 단초를 찾아볼 수 있다. 비극이 전체적으로 완전하며 일정한 길이를 가진 행위의 모방이라고 그가 말할 때, 이 '전체'는 물론 시초와 중간과 종말을 가진, 자체적으로 완전한 질서19)를 뜻하는데, 이 전체적 질서란

---

18) 일상적 시간으로부터 초월하려는 인간의 존재론적 자기 회복은 주지하는 바 죽음이라는 절망 의식을 형상화시킨 사르트르나 까뮈와 같은 실존주의 작가의 소설에 나타난 시간관에서 보여진다. 그러나 다른 한편 시간의 초월은 시에 있어서 순수 공간이라는 개념을 통하여 상징주의 미학을 형성한다. 상징주의자들이 제시하는 내면 공간은 일상적 시간의 질서를 초월한 무시간의 시간, 혹은 공간과 시간이 일체화된 세계 속의 시간인 것이다. 오세영, 『문학연구방법론』, 앞의 책, 62~63쪽.

개념은 논리적 공간을 전제한 것이다. 이때 중요한 것은 물리적인 크기를 시각에 의해 보는 것이 아닌 작품의 유기적 전체성에 대한 인식인 것이다. 따라서 그가 말한 자연은 단순한 감각의 대상인 물질을 말하는 것이 아니라 우주와 자연에 내재한 질서, 보편성, 항구성을 말한다.

우주의 보편적 질서란 바로 시간적 질서와 공간적 질서를 의미한다. 한때 레싱은 사용하는 질료와 대상을 중심으로 문학을 시간예술이라 하였고, 회화를 공간예술이라 규정하기도 했다. 공간이란 본래 비어 있는 곳, 빈 칸이란 개념으로서, 그 무엇이 이 공간을 점유하여 세계를 이룬다.[20] 다시 말하면 공간이란 사물이 차지한 자리를 일컫는 것으로서, 이를 본격적으로 탐구한 것은 칸트였다.

그는 감성 없이는 우리들에게 대상이 주어지지 않으며 오성(悟性)이 없이는 어떠한 대상도 사유될 수 없다[21]는 인식론을 주장한 바 있다. 이 인식론에 의하면 공간을 객관적이고 경험적 실재로 파악하는 것이 아니라, 선험적이고 관념적 직관 형식으로 파악하고 있는 것이다. 곧 인간의 인식 기능을 감성과 오성에 두고, 감성에 의해 사물은 표상되며 오성에 의해 표상과 대상을 사유한다는 것이다. 또한 그는 선천적 인식의 두 원리인 감성적 직관의 형식으로서 공간을 외감(外感)의 인식 원천으로, 시간을 내감(內感)의 인식 원천으로 파악했다.

공간은 모든 외적 직관 작용의 근저에 있는 필연적인 선천적 표상이다. 공간 안에 대상이 없는 일은 넉넉히 생각될 수 있으나 우리는 공간이 전혀 없다는 생각을 가질 수 없다. 따라서 공간을 외적 현상에 의존하는 규정으로 보이지 않고 외적 현상을 가능하게 하는 조건으로 보아진다.

19) Aristotles, 나종일·천병희 역, 『詩學』(삼성출판사, 1982), 340~341쪽 참조.
20) 한상연, 『시간과 공간』(도서출판 대원, 1988), 16~25쪽 참조.
21) 김용정, 『칸트 철학 연구』(유림사, 1978), 13쪽 참조.

즉 그것은 외적 현상의 근거에 반드시 있어야 하는 선천적 표상이다.[22]

위의 인용문에서처럼 선천적 표상으로 공간을 상정했다는 점에 칸트의 인식론적 독자성이 있다. 그는 공간이 물자체(物自體)가 아니라고 주장하였다. 그는 경험적으로 인식되는 공간적 객체가 공간성이란 동일한 법칙에 종속한다는 점에서 공간 표상이 선천적 성격에 의해서만 설명될 수 있다고 보았다. 칸트는 공간을 외적 현상의 선천적 직관 형식이라 규정했는데, 이러한 공간의 관념은 경험에서 생긴 것이 아니라 선천적인 필연에 의해 생긴다고 역설한다. 이것은 모든 종(種)과 개체들이 포섭되는 일반 개념이 아닌 일체의 특수한 공간이 포섭되는 직관을 의미한다. 또한 무한히 주어진 크기로서 공간은 나타나는 데 반해 기하학의 확실성과 공간 차원의 선천적 과학은 공간이 외적 지각의 형식에 불과하다는 이론에 의해서만 설명된다.[23]

칸트의 이러한 인식론적 고찰은 이후 수많은 논쟁을 제기했는데, 그 중에서 대표적인 경우가 바슐라르와 베르그송이다. 먼저 칸트의 이러한 형이상학적 공간 개념을 경험적 인식론으로 대체시킨 사람은 바슐라르이다. 그는 인간의 내면에는 존재생성(存在生成)의 힘이 있는데, 이 상상력은 이미 인간이 경험하고 있는 불, 물, 공기, 대지와 같은 물질에서 비롯한다[24]고 주장한다. 나아가 몽상에 의해 새로이 창조된 이 상상력은 현실을 떠나 새로운 삶을 향해 돌진하는 것이고, 하나의 상태가 아니라 인간의 실존 그 자체를 결정짓는 요인이라고 파악한다. 이러한 경험론은 칸트의 선험론과 구별되는 견해이기도 하다.

---

22) I. Kant, 최재희 역, 『순수이성비판』(박영사, 1972), 76쪽.
23) 『세계철학대사전』(교육출판공사, 1980), 63쪽 참조.
24) 곽광수·김현, 『바슐라르 연구』(민음사, 1976), 30~35쪽 참조.

이에 반해 베르그송은 지속이란 개념을 도입하여 칸트의 공간론을 비판하였다. 그에 의하면 사람들은 말에 의하여 자기를 표현하고 공간 속에서 생각하는데, 이는 물질적 객체 사이에서와 마찬가지로 사람들의 관념들 간에도 분명하고도 정확한 구별과 불연속성을 확립할 것을 언어가 요구한다는 것이다.[25] 언어의 이러한 요구에 의해서 사람들은 지속과 연장, 계기(繼起)와 동시성, 질과 양의 문제를 혼동한다는 것이 그의 주장이다. 다시 말해서 그는 공간을 점유하고 있지 않은 현상들을 공간에 병치시키려고 고집하는 데서 이런 혼동이 야기된다고 문제 의식을 제기한다.

사람들이 심원한 반성적 사고에 의한다면 측정을 거부하는 자아, 즉 끊임없이 변화하면서 하나로 흐르는 정신과 의식에 도달할 수 있다고 베르그송은 말한다. 이러한 사고는 일반적으로 사람들의 순수지속이 공간 속에 반영하는 그림자밖에 감지하지 못한다는 점이다. 이렇게 볼 때, 시간과 공간에 대한 칸트의 고찰은 내부와 외부의 구별을 가능케 했다는 점에서 베르그송이 말한 구체적 지속과 기호적 지속을 구분하는 인식론적 계기를 제공한다.

공간은 절대 공간이든 상대 공간이든 필연적으로 두 개 이상의 동시적 지시 개념을 필요로 한다. 오른손과 왼손, 여기와 저기, 나와 대상, 그 어떤 것과도 두 개의 지시 개념 없이는 불가능하다. 공간은 이런 병치적 질서로 전개된다. 이는 시간의 계기성과 대치된다. 이런 병치적 질서는 시간에서 순차성이 인과성과 연결되듯 공간에서의 동시성은 등가성과 관련된다. 즉 두 개 이상의 지시 개념이 등가성에 접근할수록 공간 형성은 더욱 분명해진다. 이러한 병치적 전개는 대응성과 그 의미 생성의

---

25) H. Bergson, 정석해 역, 『시간과 자유의지』(삼성출판사, 1977), 41쪽.

전제로 분할성이 생긴다. 공간성으로부터 생성되는 가치나 의미는 모두 대응 관계에 의해서 규정된다. 이런 대응성은 좀더 적극적으로 의미 생성을 위한 조작적 준거로 만들 때 분할성26)이 드러난다.

러트워크는 카시러의 "순수인식의 공간"과 "감각지각의 공간"의 구분에 근거하여 순수인식 공간을 예술적 공간으로 치환해 보려 했다.27) 카시러는 인간의 공간 관계의 이해를 앎과 인식의 차원으로 구분하고 있다. 앎은 제시(Presentation)만을 의미하고 인식은 표상(Representation)을 포함한다고 한다. 따라서 그에 의하면 인간의 공간 인식은 자신의 반영이며 인간의 우주 질서이다. 즉 세계가 볼 수 있고 없는 유대에 의하여 우주의 전체 질서가 있다는 것을 그는 느끼고 이해하려 하였다. 인간의 상징적 사고는 그 인식의 체계가 수와 언어에 옮겨지게 되면서 논리적 성격을 명료하게 하기 때문이다.28)

이 상징적 공간 구조는 인간의 상상력이 우주적 요소들과 연결되어 존재의 맥박 자체를 드러내는 것29)이라고 볼 때, 인간과 우주와의 관계를 상징적으로 드러낸 것이 신화적인 종교적 공간이라고도 할 수 있다. 대체로 인간의 상상력은 동서고금을 통해서 인간과 우주의 상관 관계를 소우주와 대우주로 보고 이의 등가적 이미지에 의미를 부여하고 있음을 볼 수 있다. 이러한 인식은 우주를 두 개의 삼각형이 상부와 하부로 결합하는 것으로 보고, 이를 능동적·수동적, 남성과 여성, 물질과 정신이

---

26) 공간이 분할되거나 대응되지 않을 때는 병렬적이나 동시적인 것이 아니다. 그냥 한 사물의 존재일 뿐이다. 시간의 계기성이 배제 원리를 내포했다면 공간의 동시 혹은 병치성은 결합의 원리를 내포한다. 즉 여기와 저기로 두 부분이 결합되는 관계를 뜻한다. 또한 시간이 추상적 직관의 세계라면 공간은 구체적 직관의 세계를 보여준다. 따라서 시간은 추론적 의식을 요구하며 공간은 직관적 의식을 요구한다는 점이다. 한광구, 『목월시의 시간과 공간』(시와시학사, 1993), 26쪽 참조.

27) L. Lutwack, *Role of Place in Literature*(Syracuse Univ. Press, 1984), p.27.

28) E. Cassirer, 최명관 역, 『人間이란 무엇인가』(전망사, 1979), 73쪽.

29) Jeanne Bernis, 이재희 역, 『L'Imagination 상상력』(탐구당, 1983), 78쪽.

결합하여 천지창조의 도형[30]으로 나타내기도 하고 물과 흙의 결합, 불과 공기의 결합을 통해 우주 만물의 생성의 근원을 이룬다고 한 카잘리스의 기호론적 이론과도 부합되는 점을 보여준다. 한편으로 이러한 상상력의 구조는 동양에서 음양오행설과[31] 천인합일(天人合一)의 정신[32]으로 나타나기도 한다.

이후 도이취의 현대 철학자인 하르트만에 오면 공간을 해명하기 위한 논의가 어느 때보다 구체적이고 다양하게 제시된다. 그는 공간을 실재공간, 직관공간, 이념공간으로 분류한다. 실재공간이란 실재적 자연이 전개하는 감각적 공간이고, 직관공간은 자연을 통찰하는 의식으로서의 공간이며, 이념공간은 연장적 양의 순수한 차원체계[33]로 설명한다. 그는 칸트의 선험적 인식론을 현상학적 인식론으로 대체함은 물론 이념공간을 동질성, 연속성, 무한계성, 무척도성으로 그 원리를 설정한다. 그의 이러한 원리에 의해 이루어진 이념공간은 현상계를 넘어선 세계로 확대되어 초월공간으로 귀결된다.

공간에 관한 철학적 논의는 문학적 공간에 대한 논의로 전이되면서 본격적으로 제기된다. 문학에 있어서의 공간은 철학적 선험론이나 경험

---

30) 조르주 나타프, 김정란 역, 『상징·기호·표지』(열화당, 1987), 152쪽.

31) 우주만물이 음양의 2원 대립 관계를 가졌다는 음양설과 오해(金木水火土)의 성쇠에 따라 우주 만물이 지배된다는 오행설이 합쳐진 고대 중국의 우주, 자연, 역사, 철학관을 말한다.

32) 고대 유타교의 카바라(중세 유대교의 신비주의를 말하며, 헤브라이어로 <전승>을 의미한다. 그 교회는 구약성서의 천지창조 이야기나 에스겔서의 신의 현현 이야기를 탈무드의 신비주의적인 것으로 인간은 신의 협력자로서 창조되어 천상계와 지상계를 연결한다고 한다.)의 주요 저작인 <조하르>(1300년경에 그라나라에서 모세에 의해서 쓰여진 것으로서, 유대교의 경전 탈무드와 비견할 만한 영향을 유대교에 끼쳤다.)에서 플라톤의 <티메우스>를 되받아 "인간의 모습의 모든 형태를 요약하고 있다. 그것은 탁월한 사물의 형태이기도 하지만 열등한 사물의 형태이기도 하다"라고 한 것과(이것을 피타고라스 학파의 생각이기도 하다) 뒤에 아그리파가 그의 <신비철학>에서 인간의 벌거벗은 몸을 다섯 개의 각을 가진 별 속에 그려놓은 것(오각형 별 모양으로 그려진 소우주인 인간— 아그리파, 「신비철학」, 16세기)과도 상관성을 맺고 있다.

33) 河岐路, 『하르트만 연구』(형설출판사, 1977), 103쪽.

론, 그리고 현상학적 공간 이론에서 정신적 힘인 창조적 상상력의 기능으로 대체된다. 문학적 상상력은 사물의 덧없는 변전과 우주적 상징이 마련하고 있는 의미의 영원성 사이에 놓여 있다. 따라서 그 심연을 메워주는 것은 인간 정신을 지배하는 내면의 힘이다.[34] 문학적 인식이 세계에 대한 인식을 가능케 한다는 점은 물리학의 진보에 있어 지식보다는 상상력의 중요성을 갈파한 아인쉬타인의 언명과 더불어, 현대 물리학이 거둔 최근의 성과가 뜻밖에도 논리를 초월한 시적, 직관적 인식과 상통한다[35]는 견해에서도 설득력 있게 뒷받침되고 있다.

공간에 대한 문학적 표현은 의식 속에 드러난 대상의 본질에 대한 인식으로서, 외계와의 진정한 교류가 될 수 있다. 동시에 인간의 존재 전체가 대상에 대한 의식을 통해 세계-내-존재가 되며, 나아가 자아와 세계, 또는 존재와 세계라는 상호관련 속에서 시대 정신과 세계관이라는 지평으로 확대되어 이해될 수 있다. 또한 현대문학의 본질은 그 문학적 구현이 공간화의 지향에 있으며, 단순한 시각적 재생이나 문학적 언어에 내재하는 시간의 지속성에서가 아니다. 그것은 한 순간에 사물의 총체성을 드러내는 시도[36]로서 파악되기를 기대하기도 한다.

이상에서 볼 수 있듯이 문학의 공간 원리는 플라톤이나 아리스토텔레스에 의해 시작되어 철학적 논쟁을 거친 뒤, 보다 세련된 문학적 공간론으로 전이되었다. 문학적 공간은 형이상학이나 과학으로 한정되기보다는 문학작품 속에 나타난 공간이 중시되지 않으면 안된다. 과학적 논리의 한정성을 거부하면서도 과학적인 인식이 진리인 듯 통념화된 까닭은,

---

34) 권영대 외, 『우주·물질·생명』(전파과학사, 1973), 250~260쪽 참조.
35) 이노끼 마사후미, 한상수 역, 『현대물리학 입문』(전파과학사, 1973), 250~260쪽 참조.
36) 오세영, 「현대문학의 본질과 공간화 지향」, 『문학사상』(1986. 4), 22쪽.

그것이 사물의 본질을 꿰뚫는 것이어서가 아니다. 이러한 접근 방식은 극히 체계적이고 보편적인 타당성을 도출해내기 때문이다. 이에 반해 문학적 상상력이 인류사에 공헌한 지대한 의의는 인간의 총체적 사고로서만이 가능한 직관적 세계라는 점에서 문학이 과학과 대립되기보다는 과학과 비슷한 차원에서 세계를 인식케 하는 또 다른 방법이라는, 이른바 문학의 인식론적 측면에 있다고 볼 수 있다.37)

---

37) 박이문, 『예술철학』(문학과지성사, 1983), 30~34쪽 참조.

1 시간의 공간화와 비극적 자아

문학적 시간의 논리에 따를 때, 현재를 기점으로 하여 상·하의 방향을 지향하는 태도를 수직적 시간이라 한다. 이러한 시간은 계기적인 흐름과 그 관계 양상을 무시하기 때문에 현재의 순간성이 강조된다. 또한 시간의 어떤 순간을 계기로 하여 과거나 미래로 회귀, 연장하는 것이 아니라 상부나 하부를 지향하는 의식으로 양립하는 형태를 띤다.[1] 이러한 논리는 "지속적인 시간의 흐름을 공간적으로 투시해 보는 주관적 인식의 표현"[2]으로서 시간 의식이 공간화로 연결되는 점에 주목한다.

여기에서 상·하의 시간은 초월적 시간과 실존적 시간으로 양분된다. 초월적 시간은 현재의 어떤 순간을 계기로 하여 과거나 미래의 방향 곧 수평적으로 진행하지 않고 상부를 지향하는 양상, 실존적 시간은 현재가

---

[1] 수평적인 시간을 직선으로 상징한다면 수직적인 시간은 점으로 잘 상징될 수 있다. 대상에 대한 인식이 객관적인 시간의 흐름에 의존하는 것이 아니라 한 순간의 직관에 의존하기 때문이다. 베르자예프에 의하면, 이것은 延長의 개념으로 표현할 수 없는, 외재화하거나 객관화할 수 없는 시간이며, 내면적이고 주체적 시간이다. 그것은 수학적으로 계산할 수 있는 양적인 시간이 아니라 질적인 시간인 것이다. 수직적 시간이 점으로 표명될 수 있는 것은 수평적 시간의 논리에서 보면 수직적 시간은 기존의 시간을 교차하는 한 점에 불과하기 때문이다. N. 베르자예프, 이신 역, 『노예냐 자유냐』(도서출판 인간, 1979), 327~331쪽 참조.

[2] 오세영, 「문학에 있어서 시간의 문제」, 『한국문학』(1976. 1), 260~274쪽 참조.

어떤 순간을 계기로 하여 똑같이 과거나 미래의 방향, 곧 수평적으로 진행하지 않지만 하부를 지향하는 양상을 뜻한다. 이때 상부는 초월적 혹은 종교적 세계를 암시하고, 하늘을 향하여 일상의 삶을 종교적으로 초월하려는 의지를 보여주는 특성으로 드러난다.

　실존적 시간의 경우에는 하늘을 지향하는 것이 아니라, "땅의 세계로 하강하면서 동시에 그것은 죽음의 세계를 지향하는 의지"3)를 보여준다는 점이다. 이것은 시간의 경험을 부정적인 태도로 보는 경우로서 보들레르의 경우처럼 시간을 하나의 '폭군'으로 인식하는 것이다. 다시 말해서 이러한 시간을 실존적 시간이라고 부를 수 있는 것은 미래에 대한 신뢰나 과거에 대한 신뢰도 나타나지 않으며, 그렇다고 하늘을 향해 종교적으로도 초월하지 않는다는 점 때문이다. 그것은 오직 현재의 한 순간을 신뢰하는 삶의 태도이지만, 삶의 긴장이나 갈등을 극복한다기보다는 그대로 수용한다.4)

　이와 같은 형태로 드러나는 시간은 석정 시의 경우 신념과 의지가 현실적 삶의 시간에 굴절되어 주체적으로 설 수 없을 때, 단순한 조건반사의 행위만을 보이게 된다. 이때 시간은 죽음과 파멸로 향하며, 여기에서 자아는 고통과 고뇌와 패배라는 비극성과 연루된 불연속적 세계 인식에 이르게 된다. 그렇다면 이러한 시간 의식은 일제 식민 지배라는 현실과는 어떤 관련성을 띠고 있으며, 어떤 의식의 추이를 보이는지 살펴보

---

3) 이승훈, 『문학과 시간』(이우출판사, 1983), 398~413쪽 참조.

4) 파니카(R. Panikkar)에 의하면 시간의 논리를 중심으로 이러한 긴장 처리 방식에는 크게 두 가지가 있다. 하나는 극복의 방식이며, 다른 하나는 수용의 방식이다. 전자는 다시 (a) 거부의 방식과 (b) 변형의 방식으로 나뉘어지며, 후자 역시 (c) 위엄의 방식과 (d) 절망의 방식으로 나뉘어진다. 파니카에 의하면 (a)는 불교적 정신화, (b)는 전통적 신비적 종교, (c)는 인간주의적 태도, (d)는 허무주의적 태도를 내포하게 된다는 것이다. R. Panikkar, Time & Sacrifice, The Study of Time III, ed. by J.T. Fraser etc., (Springer-Verlag, New York INC., 1978).

도록 한다.

1.1 자아 분리와 시간의 자기화

석정의 시간 의식의 인자는 무엇보다도 일제 식민 통치라는 상황에서 찾을 수 있다. 타율적 지배라는 식민주의는 식민지 삶의 전면적인 테두리가 되어 식민지 삶의 모든 구체적인 표현을 결정[5]할 뿐만 아니라, 스스로에게 반작용을 가하는 것까지도 허용하지 않았다. 한일합방 이후 1945년까지 우리 근대사는 이러한 식민지 상황의 연속이었지만, 특히 30년대는 이것이 그 어느 때보다 첨예화되었던 시기였다.

이 시기에 접어들어, 일제는 만주사변(1931)을 일으켜 대륙 진출의 발판을 만들었고, 이를 계기로 하여 식민지 정책을 재편한다.[6] 식민지 조선을 침략전쟁 준비와 그 수행을 위한 병참기지화한 것이 그것이다. 이에 따라, 합방 이후 지속적으로 전개되어 온 항일 구국운동은 물론, 3·1 운동 이후 표면적으로나마 허용되었던 언론·출판 및 결사의 자유를 철저히 박탈하는 등 탄압을 더욱 강화했다. 1931년 신간회 해산을 필두로 창씨개명·사상범구속·KAPF해체(1934) 등으로 이어지는 일제의 극렬한 탄압 정책은 이 시기의 시인 작가들에게 현실과의 타협을 강요하여 친일로 전향시키거나, 쓸모 없고 무력한 주변적 인물로 소외시켰다.

자기 정체성이 상실되고 중심이 부재하며 소외와 비인격화, 그리고 실존의 문제가 새로운 탐구 대상으로 등장하던 시기가 바로 30년대 중·후반기이다. 석정에게 있어서 역사는 정면으로 바라볼 수 있는 대상이

---

5) 김우창, 「일제하의 작가 상황」, 『궁핍한 시대의 시인』(민음사, 1977), 24쪽.
6) 홍이섭, 『한국근세사』(연세대 출판부, 1975), 183쪽.

아니었으며, 단지 그것은 개인의 폐쇄된 자아 속에서만이 조립해서 상상해볼 수 있는 관념에 불과했다. 따라서 거대한 역사에 대한 정면 대응보다 개인의 역사와 존재의 문제에 관심이 모아지는 것은 어쩌면 지극히 자연스러운 현상이었다. 역사를 바라보는 새로운 시각의 모색, 그리고 자아 정체성에 대해 고민하는 새로운 태도가 이 시기 석정 시의 특징이 된 것도 그러한 시대적 배경을 바탕으로 한다.

조화로운 이상 세계를 갈망하는 시인이 현실의 극복이 불가능한 상태에서 현실에 대응할 수 있는 자세는 두 가지 정도이다. 하나는 그러한 상황을 회피하거나 그 상황에 적응하는 패배적이고 순응적인 방법이고, 다른 하나는 새로운 가능성의 실험으로서 자기 갱신의 길을 모색하는 것이다. 문학적인 차원으로 볼 때, 전자는 절필과 친일의 형태로 나타나고 후자는 30년대 후반기의 다양한 문학적 시도와 같이 역사적 존재와 실존적 존재의 탐색으로 나타나게 된다. 이러한 경직된 식민지 상황과 식민지 지식인으로서의 주변적 삶은 석정으로 하여금 소외된 자아, 고통의 올가미 속에 얽매여 있는 억압적 삶의 반동적 기제의 하나로서 "생활을 승화시킨 꿈의 세계에서 미의 절정"7)을 찾도록 만들기도 했다.

이러한 관점에서 볼 때 식민 지배의 현실은 석정의 시세계를 파악하는 데 중요한 기본 조건이 될 수 있다. 역사적 시간으로부터 거리를 두고 있을 때 석정의 의식 세계는 명확하고 단순하게 반응한다. 그러나 석정의 시는 역사적 시간의 억압에 눌려 스스로 주체적으로 설 수 없을 때, 현실에 대한 극복 의지를 드러내는 대신 수용적 자세를 취하게 된다. 따라서 현재의 시간을 부정하면서 분리된 자아 의식을 동반하여 드러나기도 한다. 이러한 삶의 태도는 단순한 기계적 반응, 혹은 조건 반사적

---

7) 신석정, 「나의 문학적 자서전」, 『난초잎에 어둠이 내리면』(지식산업사, 1974), 297~298쪽.

행위 양상이다. 즉 계기성 소멸로 드러나는 이러한 시적 방식은 현실을
수동적으로 인식하는 수직적 시간 인식의 태도로서 초기 시세계의 한
축을 이루게 된다.

이와 같은 배경하에서 창작된 석정의 초기시8)의 시간 인식 태도는
현재를 비극적으로 수렴하면서 식민지 지식인으로서 일상적인 시간의
질서에서 비껴나 타자화될 수밖에 없었던 자아의 굴절 양상으로 나타난
다. 이러한 의식은 현실의 억압 구조에서 기인하는 태도인 동시에 과거
와 현재와 미래는 아무런 관련이 없는 것으로 간주하는 의식의 토대를
이루게 된다.

    젊고 늙은 산맥들을
    또
    푸른 바다의 거만한 가슴을 벗어나
    우리들의 태양이
    지금은 어느나라 국경을 넘고 있겠습니까?

    어머니
    바로 그뒤
    우리는 우리들의 화려한 꿈과
    금시 떠나간 태양의 빛나는 이야기를
    한참 속은대고 있을때
    당신의 성스러운 유방 같이 부드러운 황혼이
    저 숲길을 걸어오지 않았습니까?

    어머니

---

8) 석정의 초기시는 시집 『촛불』(1939)과 『슬픈 牧歌』(1947) 두 권의 시집으로 일괄할 수 있다. 『슬픈
牧歌』가 비록 해방 이후에 발간되었다고는 해도, 개개의 작품들은 이미 일제 식민지 치하에 되었던
것이기 때문이다. 논자에 따라 다르게 구분도 하겠지만, 1931년부터 8·15 해방 전까지로 잡는
시기 구분은 한 시인이 어떻게 어두운 식민지 시대를 인식하고 대항했는지를 살피기 위한 일환에서였
음을 밝힌다.

황혼마저 어느 성좌로 떠나고
밤—
밤이 왔습니다
그 검고 무서운 밤이 또 왔습니다

태양이 가고
빛나는 모든 것이 가고
어둠은 아름다운 전설과 신화까지도 먹칠하였습니다
어머니
옛 이야기나 하나 들려주세요
이 밤이 너무 길지 않습니까?
— 「이 밤이 너무나 길지 않습니까?」 전문

이 시는 크게 1, 2연은 과거 사실로서의 회상 시간으로 3, 4연은 현재 사실로서의 환원 시간으로 나누어져 있다. 표면적으로는 '태양→밤'의 계기적 시간 이동을 통해 시적 자아를 억누르는 현실의 공간을 부각시키는 구조로 이루어져 있다. 그러나 이 시의 서술 시간은 역으로 밤에서 낮으로 진행되는 형태로서 과거에 대한 깊은 회한이 주조를 이룬다.

1, 2연에서 드러난 것처럼 태양의 소멸이 표면상으로 볼 때는 계기적 질서로 드러나지만, 서술 시간상으로 볼 때는 과거 완료의 형태를 띤다는 점이다. 또한 3, 4연에서의 밤은 계기적 질서로 인식되는 과정이지만, 그 밤은 빛의 부재에서 빛의 현현을 기다리고 인내하고 인식하는 우주의 시간이 아니다. 4연의 "이 밤이 너무 길지 않습니까?"라는 서술에서 드러나듯이 오직 현재의 순간만을 수용하는 태도로 드러난다. 이러한 태도는 잊고 싶은 과거와 벗어날 수 없는 현재라는 부정적 시간 인식에서 비롯된 결과이다. 이를 좀더 세분화해서 살펴보면 다음과 같다.

1연은 과거 추정의 형태를 축으로 "산맥=바다=국경"이 실존의 표징으로서 등가구조를 이루고 있으며, 이와는 대조적으로 본원적 실체로서의 생명의 상징인 '태양'이 소멸의 이미지를 동반하고 있다. 현재적으로 과거를 인식하기 때문에 미래를 지향하는 빛은 과거를 추정하는 현재의 시간이 될 뿐이다. 따라서 2연은 과거완료의 형태로서 과거 사실 재현으로서의 시간이다. "우리들의 화려한 꿈"과 "태양의 빛나는 이야기"를 거두어 가는 이 '황혼'의 시간은 현재를 소멸로 이끌어 간다.

3연은 일상적 현실로 돌아와 인식하는 현재의 시간이다. 1연에서 나타난 바와 같이 "어느나라 국경을 넘"어갔던 태양으로 인해 밤이 온 것이 아니다. 오히려 시간의 계기적 질서를 무시하고 시적 자아는 "그 검고 무서운 밤이 또 왔습니다"로 인식한다. 이것은 비극이 반복되는 현재 사실인 것이다.

4연은 비극적 사실로서 현실를 응시하는 현재 완료의 형태로서의 시간이다. '전설'과 '신화'는 현실에서 위기감을 느낀 시적 자아에게 존재성을 부여해 주는 것임은 물론 역사적 시간을 통해 현재를 수용하려고 하는 의식의 토대로써 작용한다. 그럼에도 불구하고 시적 자아는 어머니를 매개로 하여 "이 밤이 너무 길지 않습니까?"라는 탄식에 이르는데, 이는 현실이 과거로 환원될 수 없다는 의미를 내포한다.

이와 같은 시간은 퇴행적 성향도 계기적으로 미래를 지향하는 인식도 버린 태도로서, 현실 그 자체가 미래를 수렴하는 수용적 성향으로 드러난다. 시적 자아가 기대하는 풍요로운 안식처인 '어머니'의 세계에서 멀어진 현재의 시간은 고립된 죽음의 시간이다. 시적 자아가 의식하는 '밤' 또한 비극적 시간으로서 어머니와 자아와의 거리감을 강화하는 장애 요인이 된다. 따라서 다음의 시는 자아 동일성의 상실, 또는 세계로부터 분리된 자아의 심리적 상태를 극명하게 보여준다.

내마음
주름살 많은 늙은산의 명상하는 얼굴을 사랑하노니

오늘은
잊고 살든 산을 찾어 내마음 머언길을 떠나네

산에는
그 고요한 품안에 고산식물들이 자라나거니

마음이여
너는 해가 저물어 이윽고 밤이 올때까지 나를 찾아오지 않어도 좋다

산에서
그렇게 고요한 품안을 떠나와서야 쓰겠늬?

그러나 마음이여
나는 언제까지 너와 이별을 잦은 이 생활을 하여야겠는가?
— 「山으로 가는 마음」 전문

일제의 억압과 착취가 횡행하던 시기에 창작된 이 시는 현재 진행
서술의 형태로 이루어져 있다. 중심 이미지가 되는 '산'은 석정 자신이
행동으로 항거할 수 없었던 일제 압제하의 암울한 역사적 상황9) 속에서
당시의 암울한 현실을 잊고자 하는 시인의 내면 깊숙이 자리하는 명상의
공간이라 할 수 있다. 비극적 현실과 그가 지향한 정신적 이상의 괴리감
에서 오는 분리된 자아는 산의 고요한 품안에 안길 수밖에 없다. 따라서
여기에서의 '산'은 하나의 미적 표상인 동시에 관념적이고 비현실적인

---

9) 일정의 억압과 착취가 범람하는 그 당시, 일제와 정면하여 싸울 수 있는 용감한 청년이 못되었다.
예술의 목적을 싸우는 데만 둘 수는 없었다. 생활을 승화시킨 꿈의 세계에서 미의 절정을 찾아내려
하였을 때, 사람들은 흔히 나를 목가시인이라 불러 주었다. 다만 일제에 저항하지 못한 것이 부끄러울
뿐, 그렇게 불리워지는 것을 탐탁하게 여긴 바도 없거니와, 그렇게 불쾌하게 여긴 적도 없다. 신석정,
「나의 문학적 자서전」, 앞의 책, 297~298쪽.

대상일 수밖에 없다.

어두운 식민지 현실을 짊어진 시인의 고뇌는 긴 고통의 세월을 이겨낸 늙은 산의 명상적 이미지와 만나는 요인으로 작용한다. 따라서 시적 자아는 '마음'으로나마 산을 찾아 먼 길을 떠나는 당위적 근거를 마련하게 된다. 이때의 '산'은 고요한 품으로서 다른 대상을 수용하는 크기·넓이·높이 등을 포괄한 소우주를 함축한 대상이다.

4연에서는 '마음'과 '산'이 분리되는 의식이 드러나는데, 이것은 산이 물리적 거리에 있는 것이 아니라, 닿을 수 없는 심리적 거리에 있다는 사실을 의미한다. 즉, 산은 마음과 더불어 시적 자아의 행위가 수반되었을 때만이 닿을 수 있는 공간이라는 점이다. 따라서 행위를 차단한 시적 자아의 산을 향한 길은 무한정 멀어지게 된다.

이상과 현실의 불일치로 산에 닿을 수 없는 현실적 자아는 산으로 떠난 이상적 자아에게 "해가 저물어 이윽고 밤이 올때까지 나를 찾아오지 않아도 좋다"고 힘주어 강조한다. 이러한 언술은 시적 자아의 자포자기적 인식의 결과이며, 부정적 현실을 도외시 할 수 없는 일상적 자아의 원거리 의식과 관련된다. 산과의 극복할 수 없는 거리 의식은 해가 저물어 이상적 세계가 밤(어둠)으로 둘러싸였을 때만이 해소되는 세계이기 때문이다.

그러나 그것은 일회적일 뿐 자연계에서의 밤은 아침을 예비하기 위한 하나의 과정에 불과하다. 그렇기 때문에 시적 자아는 마지막 연에서 "언제까지 너와 이별을 잦은 이 생활을 하여야겠는가"라는 절망감의 극단에 이르게 된다. 시적 자아가 산으로 떠나는 마음의 도정은 현실 도피이자 현재 상실의 인식에서 비롯된 것이기에 시간의 흐름을 거부하는 구조로써 드러난다.

비극적 삶에서 부재할 수밖에 없는 자아를 떠나보낸다는 행위는 현실을 일탈하는 정신적 과정이며, 자아가 분리되는 과정이다. 따라서 시적 자아가 지향하는 공간인 '산'을 중심으로 현재 살고 있는 시간대를 중심으로 자아의 거리감을 부각시키고 있다. 이런 점은 현실과 이상의 괴리감을 유발하는 의식으로 드러나며, 자아가 고민하고 갈등하는 현재로서의 시간으로 수렴되어 비극적 의미를 띨 수밖에 없다.

> 病狀에 지친 몸이 잠도 아니 오는밤 窓밖에 밤비 소리 조용히 깊어간다
> 비라도 흠조로니 맞어 보고 싶어서 蘭草를 안해 시켜 문밖에 내놓았소
>
> 窓밖엔 오늘밤에도 바람이 지내나봐 간난이 순결 같이 간간히 들리는걸
> 밤새여 黃海를 건너온 저 바람이 어느 숲 잠자리를 찾어 저리 헤매는고?
>
> 닭은 몇홰나 울어옛지 모르지만 그늘진 窓문이 동트덧 히여진다
> 잠 재러온 아내도 시달려 쓸어진 뒤 쓰디쓴 술이라도 얼큰히 마셔볼까?……
>
> 촛불을 껏다 켰다 이 한밤 새고 나니 흡사 한세상을 살고 난듯 허룽허이……
> 비 맞인 蘭草에는 봄이라도 어리엇나 책장우에 蘭草를 다시 놓고 바라보네
>
> — 「病狀夜吟」 전문

이 시는 표면상으로는 현재 진행 서술의 형태로서, 비극적 현실에서 부재하는 자아가 시간의 계기적 속성과는 무관하게 분리되어 가는 과정이 서술된다. 이 '난초'는 시적 자아의 대리적 욕구의 반영이기 때문에 난초가 비를 맞는 것이 아니라 내가 비를 맞는 것과 같은 상황이 제시되

어 있다.10) 이것은 투사라기 보다는 시적 자아와 대상간의 경계가 무너진 파편화된 의식의 표상이다.

1연에서 시적 자아는 병상에 지친 자아와 난초를 동일화시킨다. '밤비'의 이미지는 결핍의 현실적 시간(밤)과 충족의 매체(비)라는 이중적 속성을 함의한다. 병상에 지친 자아는 생기를 침식당한 상태로서 삶의 에너지가 온전치 못하고 결핍되어 있다. 비라도 흠뻑 맞아 보고 싶은 욕망은 바로 여기에서 비롯된다. 이것은 결핍된 에너지를 충족시켜 주는 시적 자아의 원형적 충동이다. 곧 외부 세계의 억압과 구속으로 인한 시적 자아의 내적 결핍를 만족시켜 주는 대상이 '문밖' 어둠 속에 있기 때문이다. 밤의 시간적 힘에 침식당한 시적 자아가 '비'를 인식하면서 문밖을 지향하게 되는 것이다.

2연에서 '문밖'에 나온 자아는 '바람'을 인지하게 되는데, 이것은 현실에 뿌리 내리지 못하고 부유하는 자아를 노출하는 이미지이다. 3연은 시간의 진행에 따라 아침의 시간적 힘이 자아화되는 모습이다. 현실을 부유하던 자아가 닭이 몇 홰나 울었는지 모를 시간의 힘에 따라 창문이 동트듯 희어지는 현실로 이동한다. 그러나 반복, 생성이라는 생명 원리는 시적 자아와 괴리감을 유발시켜 술이라도 얼큰히 마셔보고 싶다는 의식으로 다시 전환된다. 즉 자아의 내적 근거를 마련하지 못한 상황에서 아침이란 시간은 시적 자아에게 오히려 괴리감을 촉발시키는 동시에 현실을 비극적으로 인식하는 빌미가 된 것이다.

4연은 경과한 시간에 대한 회상적 현재화로서 촛불을 켰다 껐다 하는 시적 자아의 행위와는 무관하게 밤에서 낮으로 전이된 과정이 제시된다.

---

10) 국효문, 「신석정 시 연구」(성신여대 대학원 박사논문, 1994. 3), 58쪽.

하루의 밤은 한 세상을 살았던 것처럼 의지의 무력함을 대신하는 밤이다. 촛불의 이미지는 어둠 속에서 빛을 현현하는 이미지로 의지의 확산과 소멸을 상징함과 동시에 새벽을 이어주는 계기성에 관계되어 이중구조의 속성을 내포한다. 촛불은 무력함·부정의 시간을 밝음으로 이어준 실체이기 때문이다. 그러나 현실적 자아로 돌아온 시인이 비 맞은 난초에 봄이 어리었나를 바라보는 응시의 시선은 한 세상을 살고 난듯한 자성적 인식으로 다시 수렴된다. 시적 자아의 시선은 현재의 상황에 집중해 있으며, 과거나 미래를 지향하지 않는다는 점에서 그 의식은 더욱 뚜렷해진다.

위 시에서는 '밤'의 세계가 시간의 경과에 따라 아침의 시간대에 이르는 계기적 질서를 보여주지만, 그것과는 무관하게 존재하는 자아의 모습이 부각되고 있다. 이때의 자아는 우주의 시간과도 분리된 채 굴절되어 있는 존재로서의 비극적 자아가 된다. '병'은 자아를 억압하는 상징인바, 그것에 의해 세상의 질서로부터 차단된 시적 자아의 가장 큰 비극은 계기적 시간에서 벗어나 있다는 사실이다.

이와 같이 시적 자아는 억압받는 자아의 시간을 '난초'의 시간과 대비시킴으로써 세상과 합치할 수 없는 절연감을 노출한다. 아침이 도래했다고 해서 현실이 극복된 것은 아니기 때문이다. 따라서 시적 자아는 긍정보다는 차라리 부정의 세계를 전면적으로 수용하려는 포즈를 취하게 된다. 나아가 시 「哀歌」에서는 시간 밖에서 떠돌던 자아가 시간 안으로 들어와 현실적 자아를 찾는 과정을 보여준다.

지구래두 변방 몹쓸 땅이었다

거센 태풍이 지내간뒤

자작나무가 쓰러지더라
물푸레나무가 쓰러지더라

하늘이 못견디게 푸르고
못견디게 푸른 하늘로 태양이 왕래하고
은하수가 산을 넘어 흐르고
산을 넘어 흐르는 은하수에 별이 빠지고

한때는 이렇게 너그러운 세월이 있었느니라
한때는 이렇게 말성많은 세월이 있었느니라

태풍이 지내간다
지구가 풍선처럼 몰려 가나부다

오동나무가 쓰러진다
은행나무도 쓰러진다
너도 쓰러지고
나도 쓰러져야 하는날

인젠 태양도 별도 믿을수 없다
차라리 어두운 밤에서
한백년 더 살어보리라

— 「哀歌」 전문

이 시에서 '밤'이라는 시간과 '지구'의 공간은 시인을 구속하고 있는 참담한 식민지의 현실을 함축하고 있다. 시적 자아가 인식하는 "변방 몹쓸 땅"은 인간의 생존적 본능의 원인이 되며 현실의 억압과 구속, 자유와 권리의 박탈로 인한 상실감에서 비롯된다. 그럼에도 불구하고 시적 자아는 현실을 도피하고자 하는 의식을 드러내는 것이 아니라, 오히려 극한 상황을 수용하려는 태도를 표명한다는 점이다. 희망과 자유의 표상인 '태양'도 '별'도 믿을 수 없다는 시인의 항변은 처절한 시대 상황과 결부된 절망감의 반증인 셈이다.

이 시는 부정적 현실의 상징인 '지구'라는 공간을 축으로 1~3연은 현재, 4~5연은 과거 회상, 6~9연은 현재의 형태로 시간 인식을 드러낸다. 이는 현재의 시간을 중시하는 태도로 볼 수 있다. 시적 자아는 외압에 의해 굴절되기 이전의 시간(너그러운 세월)과 현실의 비극적 시간(밤)을 대비시키면서 현재의 고통을 노출시킨다. 다시 말해서 현재와 과거, 현장 공간과 회상 공간의 이중 구조를 서로 겹치게 하면서 현장 공간을 강조11)하고 있는 것이다.

이러한 시간 의식은 현재에 있어서 과거와 미래는 계기하는 두 개의 시간이 아니라 '潛勢로서의 통시적 현존'12)을 의미한다. 여기에서 모순과 합일을 자각하는 것은 인간의 의지인데, 이 의지는 필연적으로 상반된 관계를 맺게 된다. 하나는 의지 이전의 순수한 존재로서 무의식적으로 가지고 있었던 것을 자기 밖에서 구하려는 경향이며, 다른 하나는 그 자체가 충만한 잠재성이라고 믿는 경향이다.

인용시는 후자의 경향으로 여타의 시에서 보이는 현실도피적 자연지향성의 한계에서 벗어나 현실을 현재성으로 수용하려는 의식의 발현을 보여준다. 때문에 "태양도 별도 믿을수 없다"는 자각에 이르게 됨은 물론 차라리 어두운 밤에서 한백년 더 살고 싶다는 식민지 지식인의 고뇌를 노정한다. 이 시를 다시 한번 정리해 보면 1~3연 부정적 현재, 4~5연 긍정적 과거, 6~9연 부정적 현재의 형태로 환원된다. 시적 자아가 설정한 시간은 객관화된 현재의 고통이며 암담한 부정적 현실이지만,

---

11) 신익호, 『한국 현대시 연구』(한국문화사, 1998), 37쪽.
12) F. Kümmel, 권의무 역, 「Franz Von Baader의 시간 이론」, 『시간의 개념과 구조』(계명대 출판부, 1986. 2), 88~104쪽 참조.

여기에서 도피하지 않는 자세는 시간을 자아화하려는 인식의 단초가 된다.

이상에서 살펴보았듯이 석정의 초기시는 무엇보다도 물리적 시간의 질서인 계기성을 거부하는 의식을 토대로 이루어져 있다. 여기에는 역사에 대한 정면 대응이 불가능해진 식민지 시대의 상황 속에서 현실을 거부하고자 하는 석정의 부정적 세계관이 크게 작용한 것으로 보인다. 따라서 위압적 현실에 대응하는 석정의 자아는 과거와 미래를 거부하기도 하고, 시간의 흐름에서 일탈한 자아의 모습으로 드러나기도 한다. 이것은 현실과 이상의 괴리감으로 촉발된 시간 의식에서 비롯된 것이지만, 여기에서 나아가 석정은 부정적 시간을 내면화하여 현장 공간을 강조하는 형태로 의식의 영역을 확장한다. 이는 현실 그 자체에서 존립하려는 자아의 실존 양식으로서 비극적인 현실을 온 몸으로 끌어안고자 하는 의지를 내포한다.

1.2 합일 의식과 초극의 의지

석정의 초기시에 드러나는 또 하나의 특징은 상향적 성격이 강한 수직적 시간을 기저로 이루어진다. 이러한 시간은 현실의 비극성에 대립하는 거부의 방식으로 나타나며, 초월 지향적 의식 태도로 나타난다. 원형 상징으로 볼 때 상향성은 초월적 인식을 내포하고 있다. 이러한 초월적 의지가 시에 수용될 때 인식론적으로는 주체와 객체의 대립, 존재론적으로는 자연과 초자연의 대립이라는 이원론적 태도를 환기시켜 준다.

이 경우 시적 자아가 인식하는 시간 역시 일상적 시간과 종교적 시간의 대립으로 드러나게 마련이다. 소위 계기성을 기본으로 하는 일상적 시간과 대립되는 종교적 시간의 속성인 지속 · 신성 · 동일성 · 존재 ·

단일성 등을 지향하는 삶의 태도로서 나타난다. 시는 물론 모든 문학작품에서 드러나는 초월은 역사적 현실과 이상적 현실의 대립이 전제될 수밖에 없으며, 이러한 대립이나 갈등을 해소하려는 것이 초월의 본원적 속성이다.

일반적으로 상향적 형태(↑)로 제시되는 시간적 구조는 계기성을 축으로 이루어지는 것이 아니라 현재의 순간성을 강조한다. 현재의 순간성은 바로 현재의 삶이 내포하는 긴장을 극복하는 초월의 의미를 띤다. 석정의 시에 드러나는 현실의 정신화란 결국 일체의 현상, 그러한 시간성 자체를 거부함으로써만이 가능해지는 세계이다. 불가에서 말하는 시간이란 미혹의 관념에 지나지 않으며, 이러한 관념마저 무화시키는 정신적 승화를 의미한다. 한마디로 말하면 그 무엇에도 걸림이 없어 어디까지라도 나아갈 수 있는 마음, 그것이 곧 공(空)인 것이다.[13]

이와 같은 무형의 공간은 시간의 계기성을 거부하는 태도로서 석정의 시에서는 초월적 성격으로 드러난다. 석정의 시 가운데서 초월적 성향이 강한 것들은 시적 자아의 시점에 따라 수직적 상향 의식, 수평적 존재 인식, 수직과 수평의 통합 의식 등으로 드러난다. 이러한 시의 구조는 공간을 시간화하는 데 기여하게 된다.

진주같은 별들이 밤하늘을 성장하던것은

---

13) 공의 논리는 하나의 사실을 두 개념으로 이해하는 것을 거부하는 것에서 출발한다. 즉 어떤 사실을 본체와 현상으로 구별하면, 여기에는 필히 모순이 생긴다는 것이다. 현상은 본체가 아닌 것, 본체는 현상과 대립된 것이기 때문이다. 불의 현상·작용은 많은 원인에 의해 생긴 복합적인 것이며, 시시각각으로 변화하며, 그리고는 소멸하는 유동적인 것이다. 이에 대립되는 것으로 성립된 불의 본체는 다른 것에 의존하지 않으며, 변화하지 않으며, 단일하며, 과거·현재·미래의 세 가지 시간대에 걸쳐 항존하는 것이다. 이와같이 성립된 불의 본체는 타는 작용이라는 불의 특성과 모순된다. 그것은 타지 않는 불이며, 사실로서 존재하지 않는 불이기 때문이다. 가지야마 유이치 외, 정호영 역, 『공의 논리』(민족사, 1994), 76쪽 참조.

벌서 어제밤 이야기가 아닙니까?
글쎄 그 별들이 또 어느밤 하늘을 성장하기 위하여
작은 새새끼들처럼 포르르 포르르 날어가 버리었을까요?

태양은 지금 아주 먼 어느 숲속을 건너서
작은 산새새끼들의 보드라운 털을 쓰다듬느라고
아직 한줄기의 광선조차 대지에 보내주지않는데
한가한 여행을 무척 좋아하는 저 구름들이 벌서 일어나서
뭉게 뭉게 산을 넘어오지않습니까?
이윽고 남풍이 불면 저 구름은 우리들을 찾아온다 합니다 그려!

당신이 가장 사랑하는 당신의 비둘기들이
지금은 고 작은 보금자리 속에서 노래하고 있지만
저 숲넘어 푸른 하늘을 오고 가는것으로
그들의 생활은 오늘의 일과를 삼을것입니다

여보
얼마나 훌륭한 새벽이요
우리는 몇억만년을 두고 우리의 생활에서 너무나 오래오래 잊어버리
었다 하는
그 푸른 하늘을 찾으려가지 않으렵니까?
　　　　　─「얼마나 훌륭한 새벽이여 오늘은 그 푸른하늘을 찾으러갑시다」 전문

　위의 시는 '푸른 하늘'이라는 객관적 상관물을 통해 석정 시의 정신적 요체라 할 수 있는 수직적 상승 의지를 구체화하고 있다. 시간적으로는 '오늘'이란 시간을 축으로 미래와 과거가 응집되어 있는 형태로서, 현재의 한 순간만을 강조하고 있다.[14] 석정 시의 특징적 요소인 구체적인

---

14) 한스 마이어홉에 의해 일반화된 서정시에서의 시제란 과거도 미래도 아닌 이 모두가 창조되는
　　순간으로서, 현재 속에 융합되어 있는 상태인 현재인데 이러한 시간의 양상을 '역사적 현재'라
　　주장한다. 근본적으로 서정양식은 직관의 형식을 띤다는 점에서 현재로 수렴되는 시간의 특성이
　　있다. 이러한 시간을 그는 '표면적 현재(specious present)'라는 용어를 사용했다. 그에 의하면, 표면

이미지를 통한 묘사는 불가피하게도 시간 배경을 고려할 수밖에 없도록 만드는 요인이기 때문이다. 석정 시에서 현재를 초월하려는 불교적 시간 관념이 승한 이유는 무엇보다 근원적이고 본질적인 자아 탐구에 치중한 까닭으로 여겨진다.

먼저, 이 시를 각 연마다 서술 시간 단락으로 나눠보면 다음과 같다. 1연은 과거 회상 서술(시간 지향), 2연은 현재 진행 서술, 3연은 현재 추정 서술, 4연은 미래 지향 서술(공간 지향)의 형태로 분류된다. 이러한 단락은 시간적으로는 미래와 현재가, 공간적으로는 이상 공간과 현실 공간이 대응하는 질서로 통합되는 구조이다.

이 시는 수직적 상향 의식을 드러내면서 전체적으로 현재 시간이 곧 미래 시간인 형태로 구조화된다. 시적 자아는 부정의 속성인 현재의 어둠(밤하늘)에 대해 거부나 변형의 태도를 취하지 않는다. 어느 밤하늘을 오히려 성장하기 위한 시간의 과정으로 인식하면서 현재의 시간에 맞서는 견인적 자세를 보여준다. 그것은 초월을 위한 자아 각성의 시간이며, 극기를 통한 시적 자아의 내면적 결단인 셈이다.

1연은 회상 시간을 근거로 이루어지며, 이 과거 시간은 어젯밤의 이야기가 아니라는 사실로 미루어 볼 때 성장을 위한 오랜 고통의 과정이었음을 간접적으로 암시해 준다. 2연은 현재 진행 서술로서, 시적 자아는 현실로 돌아와 현재성을 직시하고자 한다. 그러나 시적 자아의 현실은 '태양'이 '먼' 과거의 시간에 머물고 있어, 한 줄기의 광선조차 보내주지 않는 절박한 상황에 직면해 있다. 그럼에도 불구하고 시적 자아는 미래

적 현재는 경험적 시간을 표현하는 용어로 물리적 시간 개념은 순간을 오직 하나의 추상적 점으로 규정하지만 경험적 시간의 순간에는 폭과 넓이, 지속성이 있기 때문에 과거와 현재, 미래는 모두 이 표면적 현재로 수렴될 수 있다는 것이다. H. Meyerhoff, 김준오 역, 『문학과 시간현상학』(심상사, 1979), 49쪽.

를 예감한 '구름'이 우리들을 찾아오는 생생한 긍정의 시간으로 시선을 이동하여 3연의 현재 추정 서술의 형태를 띤 상승의 국면으로 전이시킨다.

이와 같은 현재를 미래화하는 서술 태도는 '오늘'이란 시간을 강조함으로써 정신적 상승의 효과를 자아내기에 이른다. 시적 자아의 현재 시간에 대한 집중은 현실 공간을 벗어나기 위한 의식이며, 비둘기들이 푸른 하늘을 오고 가는 것으로 오늘의 일과를 삼겠다는 자연의 질서를 회복시키는 힘으로 작용한다. 이 단락은 자연의 현상 세계를 시적 자아가 내면화한 상상 공간으로서, 현실과 대비되는 차원에서 조화로운 자연사의 한 국면을 제시한 것으로 파악된다.

4연은 미래 지향 서술의 형태로서, 시적 자아는 '훌륭한 새벽'을 맞이했음에도 불구하고 몇 억만년을 두고 우리의 생활에서 잊어버린 '푸른 하늘'을 찾으러 가자는 의지를 표출한다. 여기에서의 푸른 하늘은 "오래도록 잊어버린 공간"이라는 서술에서 드러나듯이, 시적 자아가 자아 발견을 통해서 상구보리의 구극인 진아(眞我)를 체득한 내면 공간임이 확인된다.15) 이것은 3, 4연에서 '비둘기'로 상징된 자연사의 시간과 '우리의 생활'이라는 인간사의 시간이 시적 자아의 내면 공간을 환기시킨 것이다. 이 구조는 시간이 내면 공간으로 귀결되는 형태로서, '푸른 하늘'은 찾는 하화중생적 실천에는 시간과 공간을 넘어가면 그곳에 자리하는 피안의 세계, 그 세계에서 원초적이고 본질적인 종교적 시간으로의 환원을 의미한다.

---

15) 불교의 상구보리(上求菩提) 사상은 현실 공간으로부터 벗어나 이상을 향하여 비상하고자 하는 의지를 기반으로 한다. 그러나 이에 대한 실천에는 필연적으로 자아에의 집중을 요한다. 진아(眞我)를 찾기 위한 정신 집중은 극기를 통해서 가능해지기 때문이다. 상구보리가 원천적 차원이라면 하화중생(下化衆生)은 실천적 차원으로서, 수직적 상승 의지로 깨달은 진아를 타자에게 투여하여 공감각의 세계를 유지하려는 구원의 사상이라 할 수 있다. 유한근, 「현대불교문학의 두 지평」, 박상률 엮음, 『불교문학 평론선』(민족사, 1990), 21쪽 참조.

이와 같이 미래를 수용하면서 현재의 시간을 자아 자체에 집중하게 될 때 존재는 상승하는 것이다. 시간과 공간의 벽을 무너뜨리고 인간이 잃어버린 정신적 질서를 회복하기 위하여 현실 너머의 관념을 얻으려는 이 수직적 상향 의식은 초월의 열망에 전율하며 실존적 공간의 좌절과 비극을 온몸으로 체현한 시인에게만 주어지기에 역설적일 수밖에 없다.

이에 반해 석정의 시가 다른 방향으로의 지향성을 보이는 작품들도 있는데, 그것은 현재의 세계를 수직적으로 벗어나려는 갈망만이 아니라 수평적 세계와의 교응과 소통을 꿈꾸는 세계이다. 그가 현재적 자아와 세계를 버리지 못하고 지상의 삶을 중시한 이유는 무엇보다도 계기적이고도 억압적인 일상 세계의 시간 질서를 궁극적으로 넘어서려는 자기 갱신의 과정으로서 정신적 승화를 의미한다. 현재적 자아의 모습은 유한자의 시간성에서 기인하는 것들이다. 인간의 시간이란 다름 아닌 수평적이며 일회적인 시간이기 때문에 시「銀杏나무 선 庭園圖」에서는 계기적인 시간을 제거하여 동일화하려는 힘으로 나타난다.

좁은 정원을 가득 채우는 은행나무가 하나
선뜻 개인 하늘에 강물처럼 바람이 도라나갈때
금시 떨어질듯 위터워라
지고 남은 노―란 잎새가 셋
가뜬한 내 마음처럼 흔들려……

海底와 같이 조용한날 석양이면
촛불처럼 조심스런 황혼이 올때까지
은행나무 가지에는 작은 산새가 와 쉬고
산새처럼 외로운 내 마음이 쉬고……

미끔한 은행나무 혜성혜성한 가지에
아득한 山脈 머언 구름에 쌓이듯

내 마음 산새인양 포근포근한 보금자리를 찾는다
부처님 다문 입술처럼 말이없는 은행나무
내 오늘도 하늘밑에 사는 저 은행나무와 이야기하다
— 「銀杏나무 선 庭園圖」 전문

　위의 시는 수평적 존재 인식에 바탕을 두어 자연과 자아와의 합일을
추구하고 있다. 석정은 자연과의 조응을 통해서 존재 확인을 시도한다.
그는 존재에 대한 의혹으로 상상력을 개진하여 우주의 질서에 귀 기울이
며, 그것을 통해 자신의 존재를 직시하려 한다. 자연에 순응하여 화해
의지를 지향하는 이 시는 자연 대상과 일체화를 이루려는 의식을 전면에
내세운다.
　이 시에서 1연은 현재 진행 서술로 이루어져 있다. 시적 자아는 '정원'
을 응시하며 불안한 실존의 시간을 인식한다. 이 공간에서 시적 자아는
여러 개의 대상을 보는 것이 아니라 '은행나무'라는 하나의 존재를 지향
하고 있다. 이러한 태도는 응시를 통한 존재로의 접근 양식이 되어 은행
나무와의 소통 구조를 마련한다. 나아가 시적 자아는 응시의 대상인 은
행나무를 노란 잎새가 셋밖에 없어 금세 떨어질 위태로운 존재로서 파악
하는데, 여기에서는 시간의 한계성을 가진 존재로서 실존적 불안 의식을
노출하는 자신의 내면을 바라보게 된다.
　죽음을 초월하는 자연의 시간은 시적 자아의 '마음'을 집중하게 하는
계기를 만들어 준다. 여기에서 자연적 존재와 인격적 존재의 의미 전이
가 이루어진다. '정원'이란 실존의 공간에서 흔들리는 은행나무가 현재
의 시간을 거부하는 부정의 양상이라면, 2연은 미래를 현재화하여 추정
해 보는 긍정의 시간이다. 따라서 시간은 "海底와 같이 조용한날 석양"
으로 상정된다. 이러한 시간은 자연사의 시간에 현실의 시간을 투시한

것으로서, 시적 자아의 상상력의 힘에 의해 상상 공간으로 변용된다. 이때 '은행나무'는 '작은 산새'와 시적 자아의 '마음'을 품어주는 생명적 존재로 바뀌게 된다. 다시 말해서 이 단락은 '은행나무', '산새', '내 마음'이 공간과 시간의 접합 지점 위에서 조우하게 되면서 상생의 원형적 시간으로 통일된다.

3연은 현재로 환원된 시간으로서 현재 진행 서술의 형태이다. 삶의 공간으로 회귀한 시적 자아는 부처님으로 비유된 말이 없는 은행나무와 이야기를 나누는 모습으로 현시된다. 따라서 '은행나무'라는 자연적 존재는 1, 2연의 시간성을 통합적으로 수용한 신적 존재로서의 의미를 획득하게 된다. 불안한 실존성을 극복한 시적 자아만이 '은행나무'와 의사 소통이 가능한 것이다. 주체와 객체의 합일을 이룬 교응의 세계이다. 자기를 잃어버리고 한 대상에 자신의 참모습을 던져버림으로써 얻게 되는 초월의 세계, 자연과 자아가 일체화된 오도의 경지16)가 바로 여기에 해당한다.

이와 같은 사유는 철학적 사색이나 불교적 선의 정관을 통하여 우주의 세계와 합일을 이루려는 의지의 결과이다. 이것은 실재하는 현실이 아니라 정신 속에 존재하는 자아의 내면적 현실인 것이다. 이것은 인간이 체험할 수 있는 가장 높은 곳의 순수 세계로서 시간과 공간성을 초월했을 때만이 도달 가능한 세계로서 우주의 이법에 동화된 종교적 시간으로

---

16) 이 단계는 우주 안의 모든 것을 한 덩어리, 한 생명인 유기적 공동체로서 파악해야 한다는 연기론적 이해를 전제로 한다. 여기서 하나의 유기적 공동체인 '나'는 무아(無我)가 아니라 우주적인 전아(全我)로서 자아개념의 무한한 확대를 의미하고, 유한이 아닌 무한한 확대란 오히려 그 전아라는 관념마저도 부정하는 철저한 초월을 말하며 자연과의 합일(合一)도 이런 의미에서 이해되어야 한다는 것이다. 또한 부단히 변화하는 모든 상대적 현상 그 자체가 바로 절대적 실상(實相)임을 확신함으로써, 있는 그대로의 완전한 자유 즉 해탈을 얻을 수 있다고 보는 관점이다. 박광서, 「연기론과 현대물리학」, 교수불자연합회 편저, 『불교의 현대적 조명』(민족사, 1994), 379~380쪽 참조

귀결된다.

　지상의 수평 공간에 사는 존재들을 인식하던 시적 자아의 시선은 점차 수직적 상향성을 띠게 된다. 따라서 시적 자아는 수직과 수평 공간을 포괄하는 의식으로 나아가게 되는데, 이러한 공간은 다음의 시에서 아무도 살지 않는 '먼 나라'로 상정된다. 이 미정의 공간에서 시적 자아는 우주적 시점으로 미래의 시간을 현재화하기에 이른다.

　　어머니
　　당신은 그 먼 나라를 알으십니까?

　　깊은 森林帶를 끼고 돌면
　　고요한 호수에 흰물새 날고
　　좁은 들길에 野薔薇 열매 붉어
　　멀리 노루새끼 마음 놓고 뛰어 다니는
　　아무도 살지않는 그 먼 나라를 알으십니까?

　　그 나라에 가실때에는 부디 잊지 마서요
　　나와 같이 그 나라에 가서 비둘기를 키웁시다

　　어머니
　　당신은 그 먼 나라를 알으십니까?

　　산비탈 넌즈시 타고 나려오면
　　양지밭에 흰염소 한가히 풀뜯고
　　길솟는 옥수수밭에 해는 저물어 저물어
　　먼 바다 물소리 구슬피 들려오는
　　아무도 살지않는 그 먼 나라를 알으십니까?

　　어머니 부디 잊지 마서요
　　그때 우리는 어린양을 몰고 돌아옵시다

어머니
당신은 그 먼 나라를 알으십니까?

오월 하늘에 비둘기 멀리 날고
오늘처럼 촐촐히 비가 나리면
꿩소리도 유난히 한가롭게 들리리다
서리가마귀 높이 날어 산국화 더욱 곱고
노란 은행잎 한들 한들 푸른 하늘에 날리는
가을이면 어머니! 그나라에서

양지밭 과수원에 꿀벌이 잉잉거릴때
나와함께 고 새빩안 林檎을 또옥똑 따지않으렵니까?
　　　　　　　　　　－「그 먼 나라를 알으십니까」 전문

위 시에서 시적 자아는 지상에 있으면서도 '먼 나라'로 상정된 원형적
인 우주 공간을 상상적으로 바라보고 있다. 나아가 시적 자아는 지평
공간에 부재하는 '어머니'에게 거기에서 함께 '비둘기'를 키워 다시 지
상 공간으로 다시 돌아오자고 역설한다. 여기서의 '먼'이란 부사어는 시
간적으로는 '미래'이며, 공간적으로는 '나라'라는 시간과 공간을 동시에
함의하는 개념으로 볼 수 있다.

이러한 관점에서 시적 자아가 점유한 위치는 현재 그 자체가 미래를
지향하는 초월의 시점이다. 여기에서 시적 자아는 육도를 윤회하는 육신
을 가진 중생관으로서 '흰물새, 노루새끼, 비둘기, 흰염소, 어린양, 꿩,
서리가마귀, 꿀벌' 등을 바라보고 있다. 이것은 인간과 동물의 수평적
자연 전체를 포함하는 불교적 인생관의 내포[17]라 할 수 있다. 따라서
연약한 존재에 대한 시적 자아의 연민 의식은 현존의 비극성을 뛰어넘어

---

17) 우봉규, 「석정시의 불교적 해명」, 박상률 엮음, 앞의 책, 285쪽.

현재를 미래의 시간과 동일화하려는 인식의 단초가 된다고 할 수 있다.

우선 이 시를 시간 단락으로 나눠보면 다음과 같다. 1, 2연은 미래의 현재화, 3연은 가정적 미래(이상 공간 지향), 4, 5연은 미래의 현재화, 6연은 가정적 미래(현실 공간 지향), 7연~9연은 현재의 미래화의 형태로 분류된다. 이러한 시간 단락은 3연과 6연에서 나타났듯이 시간적으로는 미래와 현재가 공간적으로는 이상 공간과 현실 공간이 대응하는 질서로 통합되는 구조이다.

1연~4연은 미래를 현재화하는 시간으로서 이상 공간 자체를 지향하는 시간 인식으로 파악된다. 3연의 가정적 미래의 시간을 축으로 1, 2연과 4, 5연의 미래의 현재화로 이어지는 시간 구조는 미래의 시간을 현재의 시간으로 동일화시키려는 한 방편으로 이해된다. 또한 이것은 이상 공간에 있는 시적 자아가 지상 공간에 있는 '어머니'와의 괴리감을 해소하는 데도 기여하게 된다. 이 미래는 시적 자아의 존재성의 근원인 '어머니'가 없이는 갈 수 없는 정신적 시간이기 때문이다.

이에 반해 7연~9연은 현재를 미래화하는 시간의 양상이 드러난다. 현실 공간 자체가 6연의 가정적 미래 시간을 기점으로 미래적 현재로 제시된 공간인 것이다. 여기에서 '먼 나라'에 가는 때는 지금 이 순간이 아니라 미정적으로 추정한 '그때'이다. 그러나 이것은 "어린양을 몰고 돌아옵시다"라는 현재 시제로 제시되면서 시간과 공간의 질서가 해체되기에 이른다. 이 가정적 미래의 시간은 8연의 '오늘'이란 시간을 축으로 현재화되는데, 이것은 시적 자아의 소망적 시간과의 심정적 거리를 좁혀주는 구실을 한다. 동시에 이것은 공간적으로는 지평 공간이 초월 공간으로 전이된 것이며, 시간적으로는 현재 자체가 미래이자 과거인 종교적 초월의 시간으로 귀의한 것을 의미한다.

이상과 같이 석정의 초기시는 현재를 미래의 시간과 동일화시켜 초월 공간으로 귀결되는 형태를 보여준다. 이것은 식민 지배라는 현재적 삶이 내포하는 갈등과 긴장을 극복하기 위해 계기적 시간을 거부하고 초월하려는 석정의 자아가 선택한 방식이다. 비극적인 삶을 뛰어넘기 위해서는 대결보다는 화해를 전제로 하여 한 대상에 자신의 참모습을 던져버림으로써만이 가능하기 때문이다. 이 초월의 세계는 공간적으로는 지평 공간이 초월 공간으로 전이된 것이며, 시간적으로는 현재 자체가 미래이자 과거인 종교적 시간으로의 귀결을 의미한다.

2 회귀적 시간과 동일성 지향

일반적인 시간의 논리에 따르면, 수평적 시간은 역사적인 시간에 해당하며, 전·후 시간이 계기적 흐름으로 나타난다. 국가·민족·종족의 시간적 경과를 가리키는 이러한 시간은 계기적으로 흐른다는 인간 경험의 소산이다. 따라서 모든 기억과 체험은 현재의 순간으로 현현되는데, 이것은 인식론적인 현재가 아니라 구체적 삶으로서의 현재가 된다.

수평으로 상징되는 이 역사적 시간은 개인이나 사회에 있어 상향적이어서 진보를 나타낼 수 있는 순방향과, 반대로 하향적이어서 과거로 퇴보하는 역방향의 형태를 취하기도 한다. 석정의 시는 전자의 시간 양상으로서, 합리적이고 진보적인 삶의 태도로써 드러난다. 이것은 과거를 바탕으로 한 현재와, 또 미래로 발전해 나가는 시간의 일반적인 형태를 띠고 있다.

진보에 대한 신념은 철저히 현실에 대한 극복의 양상을 갖기 때문에 현재적 자아와 현실 세계에 집착한다. 과거와 미래는 현재가 확대되고 연장된 차원에서 다루어진다. 과거의 삶이 현실에 어떤 의미로 작용하는지, 또 현재의 삶이 어떤 방향의 미래로 향하는지에 관심을 보인다. 흔히, 리얼리즘 문학에서 보이는 시간 형식으로, 시적 자아가 현실에 직접적으로 개입하여 강한 개선 의지를 드러내는 경향이 있다.

사실적인 시간을 시의 소재로 채택하여 구체적 현실에 강한 집착을 보이는 이 양상은 개인과 사회, 그리고 역사의 제 관계에서 유발하는 문제 의식과 극복 의식을 전제로 한다. 그렇다면 이러한 관점에서 석정의 시에 나타난 시간 의식은 어떤 특징을 지니는지 살펴보도록 한다.

2.1 자기 성찰과 타자 응시

일반적으로 시간의 본질은 계기성(succession)에 있으며 과거→현재→미래로 발전하는 것을 보편적인 질서로 인정하고 있다. 이러한 수평의 논리에 따르면 첫째로 계기성을 그대로 수용하는 경우와, 둘째로 역(逆)의 방향에서 그대로 수용하는 경우로 나뉘어진다. 전자를 '→', 후자를 '←'로 나타낼 수 있다. 전자의 보기로는 흔히 역사에 대한 신뢰를 나타내는 사실주의 작품들을 들 수 있다.

역사에 대한 신뢰를 나타내는 사실주의적 작품들은 18세기 서구의 지적풍토가 환기하는 진보에 대한 신뢰를 의미한다. 후자의 양상은 두말할 필요도 없이 미래에 대한 신뢰감을 상실하는 태도, 다시 말하면 역사의 진보에 대한 짙은 회의를 나타낸다. 역사나 미래에 대한 회의가 환기하는 것은 일종의 낭만주의적 도피이며, 그것은 무엇보다도 과거에 집착한다.[18]

인간의 모든 경험은 비록 그것이 사소하고 그래서 곧바로 잊혀지고 잃어버린 것처럼 보이는 것이라 하더라도, 기억의 심층에 계속 남아 있게 된다. 그리하여, 이것은 창조적 회상, 즉 기억의 심층에까지 내려가 잃어버린 것처럼 보이는 경험의 흔적들을 포착하여 밝혀내는 행위에 의해 언제든지 재구성될 수가 있다.

창조적 회상은 인간으로 하여금 현재에서 과거로 돌아가, 과거의 경험들을 부활시킬 수 있게 하는 것이다. 따라서 이 심층에 의해 우리의 모든 경험들은 현재라는 시간 위치를 차지하게 되고, 우리는 개체로서의 동일성을 이룰 수가 있다. 기억은 무질서하게 흩어져 있는 경험의 파편들을 유의미하게 결합함으로써 통일되고 수미일관된 구조로서의 자아를 구성하는 것이다.

석정의 제3시집 『氷河』는 1945년 8 · 15 해방 이후 6 · 25를 거쳐 1956년까지 쓰여진 작품들로 구성되어 있다. 당시 문인들이 직면한 현실은 일제시대에 잃었던 문학을 되찾고 식민지 시대의 문학적 유산을 청산하고 민족문학을 수립하는 일이 급선무였다.[19] 또한 좌우 이데올로기 이념 논쟁의 질곡에서 결코 누구도 자유로울 수 없는 시기였다. 따라서 동양적 사유에 깊이 천착했던 석정으로서는 탄력적으로 어떤 정신적 거취를 결정하기가 무척 어려웠을 것으로 추측된다.

이와 같은 관점에서 미루어 볼 때, 석정은 과거를 통해 현실을 바라보

---

18) 역방향의 시간 양상은 "현실에 굴복하여 회의를 보일 때나 미래에 대한 신뢰감을 상실하였을 때, 과거로 도피하여 위안을 얻거나 원형을 회복하려는 시간 양상이다. 따라서 과거에 강한 집착을 보이는 시간의 형태로 나타난다. 현실과 밀착된 인식을 전제로 한 과거 지향은 원형에 대한 욕구나 낭만주의적 향수를 불러일으키기도 하지만, 패배적인 현실 인식의 바탕에서는 일종의 낭만주의적 도피"로 나타나기도 한다. 심재휘, 『한국 현대시와 시간』(도서출판 월인, 1998), 54쪽 참조

19) 신용협, 「민족문학 수립의 모색기」, 김윤식 · 김우종 외 『한국현대문학사』(현대문학사, 1994.), 250쪽.

는 방식으로 '단념'을 선택하게 된다. 이것은 과거를 통한 현재의 이해 방식이다.

이 시의 구조를 기술의 시간으로 보면 과거→현재로 일어난 시간의 계기적 질서에 따른 것 같지만, 발화의 초점에서 보면 오히려 그 역방향인 현재→과거의 형태로 이루어져 있다. 현재를 과거와 관련지어 바라보려는 태도는 현재의 비극이 과거에 연루되어 있다는 것을 바탕으로 이루어진다. 이것은 현실을 공동(空洞)으로 인식할 때 취하는 태도로서, 이때 과거의 기억은 명상의 대상이 된다.

여기에서 명상이라는 것은 시적 자아가 과거에서 빠져나오지 못하는 상태로서 현실에서 행동을 상실하는 소극적 개념이다. 베르그송에 의하면 우리의 현재 행동은 언제나 우리의 과거 존재에 의존하고 있으며, 실제로 무의식 상태에서 지속[22]하고 있기 때문이다. 이 시에서 시적 자아가 과거를 통해 현재를 인식하고자 하는 강한 의식은 여기에서 비롯된다.

한 시인이 삶을 영위하는 현실을 인식하기 위해서 가족사의 내력을 훑어본다는 것은 지극히 당연한 일이며, 이는 시간을 역전시키는 방법의 모색으로 가능해지는 까닭이다. 따라서 그에게 과거란 현재가 힘겹고 어려울 때 돌아가 쉬거나 힘이 될 수 있는 추억의 공간이 아니라 단지 시간적으로 확대된 또 다른 현재일 뿐이다.

석정이 인식하는 과거는 훼손되지 않은 원형 공간이라기보다 현재의 삶을 굴절시킨 비극의 진원으로서의 시간 영역이다. 힘들고 어려운 현재의 자아가 돌아가 쉴 수 없는 핍진한 공간으로 여겼던 것이다. 이러한 인식은 자아가 과거에 머무르는 것을 휴지시켜 주변의 삶을 돌아보게 하는 의식의 확대로 이어진다. 그의 과거에 대한 인식이 패배적이거나

---

22) 김형효, 『베르그송의 철학』(민음사, 1995), 55쪽.

도피적인 성향으로 끝나지 않는 것은 타자에 대한 연민 의식을 기반으로
현실을 극복하려는 강한 의지가 있었기 때문이다.

막 下棺을 하자
비는 놋낱같이 쏟아졌다.

관을 덮는 진흙에는
난데 없는 개구리가 쓸려들었다.

幼年은 자꾸 울면서도
아버지의 관과 함께 묻히는
개구리가 더 가엾었다.

그 뒤
십년
이십년이
지내갔다.

그 개구리는
지금 幼年의 아버지의 무덤속에 있는게 아니라
幼年과 너와 나의 가슴 속에
살고 있다.

너도
水原 <富國園>에서
씨앗을 가리던 개구리보다 가엾은
幼年時代의 歷史를 가졌기에
나는 시방도
기린같은 네가 안쓰러운 것이다.

— 「幼年時代」 전문

이 시는 크게 1연~4연의 과거 기억과 5, 6연의 현실 인식의 이원적 시간 구조로 이루어져 있다. 이 시도 앞서 살펴본 「三代」와 마찬가지로 과거를 비극적 현실의 동인으로 삼고 있다. 시적 자아에게 과거는 아버지의 관과 함께 묻힌 개구리가 더 가엾은 비극의 시간이다. 이 시간은 시인의 현실에 끊임없이 영향을 미치는 것으로, 현실 적응성을 잃게 만드는 역할을 한다. 시적 자아의 그 '개구리'는 유년의 아버지 무덤 속에 있는 것이 아니라 너와 나의 가슴속에 살고 있기 때문이다.

인간은 현실적으로 미래를 위해 산다고 해도 과언은 아니다. 그러나 그 시간은 과거와 현재의 교섭 속에서 예비되는 시간이다. 시인이 과거를 고통스러운 시간으로 인식하는 것은 현실적 삶의 무게에서 비롯된다. 그렇기 때문에 그의 시에서는 미래가 소거된다. 과거를 통한 현재만 있을 뿐 어떤 미래의 가능성이나 신뢰를 찾기 어렵다. 시적 자아가 사랑하는 기린에게 개구리보다 가엾은 유년시대의 역사를 가졌기에 안쓰럽다고 연민의 시선으로 술회하게 되는 것은 그런 이유에서다.

이와 같은 타자에 대한 연민 의식은 과거 경험을 토대로 이루어져 있으며, 시적 자아의 구체적 자각의 실체이다. 이 경험의 재생은 시적 자아의 역사에 대한 무의식적이고 자동적이고 타성적인 관점를 변화시켜 현실을 객관화하려는 조짐인 것이다. 과거에 대한 생생한 심상을 이끌어내어 재현시킬 때, 여기에는 세계에 대한 의미 부여도 동시에 이루어진다. 과거와 실재의 세계가 다르기 때문에 기억은 상상의 힘을 빌어 이 모든 것을 변형시켜 분간할 수 있는 인식의 형태로 재구성된다.

기억은 시간과 공간에 있어서 연속성을 가지며, 그리하여 철저히 인과적으로 연결되는 사건의 구조를 정립한 것으로 과거를 재인식하기 때문이다. 이로써 미루어 볼 때 석정의 시는 과거를 묘사하되 뜨거운 육성으로 역사의 비극을 철저히 투시한다. 그의 과거는 자신의 삶을 되돌아 보게도 하여 같은 세계에서 공존하는 이웃들에 대한 연민의 시선으로 옮겨가게 만드는 구실도 한다. 자연과의 교응을 이루며 내면 세계에 침 잠해 있던 시인의 시선이 외부로 확대되어 나가는 것이다. 이러한 과거 에 대한 의식은 역사를 청산하고자 하는 의식을 부추기기도 하고, 현재 를 사는 굳건한 신념의 힘으로 작용하기도 한다.

시적 자아가 인식하는 과거의 시간은 시적 자아의 지향점이 아니라 비극의 원형으로서 역사에 대한 깊은 회의를 품게 되는 대상이 된다. 앞 장에서 밝힌 시간의 역계기성을 의미하는 낭만주의적 도피나 과거에 대한 신뢰의 시간으로서의 과거라기보다 현실을 비극적으로 인식하게 되는 원천으로서의 시간 인식인 것이다.

과거의 기억은 시인이 살고 있던 당대적 현실의 비극성과 관련되어 나타나는 것으로서, 이념의 공동에 빠져 허우적대는 무력한 자아의 모습 에 다름 아니다. 그러나 시인의 의식은 여기에서 머무르지 않고 계기적 으로 진행, 발전하는 시간에 대한 믿음을 결코 버리지 않는다. 그것은 과거의 비극을 통해 역사를 냉철하게 바라보려는 비극적 세계 인식의 한 형식인 바, 다음의 시에서는 현실을 수용하려는 적극적인 태도로 변 모해 간다.

> 항상 현란한 태양이 굽어보는 곳에는 혈압이 높은 척추동
> 물들이 모여서 살아 왔다.
>
> 그렇게 소중히들 여겨오는 역사란
> 이 동물들의 原始的 표정과 표효와
> 咆哮에서 발전한 투쟁을 장식한 한장의 허잘것 없는 사망
> 진단서의 蓄積이다.

아예 이 허망한 진단서에서
너의 청춘과 애정과
빛나는
設計와 드높이 찬양할 죄와 벌의 기록일랑 찾지말라!

이렇게 비좁은 지군데도
저 너그러운 태양이 포기한 지역이 있어
그 어둔 風土에서 마련되는 풍속을
도시 역사는 기록하지 않는
여백이 있는 것이다.

— 「餘白」 전문

이 시를 크게 두 단락으로 나누어 보면 1, 2연은 과거 역사의 해석이며, 3, 4연은 현재 사유의 결과로 구분된다. 그러나 이 시는 앞서 살펴본 시와는 다르게 현재를 적극적으로 탐색[23]하며 수용하려는 태도로 이어진다.

시적 자아는 언제나 현란한 태양이 굽어보는 곳에서 혈압이 높은 척추동물들은 모여서 살아왔다고 진술하면서 과거 역사의 찬란한 기억을 더듬고 있다. 그러나 그렇게 소중히 여겨오는 역사는 한 장의 하잘 것 없는 사망진단서의 축적일 따름이라고 시적 자아는 단정적으로 서술한다. 이 서술의 배후에는 우리 과거의 역사를 굴종과 배반의 역사임을 자각하면서 존재성을 드러내려는 것으로서, 현상학적으로 말하면 세계-내-존재

---

23) 석정은 동양적 사유의 단계에서 벗어나 나름대로 실천적으로 현실 참여적인 발언을 하기에 이른다. 다음과 같은 발언은 그 견해를 간명하게 함축한다. 그는 당시에 집필한 산문에서 "한편의 시는 불행한 겨레의 멍든 마음을 되찾아주는 따뜻한 손길이 되어줘야 하고, 같이 울어줄 수 있는데까지 시인은 찾아가야 할 인고와 용기가 있어야 할 것입니다. 부조리한 현실에 눈감고 현실을 외면하는 것만을 능사로 삼을 수는 없습니다. 부조리와 現實에 대한 인간의 성실한 저항이 누구보다도 시인에게 요구되는 것을 잊어서는 안될 것"이라며 참여문학적 태도를 확고히 하기에 이른다. 신석정, 「젊은 詩人에게 보내는 편지」, 앞의 책, 258쪽.

로서 개자(開自)·탈자(脫自)의 양식이다. 즉 경험적인 것과 심리적인 것을 뛰어넘어 보다 존재적으로 나가는 계기가 된다는 것이다.[24]

과거 시간에 대한 무상성을 일탈하여 현실을 직시하려는 이러한 태도는 현재의 한 순간을 수용하는 것을 존재의 이유로 삼는다. 이는 실존적 자아의 당위성을 획득하려는 결의에 찬 신념의 결과인 셈이다. 그래서 시적 자아는 이 죽음의 역사에서 드높이 찬양할 죄와 벌의 기록은 찾지 말라고 강조한다. 밝은 역사 속에서 처리된 죄와 벌이 이 시인의 풍토 위에선 오히려 찬양으로 옹호되는데, 이것은 "역사와 사회에 대한 날카로운 비판의 시작"[25]이다. 지나간 역사는 이미 현재와는 동일성을 상실하고 있으며 시적 자아에게는 더 이상 존재 의미를 부여하지 못하기 때문이다.

과거를 청산하는 것이야말로 현실적 난국을 타개하는 대의를 실천하는 길인 동시에 새로운 역사를 맞이하는 동력으로 작용한다는 것을 시적 자아는 깨닫고 있었다. 그렇기 때문에 너그러운 태양마저도 어둔 풍토에서 마련되는 풍속을 더 이상 역사로 기록하지 않는 여백이 있다고 단언까지 하는 것이다. 이는 과거 역사의 부정을 통해 현재를 올바르게 성찰하려는 객관적 시간 인식이다.

이러한 인식 태도는 어둔 풍토에서 자행된 역사의 수레바퀴 밑에서는 모두가 피해자이기 때문에 그 환부(여백)를 다시금 들추어 낼 필요가 없다는 의식으로 전환되는 계기를 마련한다. 해방 후의 혼란한 정신적 공황에서 벗어나 현실에 대한 객관적 인식, 민족공동체로서의 이념의 확립, 그리고 자신에 대한 혹독한 내적 성찰 등이 없이 현실과 만난다는 것은 소명 의식을 버리는 행위가 되기 때문이다.

---

24) P. Thévenaz, 심미화 역, 『현상학이란 무엇인가』(문학과지성사, 1982), 44~48쪽 참조.
25) 허형석, 「신석정 연구」(경희대 대학원 박사논문, 1988), 106쪽.

이상에서 살펴보았듯이, 석정의 중기시에 나타난 시간 인식 태도는 단순히 과거를 재생시키거나 또는 현재적 시간으로부터의 해방을 시도하는 것으로 볼 수 없다. 이는 현재로부터 분리되기 위한 것이라기보다 역사적 현실의 직시를 통해 역사를 끌어안으려는 희망이며, 자기 탐구라 할 수 있다. 시적 자아는 과거를 통해 현재의 의미가 무엇인가를 탐구한다.

시적 자아에게 있어 현재는 달력이나 시계가 가리키는 일상적인 것이 아니라, 어제가 수렴되어 있는 넘어서야 할 역사·사회 현실이다. 그러므로 기억은 현재에 삼투되어 있는 어제의 되새김이며, 또한 현재 속에 흩어져 있는 과거 경험의 파편들을 되찾아 다시 한번 자아를 상봉하는 창조적 회상의 하나이다. 다시 말해서, 과거 시간 속에 유폐되어 있던 자아를 시간으로부터 해방시키고 자기 통합을 꾀하는 일이다. 과거의 시간은 자아의 존재 확인이며, 현재가 포섭된 삶의 현장인 것이다.

석정의 시에서 과거 기억은 자아를 발견하게 하고 타자를 인식하게 하며 현실로 접근할 수 있게 하는 통로의 역할을 하기도 하는 힘으로 작용한다. 어거스틴의 고백처럼 기억의 힘은 위대하다[26]는 말을 상기할 필요가 있다. 과거의 기억은 인간의 모든 정신 활동뿐만 아니라 행동에까지 관여한다. 기억은 바로 인식의 문제와 직결되기 때문이다. 이러한 인식은 과거→현재→미래의 계기적 질서를 따르는 다른 여타의 시편에서 역사를 긍정적으로 바라보는 인식으로 나타나게 된다.

2.2 현실 수용과 긍정적 미래

시에 있어서 시간성의 탐구는 개인적인 경험의 세계로서가 아니라

---

26) St. Augustin, 방곤 역, 『고백록』(대양서적, 1971), 314쪽.

어떤 객관성이나 진리, 의도를 드러낼 수 있는 근거로 시적 인식의 문제를 제기할 수 있다. 시인들은 저마다 각기 다른 양상으로 과거와 현재와 미래를 연속적이든 불연속적이든 유동적으로 인식하며 현실을 바라보게 된다. 따라서 시에서의 시간이란 주관적이면서 시인의 의도에 의해 변증법적 체계로 드러나 생의 의미와 결합한다. 앞 장에서 살펴본 바와 같이 석정의 시는 계기성을 그대로 수용할 경우 과거가 현재를 내포하고 현재가 미래를 함축하는 현시태로서의 시간은 진보적 시간관과는 다르게 과거에 대한 거부에 의해 또 다른 인식에 이른 결과임을 살폈다.[27]

나아가 그것은 과거 부정을 통하여 우리의 삶이 어떻게 현재 속에서 미래를 인식하는가 라는 명제였던 것이다. 그러나 문제는 이렇게 해명되는 시적 시간이 일상적 시간으로서의 현재와 비일상적 시간으로서의 현재, 객관적 시간으로서의 현재와 주관적 시간으로서의 현재를 변증법적으로 지양한다는 점에 있다. 따라서 시의 시간은 일상적 시간에 배반되는 비일상적 시간이라고 하기보다는 일상적 시간을 포섭하면서 삶의 의미를 암시하는 독특한 시간의 모습인 것이다.[28]

석정의 시에서 미래를 지향하는 현재의 시간은 행동을 표명하는 의식 태도로써 드러난다. 따라서 미래는 행동을 위해서 준비하거나 시작하는 인식을 내포한다. 즉 미래를 겨냥한다는 것은 정신적으로 행위의 양상[29]을 드러내기 때문에 앞 장에서 살펴본 과거에 연루되어 현재를 비극적으로 감지하는 시간 의식과는 다르다. 지각의 기억적 측면은 이미 지나간

---

27) 한스 마이어홉은 양화(量化)되는 시간의 성질에는 양면적인 가치가 있다고 주장한다. 생산재로서의 시간 개념, 즉 시간이 돈이다라는 긍정적인 가치와 소비된 시간은 쓸모없는 시간, 즉 과거는 죽은 존재, 무용한 존재이므로 자기 자신과 역사를 회상하는 것은 시간 낭비다 라는 부정적인 가치가 그것이다. H. Meyerhoff, 앞의 책 참조.
28) 이승훈, 앞의 책, 95쪽.
29) 김형효, 앞의 책, 58쪽 참조.

시간에 대한 영향관계로서의 관심이지만, 지각의 미래적 측면은 행동으로 이어지는 의식의 결과이기 때문이다. 이는 과거→현재→미래의 연속 선상에서 이루어지며 자기 동일성을 이루려는 양상으로 나타나게 된다.

> 태양을 의논하는 거룩한 이야기는
> 항상 태양을 등진 곳에서만 비롯하였다.
>
> 달빛이 흡사 비오듯 쏟아지는 밤에도
> 우리는 헐어진 성터를 헤매이면서
> 언제 참으로 그 언제 우리 하늘에
> 오롯한 태양을 모시겠느냐고
> 가슴을 쥐어 뜯으며 이야기하며 이야기하며
> 가슴을 쥐어 뜯지 않었느냐?
>
> 그러는 동안에 영영 잃어버린 벗도 있다.
> 그러는 동안에 멀리 떠나버린 벗도 있다.
> 그러는 동안에 몸을 팔아버린 벗도 있다.
> 그러는 동안에 맘을 팔아버린 벗도 있다.
>
> 그러는 동안에 드디어 서른 여섯해가 지내갔다.
>
> 다시 우러러 보는 이 하늘에
> 겨울밤 달이 아직도 차거니
> 오는 봄엔 분수처럼 쏟아지는 태양을 안고
> 그 어늬 언덕 꽃덤풀에 아늑히 안겨 보리라.
>
> — 「꽃덤풀」 전문

이 시는 해방 직후의 작품30)으로서 해방의 환희를 기치로 내걸기보다

---

30) 이 시는 해방 직후의 작품으로서 쓰여진 날은 '1946년 1월 12일 밤'이라고 석정의 세 번째 시집인 『氷河』(정음사, 1956)에 명시되어 있다.

는 해방 공간의 무질서와 병폐에 대해 석정은 비판적 자세를 견지하고 있다. 즉 해방과 더불어 맞게 된 당시의 사회 전반의 현상은 한마디로 혼란과 충돌, 무질서가 뒤엉킨 병적 징후를 노출하고 있었다. 냉철한 이성적 판단보다는 도당적(徒黨的) 고함이 컸고, 진취적이고 미래지향적인 적극성보다는 과거의 감상적인 피해 의식과 보복이 헝클어진 감정적 대립 의식이 지배적이었다. 그래서 석정은 시 「餘白」에서도 "죄와 벌의 기록일랑 찾지말라!"고 외치며 미래 지향의 기치를 들었던 것이다.

민족 해방이 우리의 구체적 역량에서 실현된 것이 아니라 타의의 힘에 의해 이루어진 결과였기에 "다시 우러러 보는 이 하늘에/ 겨울밤 달이 아직도 차거니"라는 현실 인식은 매우 정확한 것으로 보인다. 8·15 해방은 시인에게 있어 말 그대로 해방은 아니었던 것이다. 식민주의는 미·소 분할 점령이라는 새로운 식민주의의 발판을 마련해 놓고 있었기 때문이다. 이때 석정도 사회에 눈을 돌려 격렬한 참여시의 세계를 추구하게 된다.31) 역사 인식에 초점을 맞추어 민족의 미래를 주체적으로 짊어지고 가려는 의식의 결과인 것이다.

1연에서 시적 자아는 태양을 의논하는 거룩한 이야기는 항상 태양을 등진 곳에서만 비롯하였다는 우리 역사의 뒤안길을 우울한 관점에서 서술하고 있다. 이러한 과거 인식은 우리 민족의 주체적 힘으로 쟁취한 해방이 아닌 미·소 양극 체제의 또 다른 식민지로 전락해버린 약소민족의 비애와 좌절감의 표상이라 아니할 수 없다. 시적 자아의 자기

---

31) 석정 시의 참여 문제를 거론하면서 허소라는 "한마디로 自然에서도 園丁이 못되고, 참여론자의 입장에서도 그 꿈을 다 이루지 못한 辛夕汀의 비극적인 遍歷은 마치 한국시의 상처 입은 얼굴과도 같다. 그러나 그는 抒情詩人으로서 白衣從軍하듯 대담하게 현실참여를 시도한 시인이다."라고 평가했는데, 이는 서정시인으로서의 비극적 역사 편력을 단적으로 보여주는 예라 할 것이다. 허소라, 『한국 현대시 작품 연구』(학문사, 1989), 249쪽.

동일성에 대한 탐구는 여기에서부터 시작된다.

2연은 시간의 경과에 따라 해방을 맞게 된 과거 상황의 상징적 서술 단락이다. 시적 자아는 달빛이 쏟아지는 밤에 헐어진 성터를 헤매이면서 우리 하늘에 "오롯한 태양을 모시겠"다고 가슴을 쥐어 뜯지 않았느냐고 반문하고 있다. 이때 시적 자아는 일상적 자아와 역사적 자아의 갈등으로 인해 동일성을 자각하지 못한 채 존재 의미를 상실했던 과거의 시간에 매몰되어 있다.

나아가 3연은 과거의 구체적 서술로서, 시적 자아는 비극의 역사적 상황이 계속되는 가운데 잃어버린 벗, 떠나버린 벗, 몸을 팔아버린 벗, 맘을 팔아버린 벗 등이 있다고 구체적으로 열거하고 있다. 이 부분은 정신과 육체를 잃고 방황하는 존재의 비극성이 과거 경험의 기억으로부터 비롯되었다는 것을 증명하는 서술 단락이다.

자기 동일성 탐구와 증명에는 시간 개념이 내포된다. 창조와 파괴, 존재와 생성의 관계는 시간을 매개 변수로 하기 때문이다.[32] 여기에서의 시간은 계기적 진행을 의미하며, 그 진행에 따라 인간의 외적 경험을 내면화하게 된다. 이로써 시적 자아는 4연의 "서른 여섯해"라는 시간 경과 단락을 매개로 5연에는 현재성을 직시하며 미래를 바라보는 태도를 확립한다.

이 단락에서 시적 자아는 다시 역사적 현실을 직시하지만, 아직도 현실의 시간은 겨울 밤이면서 달이 차가운 비극적 상황에 직면해 있다. 여기에서 시적 자아는 과거 시간 속으로부터 연계된 <지금>을 지각한다. 이것은 역사를 새롭게 인식하고 긍정하려는 계기적 시간의 양상으로서, 실존적 불안의 양상을 극복한 시적 자아의 인식으로 드러난다.

---

32) 이승훈, 앞의 책, 49쪽.

　　이와 같은 자아의 갈등 양상은 시간의 지속성에 흡수되어 미래를 긍정하는 태도로 인식의 전환을 이루게 된다. 이때의 시적 자아는 환경과 자신의 관계를 평가함에 있어 무력화된 일상적 자아를 제거하려는 무의식적 충동을 보이게 마련이다. 시인에게 역사는 인간의 자유 의지에 의해 억압을 제거하려는 지속적 시도의 대상이기 때문이다.

> 살아보니
> 地球는
> 몹시도 좁은 고장이더군요.
>
> 아무리
> 한 億萬年쯤
> 太陽을 따라 다녔기로서니
> 이렇게도 呼吸이 가쁠 수야 있읍니까?
>
> 그래도 낡은 청춘을
> 숨가빠하는 地球에게 매달려 가면서
> 오늘은 가슴속으로 리듬이 없는
> 눈물을 흘려도 보았습니다.
>
> 그렇지만
> 여보!
> 안심 하십시요,
> 오는 봄엔
> 나도 저 나무랑 풀과 더불어
> 지줄대는 새같이
> 발음하겠습니다.
>
> 　　　　　　　　　　　　　　　　　　　　　－「發音」 전문

　　이 시의 시적 자아는 "呼吸이 가쁠 수"밖에 없는 해방 정국에서 "눈물

을 흘"리면서도 "오는 봄"을 전면적으로 수용하겠다는 긍정적인 역사 의식을 드러내고 있다. 이 시에서 다루는 역사 의식은 다분히 자기 동일 성을 전제로 하여 실현되는 특성을 지닌다. 시적 자아는 과거와 현재의 시간을 부정적으로 인식한다. 이 부정적 인식은 '부정＋부정'이라는 이 중부정을 통해 긍정에 도달하는 토대로서 드러나는데, 이는 과거와 현재 를 동시에 비극적으로 파악하는 사유에 기초한다.

이 시에서 자기 동일성 탐구란 자아 각성을 통해 역사적 시간을 초월 하여 우주의 질서로 환원시킴을 의미한다. 이러한 논리에서 보면, 시간 의 흐름은 곧 의식의 흐름이라는 자아와 일치한다. 즉 자아에 의해 제시 되는 이미지는 파편화된 기억의 이미지들이 상호 관련됨으로써 우주의 시간으로 동화된다. 이것은 시간과 자아의 탐구가 과거와 현재에 기능을 부여하여 현실의 불연속적 인식에서 연속감을 보여주는 방법이다. 따라 서 석정의 시에서 기억은 자아의 적극적, 조정적 기능을 의미하는 창조 적 이미지를 제시하여 통일된 구조로서 자아를 재창조하려는 역할을 담 당한다.

이 시의 시적 자아는 과거의 지구는 몹시도 좁은 고장이며, 여기에서 한 억만년쯤 '태양'을 따라다녔기에 호흡이 가쁠 수밖에 없는 과거의 국면을 기억하고 있다. 이 기억은 3연의 '오늘'이란 시간을 축으로 현재 의 상황으로 환원시켜 눈물을 흘려보는 부정적 국면으로 이행시킨다. 여기에서 시적 자아는 창조적 회상에 의하여 자아의 연속성을 깨닫게 된다.

시적 자아는 이러한 계기적 회상을 통해 시간적 연속으로서 자신의 주체적 인생을 경험하지 못했음을 자각하여 자기의 인생을 확인하고자 할 때 미래를 인식하게 된다. 때문에 시적 자아는 오는 봄엔 "나무랑 풀과 더불어 지줄대는 새같이 발음하겠다"는 진정한 주체적 자아를 깨닫는다. 여기에서 시적 자아는 동일성 탐구의 귀착점을 우주의 시간 질서에 순응해야 한다는 태도로 표명하게 되는 것이다.

과거를 통해서 현실의 비극을 환기한다는 것은 현재를 자각하고자 하는 태도에 다름 아니며, 보다 나은 미래를 바란다는 의식에서 기인한다. 현재가 비극이라면 미래는 희망적이라고 감지되는 시간은 자연의 순환적 질서의 경우에만 국한된다. 그렇기 때문에 결국 시간 연속은 자기 동일성 증명의 매개가 되며, 미래를 긍정하는 힘이 되는 동시에 반목의 역사를 우주의 질서로 동화시키는 원리로서 작용함을 알 수 있다.

1

저 허잘 것 없는 한송이의 달래꽃을 두고 보드래도, 다사롭게 타오르는 햇볕이라거나, 보드라운 바람이라거나, 거기 모여드는 벌나비라거나, 그 보다도 이 하늘과 땅 사이를 아렴프시 이끌고 가는 크나큰 그 어느 알 수 없는 <마음>이 있어, 저리도 조촐하게 한송이의 달래꽃은 피어나는 것이요, 길이 滅하지 않을 것이다.

2

바윗돌처럼 꽁꽁 얼어붙었던 大地를 뚫고 솟아오른, 저 애잔한 달래꽃의 긴긴 歷史라거나, 그 막아낼 수 없는 偉大한 힘이라거나, 이 것들이 빚어내는 아름다운 모든 것을 내가 찬양하는 것도; 오래 오래 우리 마음에 걸친 거치장스러운 푸른 囚衣를 자작나무 허울 벗듯 훌훌 벗고 싶은 달래꽃같이 偉大한 歷史와 힘을 가졌기에, 이렇게 살아가는 것이요, 살아가야 하는 것이다.

3

한송이의 달래꽃을 두고 보드래도, 햇볕과 바람과 벌나비와, 그리고 또 無限한 <마음>과 입맞추고 살아 가듯, 너의 뜨거운 心臟과 아름다운 모든 것이 샘처럼 왼통 괴여 있는, 그 눈망울과 그리고 항상 내가 꼬옥

쥘 수 있는 그 뜨거운 핏줄이 나무가지처럼 타고 오는 뱅어같이 에쁘디
에쁜 손과, 네 고은 靑春이 나와 더부러 가야할 저 환히 트인 길이 있어
늘 이렇게 죽도록 사랑하는 것이요, 사랑해야 하는 것이다.

— 「歷史」 전문

이 시는 앞서의 작품과는 다르게 현재와 과거, 미래의 시간을 함축적
으로 통합하여 서술하는 형태로 되어 있다. 이것은 경험적 시간을 순간
적으로 포착하여 미래화하는 태도라고 할 수 있다. 기억·상상력·자아
의 상호 의존 관계에 의하여 진정한 자아를 재창조하는 이 방법은 상상
력의 종합이라는 명제에 의하여 통일성을 획득하기 때문이다.

이 시는 첫 단락에서 달래를 키우는 것은 '햇볕'과 '바람'과 '벌나비'
의 힘보다도 하늘과 땅 사이를 이끌고 가는 크나큰 어느 알 수 없는 '마
음'이 있어 가능하다고 역설한다. 이는 자연사와 인간사를 동일시하여
시간을 초월하려는 인식 태도로서, 그것은 소위 선(禪)에서 말하는 무상[33]
의 경지이다. 선은 본래 마음이 본래 상태로 돌아감을 의미하며, 자아
각성의 상태[34]를 의미하기 때문에, 지속의 시간 개념으로써 "길이 滅하
지 않을 것"이라는 진술이 가능한 것이다. 이와 같은 인식을 전제로 하여
시적 자아는 둘째 단락에서 자기 동일성 탐구의 결과를 기반으로 역사를
바라보는 인식으로 나아간다.

---

33) 제행무상(諸行無常)에서 '행'은 가상이자 현상이다. 현상계가 절대적이지 않기 때문에 고정불변의
  의미를 지니지 못한다. 무상이라는 말이 이를 잘 설명하고 있다. '무상(無常)'은 가상이 무한한
  변화 속에 임시적인 것이라는 점, 그렇기 때문에 모든 사물은 동질의 차원에 놓인다는 논리이다.
  이 논리 위에서는 동질의 차원에 놓인 가치인 '귀/천', '영원/순간', '큼/작음', '진리/비진리' 등의
  토대를 무화시켜 버린다. 유임하,「문학적 상상력과 선적 상상력」, 이원섭·최순열 엮음,『현대문학
  과 선시』(불지사, 1992), 188~189쪽.
34) 선의 견지에서 보는 '각성'이란 일체의 분별을 불식하여 주관과 객관 이전의 분열 이전의 마음
  자체로 돌아가고, 다시 마음 자체마저 초월하여 진정한 마음 자체로 돌아가는 길로서 마음 자체가
  곧 진리임을 뜻하는 것이다. 이원섭,「현대사회와 선」, 위의 책, 25쪽 참조.

시적 자아는 이 지점에서 달래꽃의 긴긴 역사를 찬양하는데, 그것은
바윗돌처럼 꽁꽁 얼어붙었던 대지를 뚫고 솟아오른 "偉大한 힘"을 인식
했기 때문이다. 이러한 주관적 상대성에 의해 시적 자아는 마음에 걸친
수의(囚衣)마저 훌훌 벗을 수 있는 위대한 역사와 힘을 가졌기에 우리가
살아가는 것이고, 살아가야 하는 것이라고 역설한다. 여기에서의 시간은
달래꽃 피는 시간과 시적 자아의 역사적 시간이 통합적으로 '마음'에서
만나 진정한 자아로 환원되는 원형적 시간이다. 이러한 시간은 지속을
전제로 한 과정으로서의 시간 인식이며, 자아의 양상을 통해 미래의 시
간으로 수렴되는 진정한 시간의 양상이라 정의할 수 있다.

셋째 단락은 자기 동일성의 최종 단계인 영원성을 지향하는 의식으로
이어진다. 여기에서 한 송이 달래꽃은 햇볕과 바람과 벌나비와, 그리고
또 무한한 '마음'과 입맞추고 살아가는 존재이다. 따라서 시적 자아는
달래꽃과 더불어 가야 할 환히 트인 길이 있다는 사실을 자각한다. 이것
은 영원성을 지향하는 시간 양상으로 자아의 갈등이 조화롭게 통일된
역사의 낙관론에 이르는 질서를 보여준다.

미래에 대한 신념의 양상으로 드러나는 이 낙관론은 과거에의 확신에
서 역사는 선형적으로 진보한다는 순환적 시간관에 토대를 둔다.[35] 시적
자아는 시간에 대한 진보적 인식을 기저로 "늘 이렇게 죽도록 사랑하는
것이요, 사랑해야 하는 것이다"라는 현재 수용과 미래 긍정의 시간 인식
에 귀착한 것으로 볼 수 있다. 자기 동일성의 탐구는 주관적 상대성을
전제로 기억의 지속을 통해 진정한 자아에 이르며 영원성을 지향하는
긍정적 낙관론으로 나타난다는 점에 그 특징이 있다.

이상에서 살펴본 바와 같이, 자기 동일성을 탐구하며 미래를 지향하는

---

35) 이승훈, 앞의 책, 35쪽 참조

시간 의식은 해방 이후 6 · 25 전란에 이르는 비운의 역사를 새롭게 인식하고 긍정하려는 양상으로 드러난다. 시대사의 혼란과 무질서를 해소하려는 일상적 자아와 역사적 자아의 갈등은 지속하는 시간에 의해 미래를 긍정하는 태도로 인식의 전환을 가져온다. 이것은 우주의 시간 질서에 몰입하는 태도를 전제로 이루어지는데, 이때의 시간 연속은 자기 동일성 증명의 매개가 되어 미래를 긍정하는 힘이 되는 동시에 역사의 시간을 새롭게 환기시켜 주는 요인으로 작용한다. 따라서 시적 자아는 현재를 수용하면서 미래를 긍정하는 시간 인식 태도를 통해 진정한 자아에 이르며 역사를 긍정하는 낙관론으로 귀착하게 된다.

3 초월적 세계와 순환의 원리

앞 장에서 살펴본 수직, 수평적 시간 구조는 모두 선형의 모습으로 나타난다. 다만 그 방향이 달랐을 뿐이다. 이러한 관계를 더듬는 또 하나의 방법으로는 시간을 직선적 계기성의 세계로 보지 않고, 순환적 계기성의 세계로 보는 입장이 있을 수 있다. 이러한 시간의 경우에는 그 계기성이 일정한 길이로 확장된 다음에 다른 방향에서 확장된 시간과 서로 만난다는 인식이 깔려 있다.

문제는 계기성이라는 시간의 기본 개념을 전제로 할 때 이러한 시간적 구조는 곧장 원형이 되는 것은 아니라는 점에 있다. 그것은 원형을 지향하면서 계속 반복되는 양상으로 나타난다. 이러한 시간적 구조는 유한한 삶 속에서 무한을 재현하는 가장 기초적인 방식이며, 그것은 한마디로 신화적 상상력의 세계를 전개한다는 말이 된다. 따라서 이러한 시간 구조는 일단 신화적 시간이라고 부를 수 있다.

신화적 시간은 과거의 성스러웠던 시간이 끊임없이 반복된다는 인식에 기반을 둔다. 따라서 엘리아데에 의하면 그러한 반복 속에서 우리의 삶이 끊임없이 신성한 시간을 체험하며, 그러한 삶이야말로 소위 재생의 삶이 되는 것이다. 모든 신화의 시간적 구조는 물론 서정시의 경우에도 그러한 양상으로 드러난다는 점이다. 시에 있어서 이러한 시간을 분석하는 구조적 접근 방법으로는 시 속의 시간적 질서가 일상적 시간의 질서를 그대로 드러내는 경우와 파괴되는 경우, 그리고 무화되는 경우를 분석하는 방법이 있다.36)

이와 같은 순환의 논리에서 시간이 파괴되는 경우는 역계기성의 시간으로 객관적 시간의 흐름에 대한 도전이나 흐름으로부터의 퇴각을 의미하며, 무화의 경우는 현재의 한 순간이 바로 미래를 지향하는 초월적 시간을 의미한다. 베르그송은 이러한 시간의 특질의 경험을 긍정적 측면에서 창조라는 의미로 표현하고 있다. 그렇다면 이러한 시간 의식이 두드러지는 석정의 후기시는 어떤 방식으로 현실에 대응했는가를 살펴보도록 한다.

3.1 연대감 확인과 신화 체험

석정의 후기시는 시집 『山의 序曲』(1967)과 『대바람 소리』(1970) 및 1974년 7월 작고시까지로 구분해 볼 수 있다. 중기시에서 보여주었던 "진보적인 시관은 4·19를 전후하여 가일층 심화"37)되어 나타나기도

---

36) 이승훈, 앞의 책, 188쪽.
37) 허형석, 앞의 논문, 113쪽.

하지만, 석정 시의 미학적 범주를 벗어나 단순히 역사의 참혹한 현장을 고발하는 데에 머무르고 있음은 아쉬운 점이 아닐 수 없다. 그래서 그는 지속적으로 그의 가장 강점이었던 순수 서정시의 세계로 돌아와 자연과 현실, 인간의 총체성을 아우르는 경향의 작품을 창작하며 초기, 중기와는 다른 시세계를 펼쳐나간다.

참여와 서정의 양극단을 조율하기 위한 이 시기의 시들은 유한에서 무한을 지향하는 신화적 시간, 즉 시간의 흐름을 초월한 곳에 존재하는 무시간적 세계로 나타나게 된다. 석정의 초기시가 외압에 의해 굴절된 당대적 상황일 때는 허무와 초월의 극점을 오가는 수직적 인식으로서의 시간 논리였다면, 중기의 시들은 해방 직후의 혼란한 상황 속에서 창작된 것으로 당대의 역사적 상황과 만난다.

석정의 시에 나타난 기억에 연루된 불행한 당대적 삶과 주체적 자각을 통한 동일성 탐구로서의 심리적 시간은 미래를 긍정적으로 바라보게 되는 인식의 전환을 가져오게 된다. 그러나 그의 시가 당대적 상황과 결부된 현존의 비극성을 인식할 때는 일상적 시간에서 벗어나는 신성(神性)의 시간, 또한 영원성을 추구하는 순환적 시간의 논리에 접근한다.

梧桐에
비낀 달
가을은 치워라.

古梅
성근 가지
영창에 거지었고,
철새 나는
하늘을
무서리 나려

풀버레 사운대는
밤은
정작 고요도 한저이고

어디서
대피리 소리
마디 마디 가삼이 시리다.

시나대 숲에
바람이 머물어
촛불도 눈물 짓는 기인 긴
이밤

나는
唐詩를 펴들고
아득한 아득한 잠을 부른다.

─ 「秋夜長 古調」 전문

이 시는 '가을'이라는 계절적 배경을 중심으로 '밤'이라는 비극적 시간의 극점을 통과하는 양상이 드러나 있다. 총 7연으로 이루어진 이 시에서 '잠'은 신화적 시간을 그리워하는 시적 자아의 의식이 반영되어 있는 이미지이다. 1연에서 '梧桐'과 '비낀 달'의 공간 대비는 '가을'이라는 시간성을 구체화하기 위한 동인으로 작용한다. 이때 의미는 생명적 존재(梧桐)의 위축이며, '치워라'는 촉각적 감각이 이를 수용한다. 공간이 땅이라면 시간은 생명의 소멸을 의미하는 '가을'이 된다.

2~4연의 시적 자아는 '고매(古梅)'의 성근 가지와 철새 나는 '하늘'의 공간을 바라보며 "무서리 나"리는 비감한 정서를 체현하게 된다. 이 공간은 실존적 비극성을 내포하며 5연에 드러난 '밤'의 시간성으로 이행된

다. 이때의 밤은 풀벌레 사운대는 소리와 대피리 소리로 인해 '고요'함이 더 구체화되는 시간이며, 이로 인해 마디 마디 가슴이 시린 현존의 고독감이 극화되는 현재의 시간이다. 따라서 '시나대숲'의 공간은 '바람'이 횡행하여 '촛불'마저도 눈물짓는 고독과 번민의 현실 세계로서 시적 자아가 삶을 영위하기에 충분한 조건을 갖추지 못한다.

이와 같은 현실의 시간에서 시적 자아는 당시(唐詩)를 펴들고 "아득한 잠"을 부르게 된다. 시적 자아는 책을 펴들고 독서 행위를 하는 것이 아니라 '잠'을 부르는 것이다. 이 시에서의 '잠'은 '밤'의 시간으로 상징되는 외부 세계와 일체 절연된 가장 안락한 세계이다. 그러므로 '잠'은 어떠한 내용도 거느리지 않은 무의식 세계이며, 외적 상황의 억압과 구속으로부터 초월한 무시간적 세계의 상징이다.

여기에서 주목되는 것은 무시간을 지향하는 시적 자아가 수동적으로 잠의 세계로 퇴행하는 것이 아니라, 현재성 속에서 '잠'을 부른다는 점이다. 이것은 현실적 시간이 순수한 신화적 시간으로 환원되기를 바라는 의식의 발로이며, '깨어 있는 잠'이라는 역설이 가능해지는 시간 인식이다. 이것은 앞 장에서 살펴본 자연의 시간 논리를 따르려는 것이라기보다 '밤'이라는 시간의 고독과 단절, 슬픔을 무화시켜 시적 자아가 무시간적 세계에서 현존하려는 실존 양식의 한 형태인 셈이다.

앞의 인용시 「秋夜長 古調」가 현재성의 토대에서 영원을 지향하는 형태라면, 다음의 시는 현재와 과거가 무한히 반복되어 신성한 시간을 체험하는 순환적 구조로 이루어져 있다.

대바람 소리
들리더니
蕭蕭한 대바람 소리

창을 흔들더니

小雪 지낸 하늘을
눈 머금은 구름이 가고 오는지
미닫이에 가끔
그늘이 진다.

국화 향기 흔들리는
좁은 書室을
무료히 거닐다
앉았다, 누웠다
잠들다 깨어 보면
그저 그런 날을

눈에 들어오는
屛風의「樂志論」을
읽어도 보고……

그렇다!
아무리 쪼들리고
옹숭그릴지언정
<어찌 帝王의 門에 듦을 부러워하랴>

대바람 타고
들려오는
머언 거문고소리……

— 「대바람 소리」 전문

이 시의 시간 구조는 표면적으로도 과거적 현재(1연) - 현재(2~5연) - 현재적 과거(6연)로 이어지는 순환적 양상을 띠고 있다. 1연의 과거적 계기성이 2~5연의 현재성으로 확대된 다음 6연으로 다시 환원되어 반복되는 구조이다.

우선 1연을 살펴보면, 과거적 현재로서의 "대바람소리"는 지나간 시간에 대한 순간성의 표현이고, '창'은 '대바람'과 만나 시적 자아의 존재를 일깨우는 소리 이미지를 동반한다. 바람은 상징체계에 있어서 지속의 원형 이미지로서 유동적 대상과 만날 때 소리로써 그 존재성이 입증되는 실체이다. 또한 '창'은 소리를 인식한 시적 자아가 대나무와 만나 교감을 이루는 공간의 표상이다.

시적 자아가 방안에 있더라도 '창'은 투시의 양면성으로 안과 밖의 소통을 가능하게 해준다. 그렇기 때문에 시적 자아의 고립된 존재성이 2연에서처럼 바람이 지배하는 '하늘'을 지향하게 되며, 이때 하늘은 "눈 머금은 구름이 가고 오"는 신성한 시간을 내포한 공간의 축이 된다. 이 공간은 시적 자아의 "미닫이에 가끔 / 그늘"을 만들며 현실 공간을 지배하는 이미지로서, 삶의 근원적 적막감을 일깨우는 구실을 한다.

이 시의 3연에 등장하는 "대바람소리"는 국화 향기만이 흔들리는 단절의 공간에 칩거한 시적 자아의 존재 이유를 자각하도록 만든다. 시적 자아가 점유한 공간은 "좁은 書室"이고 현존의 모습은 무료히 거닐다가 누웠다 잠들다 깨어보면 "그저 그런 날"이라는 시간성이 정지된 무력한 존재성으로 표상된다. 이때 시적 자아는 4연에서 병풍의 악지론(樂志論)을 읽어보게 되는데, 여기에서 현존을 자각하고 감각하는 계기를 만들며, 5연에서 존재 이유를 체득한다.

이와 같은 인식은 현존의 모습이 아무리 쪼들릴지라도 "제왕의 문"에 드는 것을 부러워할 수 없다는 현재적 자각에서 비롯된다. 이는 비극의 현존성에서 벗어나 무한의 시간을 지향하는 시적 자아가 새로운 생명적 존재로 바뀌는 인식의 귀착점으로서 6연의 "대바람 타고 / 들려오는 /

머언 거문고소리”라는 현재적 과거의 시간으로 다시 무한히 반복, 재생
되는 순환적 시간 논리에 이르게 된다.

　이 시는 ‘대바람소리’을 통하여 과거의 신성한 시간이 영원히 반복되
고 재생된다는 인식을 환기시켜 준다. 궁핍하고 적막한 현실의 공간을
‘바람’을 매개로 인식하던 시적 자아는 과거의 시간대로 돌아가서야 존
재의 자각에 이른다. 나아가 이것은 현존의 공간을 소리만이 들려오는
무시간의 세계로 환치시켜 일종의 영원성을 각인하려는 삶의 태도를 드
러낸다.

> 강물같은 밤을
> 孕胎한 촛불 아래
>
> 焚香이 끝난
> 다음,
>
> 靈柩車는 다락 같은 말에 이끌려
> 천천히 움직이기 시작했다.
>
> 그때 나는
> 흰 薔薇꽃으로 뒤덮인
> 관을 붙들고
> 놋낱같은 눈물을 흘리며
> 목메어 우는 少女를 보았다.
>
> 능금빛 노을이 삭은 하늘 아래
> 아아라한 山들도
> 입을 다물고 서 있는
> 黃昏이었다.

靈柩車를 이끄는 白馬의 갈기가
바람에 나부끼는 것이
역력한 어둠발 속에
그 아리잠직한 少女의 白月髑같은 손아귀에 잡힌
靈柩車의 흰 薔薇꽃은 뚜욱 뚝 떨어졌다.

아득한 어둠 속으로
저승보다 아득한 어둠 속으로
靈柩車를 이끄는 말발굽 소리와
그 靈柩車에 매달려 끝내 흐느끼는 소녀의 울음소리에
나는 그만 소스라쳐 깨었다.

촛불을 켜놓고,
나는 시방 그 어둠 속에 사라지던
靈柩車와 靈柩車에 매달려 흐느끼던
少女를 생각한다.

<그것은 아버지의 靈柩車도 아니었다>
<그것은 어머니의 靈柩車도 아니었다>
<그것은 이웃들의 靈柩車도 아니었다>

이 地獄같은 어둠이 범람하는 <地球>라는 몹쓸 별에
내가 아직 숨을 타기도 전에
그러니까 아주 오랜 옛날
그 어느 별을 지나갔을 나의 외로운 靈柩車이었는지도 모른다.

촛불이 흔들리는 강물같은 밤에……
— 「靈柩車의 歷史」 전문

이 시는 시적 자아가 죽음 제의를 통해서 잃어버린 본래적 자아와
대면하는 의식을 드러내 주고 있다. 여기에서의 죽음은 결코 무서움의

대상이 아니며 당연한 것, 더 나아가서는 시적 자아가 절실하게 규명해 보아야 할 하나의 시간 앞에 서 있음을 의미한다. 다시 말해서 이 시에서 내포하는 죽음이란 사라져 없어져 버리는 소멸이 아니라 생성적 의미로 서의 새로운 시작인 것이다.

우선 이 시의 시간 단락을 살펴보면, 1, 2연은 비극적 현실의 시간 인식, 3연은 신화적 시간으로의 진입, 4~6연은 과거의 비극적 역사 확 인, 7연은 현실로의 환원, 8연은 현실에서의 과거 반추, 9~12연은 과거 와 현실의 자아화, 13연은 영원한 현재로서의 시간 등으로 구분된다. 이 시는 구조상으로도 순환하는 시간적 형태로서, 영원한 현재를 지향하 는 의식을 드러내고 있다. 이는 순환적 역사 이론에 토대를 두어 초시간 적 영원의 세계를 재발견했다는 의미에서 연속과 통일의 감각, 그리고 인류 전체 역사와의 연대감을 전달하는 구실을 한다.[38] 동일한 인간 상 황과 유형이 주기적·연속적으로 반복된다면 모든 시간은 영원한 현재 라고 할 수 있다.

시적 자아는 1연에서 현실의 세계를 "강물같은 밤"이라고 표현하고 있다. 여기에서의 '강물'은 흐름의 성질을 통해 끊임없이 변화하고 연속 적으로 지속하는 현재성의 의미를 내포한다. 또한 '밤'은 '焚香'이라는 행위와 만나면서 죽음의 인식으로 이어지는데, 이는 시적 자아에게 인간 이 원초적으로 가질 수밖에 없는 실존성의 근원을 일깨워준다. 시적 자 아는 그러한 것들을 "孕胎한 촛불 아래"에 앉아 "강물같은 밤"을 인식한 다는 점이다. 제임스에 의하면 현재에는 그 자체의 어떤 폭이 있어서 우리는 여기에 정지해 있고 이것으로부터 과거와 미래라는 두 개의 시간 적 방향을 들여다보게 된다[39]고 한다.

---

38) H. Meyerhoff, 앞의 책, 149쪽.

이와 같은 시간성에는 어둠이 어둠에서 비롯되지 않고 밝음이 밝음에서 비롯되는 것이 아니라 밝음과 어둠이 결국 하나라는 인식을 내포한다. 그렇기 때문에 시적 자아는 3연에서 신화적 시간으로의 진입이 가능해지는데, 여기에서의 '말'은 신화세계로 인도하는 매개자의 역할을 하고 있다. 따라서 4~6연의 신화적 세계 속에 진입한 시적 자아는 과거의 비극적 역사 속에서 흰 장미꽃으로 뒤덮인 관을 붙들고 눈물을 흘리는 '少女'를 목도하게 된다. 소녀 상주는 비극을 극대화시키기 위해 시적 자아가 의도적으로 선택한 것이며, '靈柩車'는 비참한 現實 속에서 죽은 듯이 살아가는 話者의 先驗的인 영구차일 수도 있고 나아가 우리 모두의 것일 수도 있다.[40]

나아가 시적 자아는 영구차를 이끄는 백마의 갈기가 바람에 나부끼며 어둠의 공간에서 왜소할 수밖에 없는 인간 존재의 실상을 확인하기에 이른다. 이러한 주체적인 실상, 인간이 숙명적으로 겪어야 하는 "저승보다 아득한 어둠"이라는 비극의 역사를 목도한 시적 자아는 7연에서의 "말발굽소리"와 "소녀의 울음소리"에 "소스라쳐 깨어"나 다시 현실로 돌아오게 된다. 8연은 현실로 돌아와 과거를 반추해 보는 시간 단락으로서, 시적 자아는 현실의 어둠속에서 '촛불'을 켜놓고 영구차에 매달려 흐느끼며 사라지던 과거의 '少女'를 생각한다. 이는 과거의 경험적 시간에 심각하게 빠져든 상태로부터 거리를 두는 인식 태도이다. 따라서 시적 자아는 역사의 무의미한 진행과 반복으로 인해 발생하는 압박감과 불안감으로부터 벗어나고자 한다.

이러한 인식은 9~12연의 과거와 현실을 수용하여 자아화하는 단락

---

39) 앞의 책, 50쪽에서 재인용.
40) 허형석, 앞의 논문, 130~131쪽.

으로 이어진다. 여기에서 시적 자아는 이 영구차는 누구의 것도 아닌, "아주 오랜 옛날 그 어느 별을 지나갔을 나의 외로운 靈柩車"라고 진술한다. 그렇기 때문에 13연의 "촛불이 흔들리는 강물같은 밤"의 영원한 현재로서 인식하는 순환적 시간으로의 복귀가 가능해진다. 이때의 모든 시간은 무의미한 진행과 반복에 불과하다는 인식을 촉발시켜 초시간적 영원의 현재를 재발견하게 하는 힘을 부여한다.

결국 순환론은 생(生)과 사(死)의 필연적 순환을 받아들이거나 "同一物의 영원한 회귀라는 준엄한 법칙을 받아들일 때에 비로소 인간이 자기 자신과 그리고 그가 살고 있는 역사적 상황을 초극"[41]하려는 희망이 생기고 여기서 인간의 위대성이 생기게 마련이다. 이 시에서도 마찬가지로 인간이 역사적 상황으로부터 자유로울 수 없는 왜소한 존재로서의 한계와 이것을 극복하려는 의식적 자각의 결과였음을 알 수 있다. 이 시는 과거 신성한 시간의 체험이 아니라 과거의 불행한 신화적 시간의 체험을 재생시켜 역사를 직시함으로써 초시간적 실존성에 이른다는 점이 특기할 만한 사실이다.

이상의 논의에서 볼 수 있듯이, 석정의 후기시에 나타난 시간 의식은 현재성의 토대에서 영원성을 지향하는 형태로 이루어져 있다. 이것은 시적 자아가 4·19 혁명의 좌절로 인한 역사적 시간의 고독과 단절, 슬픔에서 벗어나 신화적 시간에서 현존하려는 의식의 양태이다. 역사적 비운을 체현한 시적 자아는 현존의 시간을 무화하면서 과거의 신성한 시간은 무한히 반복·재생된다는 믿음을 통해 일종의 영원성을 각인하려는 삶의 태도를 드러낸다. 이 같은 관점에서 보면 시간은 경험에 있어서 생산적이며 창조적인 요소로써 사물과 자아를 창조하고 개선하는 영

---

41) H. Meyerhoff, 앞의 책, 150쪽.

원한 원천인 셈이다. 따라서 순환적 시간은 죽음으로 향하는 시간의 진행까지도 역시 출생과 재생의 조건이 된다고 파악하기 때문에 가능한 인식이다.

3.2 현존성 자각과 재생 의식

석정 시에 드러나는 순환적 시간의 양상은 앞 장에서 살펴본 작품들이 비극의 현실에서 벗어나 신화적 시간을 그리워하며 현재를 재발견하는 계기로써 작용한다면, 이 장에서 읽을 수 있는 것은 석정이 의식적·무의식적으로든 선형적 시간에 대한 회의와 거부의 태도를 취한다는 것이다. 그것은 선형적 시간이 내포하는 일종의 허구적인 미래에 대한 반동이라 할 수 있다. 선형적 시간에 의하면 세계의 본질은 미래를 지향함에 있다. 이러한 시간의 방향성은 인간이 희망하고 열망한 것은 꼭 실현되고, 창조와 진보의 기회가 오며, 전심전력으로 노력하면 개인적 행복과 구원을 획득할 수 있다는 믿음에 매달리는 조건이 된다.[42]

그러나 순환적 시간은 무한한 인간의 행복을 약속하는 미래를 거부한다. 참된 의미에서 계기성을 거부한다는 것은 전체의 질서, 곧 계기적으로 발전하는 시간의 과정 전체를 무시하는 동시에 과거마저 소거하는 태도이다. 이는 말 그대로 현존성을 중시하는 태도이며, 현재의 한 순간이 과거와 미래를 포괄한다는 의미를 내포한다. 이러한 계기성은 현재의 한 순간만을 살리고 과거나 미래의 시간은 죽이는 것이지만, 계기성 자체를 거부한다는 논리에서 시간이 아니라 초월적인 의식의 양상으로 드러난다.

---

42) H. Meyerhoff, 앞의 책, 106쪽.

미래를 거부할 때 인간이 선택하는 길은 두 가지 방향으로 나뉜다. 하나는 과거로 침잠하는 것이고, 다른 하나는 현재 속에 침잠하는 것이다. 전자가 회상이나 추억의 세계를 세계의 본질로 인식한다는 신념과 관계되는 반면, 후자는 순간 속에서 세계의 본질을 본다는 신념과 관계된다. 석정의 시에서 드러나는 시간의 형태는 과거로의 침잠이 아니라 현재성에의 침잠이다. 이것은 순환적 시간의 한 양상으로서, 철저히 현재의 한 순간으로 신성한 시간을 재현하려는 의식과 결합한다.

> 물소리 베고 누으면
> 동박새 어린 봄을 울고,
>
> 갓 핀 迎春花
> 두어 송이
> 가는 바람에 떠는
>
> 사끌한 三月이
> 차라리 안쓰럽다.
>
> 山莊 열린 창으로
> 낯선 꿀벌이 다녀간 뒤,
>
> 보슬 보슬
> 故鄕엔 비가 온다고
> 막내달 <에레나>의
> 편지가 왔다.
>
> 새소리
> 물소리
> 山莊을 오가는 세월에 묻혀,

바깥일
다 잊어버린 채
신문도 보기 싫다.

허지만
멍든 이승을 물끄러미
바라만 보고 있다니…
그저 바라만 보고 있다니……

— 「山莊에서」 전문

위의 시는 자연 대상에 대한 연민 의식을 기반으로 현재의 시간에 깊이 침잠해 있는 정적인 세계를 보여준다. 여기에는 과거에 대한 추억이나 미래에 대한 기대가 전면적으로 배제되어 있다. 역사적 현실을 등지고 산장에 묻혀 있는 시적 자아의 "멍든 이승"에 대한 인식은 현실을 만나고자 하는 내면 심리의 한 양상으로서 현재를 수용하려는 근원적 힘이 된다.

이 시의 1～3연에서 시적 자아는 내부 공간에 있으면서도 동박새 울고, 갓 피어난 영춘화(迎春花) 두어 송이가 바람에 떠는 정황을 관찰하면서, 안쓰러운 '三月'을 연민 어린 시선으로 응시하고 있다. 이는 자연 현상을 내면화하는 서술 태도로서, 4연에서 산장(山莊) 열린 창으로 "낯선 꿀벌"이 드나들며 시적 자아와 교응을 이루는 형태로 구체화된다. 그렇게 확대된 시선은 5연에서 막내딸인 에레나의 편지를 받음으로써 현실 세계를 환기시키는 정서적 인식으로 바뀐다. 이는 시적 화자의 현존성을 일깨우는 계기로써 작용하며, 현실을 의식적으로 외면해 온 시적 자아의 내면을 되돌아 보는 6～7연으로 이어진다.

여기에서 시적 자아는 산장을 오가는 세월에 묻혀 바깥일 다 잊어버려

신문마저 보기 싫었던 현실과의 절연감을 확인한다. 이러한 인식 태도는 소외된 시간에서 벗어나 자아를 회복하려는 의식의 바탕이 된다. 따라서 시적 자아는 8연에서 나타나는 바와 같이 '허지만'이라는 부사어를 통해 무력한 현재적 자아를 부정하고 그 자아로부터 벗어나기 위한 방법으로 현실 공간을 응시한다. 현재가 "멍든 이승"이라는 공간으로 수렴된 이 시간은 자아의 내면을 직시하는 반성적 응시의 태도이며, 현실과 만나려는 의욕으로 연계된다. 시적 자아가 현재성에 집착하면서 과거와의 단절을 시도한 것은 현재의 시간을 현실 공간으로 환기시켜 사회적 자아로 나아가려는 인식의 결과로 보여진다.

이와 같이 시적 자아의 자연에 대한 연민 의식은 딸을 매개로 가족을 인식하게 되고, 나아가 사회적인 시선으로 자신을 성찰하는 계기를 만들어준다. 이러한 태도는 무력한 현재적 자아의 거부에서 비롯되지만, 결코 "멍든 이승"이라는 비극의 공간성과 만나려는 의식 지향의 근거로써 작용한다. 이것은 시적 자아에게 실존적 근거로써 비극의 진원인 현실을 재발견하게 하고, 나아가 시적 자아가 현실을 수용하는 태도로 이어지게 된다.

> 끝내 미워하기 전에
> 먼저 사랑하라 이르자.
>
> 의지할 체온도 잃어버린다면
> 저 日月과 더불어 맹세하던
> 우리들의 아득한 나날을 어찌하련……
>
> 박쥐들의 검은 날개에
> 도사리던 그 검은 밤도
> 인젠 우리들의 輓歌를 기다리고,

꽃가루 옮아 가는
은은한 꽃그늘을 밟고 갈 때,
산드랗게 얼어붙은 파아란 달빛을 밟고 갈 때,
그보다는 남루한
역사의 건널목을 밟고 갈 때,

그 처참한 地區에서 부엉이는 부엉이대로
올빼미는 올빼미대로 실컷 울다 가게 하라.
울다가 전쟁처럼 물러가게 하라.

훗한 深夜에 솟아 오를 한줄기 햇살로
<노루귀>의 뿌리에 입김을 퍼붓고
우리들의 가슴에 핏줄을 세우고

어머니의 젖을 매만지는 마음으로
어린놈의 볼을 문지르는 마음으로

끝내 미워하기 전에
먼저 사랑하라 이르자.

— 「한줄기 햇살로」 전문

이 시는 시적 자아의 역사 의식을 단적으로 보여주는 작품으로 과거와 미래의 시간을 부정하는 것이 아니라, 현재의 시간으로 통합하면서 내면화하려는 의지를 드러내고 있다. 시간의 흐름에 의지하여 미래를 기다리는 태도가 아니라 선형적 시간을 거부함으로써 굴절의 역사를 실천적인 사랑과 포용의 정신으로 수용하려는 태도인 것이다.

시적 자아는 1연에서 현재의 시간대에 집중하면서 온갖 모략과 권모술수가 판쳤던 비운의 과거 역사와 그에 동조했던 인간 군상들에 대해 "미워하기 전에 / 먼저 사랑하라"고 역설한다. "역사의 건널목" 앞에 선

시적 자아는 그것에 맞서 싸워나가야 할 대결 의식을 피력하는 것이라기보다 자신과 이웃들의 삶이 소중하다는 인식을 표출한다.

시적 자아는 2연에서 "의지할 체온도 잃어버린다면 / 저 日月과 더불어 맹세하던 / 우리들의 아득한 나날을 어찌하"겠냐는 진술에 이르는데, 이는 당시에 팽배해 있던 4·19를 전후하여 촉발되었던 자유 민주주의의 염원이라는 공동체의 열망을 가로막는 권력자들의 횡포에 대한 부정적 인식이다. 미움이 사랑보다 앞선다면 시적 자아가 열망하는 공동체적인 화해의 세계에 도달할 수 없다는 것은 자명해진다. 이것은 현재의 토대 위에서 사랑을 실천하고자 하는 시적 자아의 내면적 기원인 셈이다.

이와 같은 인식을 전제로 시적 자아는 3연에서 "이젠"이란 현재의 시간을 축으로 과거의 시간대인 "검은 밤"을 부정하면서 "輓歌를 기다"리는 미래의 시간마저 무화하려는 태도를 보인다. 시적 자아는 이 세계로 이어지는 부정의 고리를 끊어내기 위해서는 과거에서 현재, 미래로 이어지는 선형적 시간의 거부를 통해서만이 가능하다고 믿었기 때문일 것이다.

나아가 '輓歌'로 상징된 이 죽음 제의도 어둠으로 굴절된 비극의 세계를 온전한 현재의 시간으로 만들려는 시적 자아의 믿음의 산물인 셈이다. 그렇기 때문에 시적 자아는 "부엉이는 부엉이대로 / 올빼미는 올빼미대로 실컷 울다 가게 하라"는 명령형의 어조로써 비극 속에서 현재의 시간을 재구성하고자 하는 욕구를 표출하게 된다. 과거와 미래를 부정하면서도 현재성을 적극적으로 수렴하는 이러한 태도는 비장미까지 느껴지게 한다.

다분히 현실과 만나려는 이러한 시간 의식은 시적 자아의 내면 공간에 생명력을 불어넣는 계기로 작용하여 자연의 대상과 동일화된다. 그렇기 때문에 시적 자아는 현재의 한 순간을 중심으로 "深夜"라는 과거의 시간

과 "한 줄기 햇살"이라는 미래의 시간을 "노루귀의 뿌리"로 집약하여
수렴하는 인식의 토대를 마련한다.

　여기에서의 노루귀 뿌리는 사람들의 가슴에도 '핏줄'을 세우는 근원
적인 생명의 힘으로 작용하게 된다. 이러한 빛을 그리워하는 생명체의
역동성은 8연으로 이어져 어머니의 젖을 매만지는 마음으로 어린 놈의
볼을 문지르는 마음으로 "끝내 미워하기 전에 / 먼저 사랑하라"는 시적
자아의 연민 의식으로 이어져 현재를 충만하게 만드는 태도를 구현한다.

　　봄이 걸어 오고 있었다.
　　오동도 갓 핀 동백꽃 입술에
　　묻어 오는 바람을 거느리고
　　봄은 걸어 오고 있었다.

　　홍콩毒感에 맥이 풀린
　　숨가쁜 地球를 보다 못해
　　怒한 <러셀>卿의 얼굴을 밟고
　　그 얼굴의 잔주름 속에서
　　봄은 부시시 눈을 뜨고 있었다.

　　저 프라하의 어둔 하늘을
　　<얀·팔라치>君이 焚身으로 올린
　　抗拒하는 한 줄기 검은 연기를 타고
　　봄은 저렇게 걸어 오고 있었다.

　　아무리 너희들이 歷史를 외면한채
　　녹슬어가는 갑옷을 떨쳐 입고
　　시시덕거리는 이 순간에도
　　달걀 속에 병아리가 자라듯이
　　봄은 또 그렇게 걸어오고 있었다.

— 「立春前後」 전문

이 시는 시간을 현재로 집중시켜 시적 자아의 역사적 신념을 노래하고 있다. 자연의 시간적 질서가 미래로 집중되거나 지나가는 시간을 묘사하는 것이 아니라, 현재의 방향으로 응집되어 있다. '봄'의 진행 시간이 대상으로 투사되면서 드러나는 현재의 공간인 것이다. 시적 자아는 비극적 현실을 봄의 시간대를 통해 자연의 질서로 동화시켜 역사 현실과 만나고자 한다.

이 시의 중심 이미지는 '봄'이며, 이 계절은 1연에 드러난 바와 같이 "오동도 갓 핀 동백꽃 입술"에 바람을 거느리며 걸어오고 있는 활력과 생명력을 지닌 시간이다. 즉 이것은 "봄이 걸어오고 있었다"의 점층적 반복을 통해 현실의 시간으로 집중되는 양상으로 나타난다.

이러한 인식에서 나아가 시적 자아는 2연에서 맥이 풀린 숨가쁜 지구를 보다 못해 노(怒)한 러셀 경의 잔주름 속에서 "봄은 부시시 눈을 뜨"고 있다고 진술하며 존재 의식을 확대시켜 나간다. 이것은 봄의 잠재된 시간의 힘으로써 인간이 굴절시킨 세계를 생명으로 일깨워 온전한 현실로 환원시키려는 시적 자아의 열정인 셈이다.

이와 같은 열정은 3연으로 이어져 시적 자아로 하여금 더 구체적인 체코의 역사 현장으로 시선을 돌리게 하여 "<얀·팔라치>君이 焚身으로 올린 / 抗拒"의 모습을 상상하도록 만든다. 이때의 이미지는 항거하는 한 줄기 검은 연기를 타고 걸어오고 있는 '봄'의 모습으로 나타난다. 이는 부정적 시간을 긍정적이고 역동적인 시간의 힘으로 동일화하려는 태도이다.

4연은 시적 화자의 시선이 우리의 역사로 돌아오는 단락이다. 여기에서 시적 자아는 시 「한줄기 햇살로」에 나타난 태도와는 다르게, 역사의 흐름을 외면한 타자들을 향해 냉소의 시선을 보내면서 그들이 시시덕거

리는 이 순간에도 "봄은 또 그렇게 걸어오고 있"다고 확신에 찬 어조로
써 현재의 시간으로 집중시킨다.

이 시를 관류하는 '봄'은 생명의 원형인 동시에 시적 자아가 생명의
전존재로서 만나고자 하는 역사 의식의 귀착점이다. 또한 이것은 지나가
는 시간에 대한 회한이나 기다리는 미래의 시간이 아니라, 시적 자아의
의지에 의해 현재와 만나려는 생명을 내포한 생성의 시간이다.

이 시간은 인간과 자연 대상과의 근원적 관계 생성을 지향하는 기억에
머물러 있다가 "인간의 시간 속에 발전하는 정신력과 충만한 생명력의
의지에 의해서 반복되고 현상"[43]되는 특질이 있다. 이와 같이 '봄'은 활
력을 일깨우는 생명의 잠재된 힘으로서, 그 힘을 발현시켜 현실의 공간
을 새롭게 재생하려는 시인의 신념이 함유된 시간이다.

이상에서 살펴본 대로 현재성에 집중한 후기시의 시간 인식은 시적
자아가 현존성을 확인하는 근거로써 작용하며 역사와 만나는 구심적인
역할을 담당한다. 그것은 4·19를 전후하여 가열화된 자유 민주주의의
염원이라는 공동체적 열망을 사랑으로써 내면화하려는 자아 의식의 발
현이다. 따라서 시적 자아는 과거와 미래를 통합하면서 근원적인 생명의
힘을 가진 현재의 시간으로 동일화시키기에 이른다.

이러한 시간 인식 태도는 무엇보다도 자아가 지닌 생에의 본능과 의지
를 확대하여 자신이 몸담고 있는 세계를 소유하고자 하는 의식적 자각의
산물이다. 다시 말해서 소극적으로 시간에 귀의하는 것이 아니라 적극적
으로 시간의 질서를 재창조한다. 석정의 후기시는 현재의 공간을 구심점
으로 과거와 미래를 소거시켜 현실을 직시하는 태도를 취한다. 이는 시
적 자아가 주체적 의지로써 존재의 근원을 일깨우면서 생명의 원상을
회복하려는 노력의 일환이다.

---

43) F. Kümmel, 앞의 책, 96~99쪽 참조.

제4장
:
석정 시의 공간 지표와 자아 의식

1 이상적 자아의 원거리 의식

시가 당대의 현실을 언어로써 반영한다는 것은 시가 그것을 생산하는 시인의 상상 공간 속에 놓인다는 것을 간과해도 된다는 말은 아니다. 시가 사회적 가치를 함축하면서도 심리적 공간에 은거하는 것은 결국 심미적 세계 인식이 윤리적 세계 인식으로 확산 지양되지 못한 결과이다. 다시 말해서 시인의 정서적 반향을 행동적 표현으로 현실에서 구체화시키지 못하고 내면적인 시적 공간 속에 깊이 침전해 있다고 달리 말할 수 있을 것이다.

이와 같은 태도는 내면적인 시적 공간에 억압과 굴욕의 존재로서의 모습을 각인한 인식의 결과이다. 이때 자아는 윤리적 존재로서의 현실 인식과 연관되면서 비극적 현실에서 견디기 위한 자기 방어기제를 동원하기 마련이다. 따라서 시의 내면 공간은 표층적으로는 현실과의 거리감을 인식하지만, 무의식의 심층 속에서는 구체적이고도 강렬한 현실 지향 의식을 읽어낼 수 있게 된다.

이때의 지향이란 지향성[1]을 의미하며, 어떤 것에 대한 의식을 전제로

---

1) 이 말은 브렌타노에 의하여 현대철학에 도입된 이후 훗설에 의해 확대되어 현상학에 적용된 개념이다. 이것은 내면의 의식을 그 본질적 구조에서 대상과의 관계에서 해명하고 파악하려 한다.

한다. 모든 의식은 어떤 방식으로든 그 무엇을 향해 있으며 "인간과 대상과의 관계 속에 있는 모든 지적 감성적 체험을 특징지우는 것"[2]이기 때문이다. 훗설에 의하면, 지향이란 인식 체험은 "그것의 본질에 속하는 것으로서 어떤 것을 생각하고 이러저러한 방식으로 대상성과 관계한다는 것"[3]을 의미한다.

석정의 초기시에 나타난 자아가 대상을 통해 현실적인 영역으로 지향하려 하는 것을 설명하기 위해 훗설의 이상과 같은 견해를 원용하면 결국 내면으로 인식한 체험은 대상인 현실과 관계하지 않을 수 없음을 알 수 있게 된다. 여러 가지 방식으로 대상성과 관계하는 상징어를 분석하는 것은 내면화된 인식 체험의 지향성을 확인하는 일도 된다. 석정 초기 시에서 주목되는 '하늘'과 '바다'를 살펴본다는 것은 시적 자아의 시대 정신과 의식 지향성의 요체를 밝히는 방법도 되기 때문이다.

1.1 '하늘'의 생명성과 거리의 문제

석정은 첫 시집 『촛불』 이후 마지막 시집 『대바람 소리』에 이르기까지 자연 공간과 현실 공간의 괴리 속에서도 지속적으로 자연의 아름다움을 고구해온 시인이다. 근·현대사의 "어두운 시대적 상황 속에서 자연을 중요한 시의 소재로 삼고 자연에 순응하여 새로운 理想 속에서 살고자 한 그것이 그의 特色"[4]이었다. 그의 시에 주로 나타나는 지배적 이미지로서의 '하늘'은 시인의 의식이 투영된 대상이며, 시적 자아와 동일성

---

2) M. Merleau-Ponty, *What is Pheonomenology*, Vernon W.Grass edited, (European Literary Theory and Practice, 1973), pp. 80~81.

3) E. Husserl, 이영호 역, 『현상학의 이념』(삼성출판사, 1978), 109쪽.

4) 국효문, 「신석정 시 연구」(성신여대 대학원 박사논문, 1994), 3쪽.

을 가진 인식의 관계망으로서도 큰 의미를 띤다.

　'하늘'은 석정의 초기시를 관류하는 상상력의 인자로서 시인의 자아 의식을 반영하는 객관적 상관물이다. 이와 더불어 그것은 먼 곳에 대한 기대와 애착, 막연한 동경심을 불러 일으키는 이미지로서 석정 시의 한 특징적 면모를 보여준다. '먼(머언)'과 '멀리'라는 시어의 반복적 사용은 시적 자아의 원거리 의식을 단적으로 드러내 주는 요소이다. 그렇기 때문에 시적 자아에게 있어서 '먼 나라'는 현실과 관련된 통로라기보다는 내면 의식의 지향태로 존재하는 세계인 셈이다.

　'하늘'의 공간은 생명적 감각으로서 자아를 내적 근거로 만드는 역할을 수행한다. 그러나 현실과 자아의 거리가 도달할 수 없는 거리에 있을 때 시적 자아는 현실을 벗어나기 위한 방편으로 '하늘'이라는 이미지를 창출하는 것이다. 이럴 때 시적 자아는 구체적인 현실 세계에서 벗어나 비가시적인 이상적 공간을 지향하게 된다. 대상이 내면적으로 추상화될수록 자아의 상태는 극단의 절망과 안타까움을 드러내며 부재 의식을 노정하기도 한다.

　석정은 다음의 시에서 '하늘'의 생명력을 내적 인자로 삼기 위해 시간을 소거시켜 화석(化石)이 된 영원의 존재로 남기를 열망한다. 이것은 그가 하늘의 빛을 받아 아름답게 빛나는 공간에서 멈춰버리고 싶은 충동의 결과인 것이다. 여기에서 '하늘'은 푸른 색채 이미지를 동반하면서 시적 자아가 부재하는 현실과 대비되는 푸르름과 빛으로 충만한 시적 자아의 내면 공간인 것이다.

　　　하늘이 저렇게 옥같이 푸른 날엔
　　　멀리 흰 비둘기 그림자 찾고싶다

느린 구름 무엇을 노려보듯 가지않고
먼 강물은 소리없이 혼자 가네

뽑아올린듯 밋밋한 산봉우리 곡선이 또렷하고
명랑한 날이라 낮달이 더욱 희고나…

석양에 빛나는 가마귀 날개같이 검은바위에
이런날엔 먼강을 바라보고 앉은대로 화석(化石)이 되고싶어…
― 「化石이 되고싶어」 전문

이 시에서 '석양'은 현실의 암유(暗喩)인 '검은 바위'와 병치되어 자아를 내명(內明)으로 이끄는 이미지를 생성시킨다. 이것은 단단한 현실의 가시적 형상인 바위를 빛으로 깨워 자아가 부재하는 어두운 현실의 공간에서 생명이 넘치는 시원적 공간으로 복원시키고자 하는 무의식의 소산이다. 이때 시적 자아는 석양의 빛을 인식하며, 이 빛을 매개로 검은 세계가 푸른 세계로, 부정의 세계가 긍정의 세계로 바뀌는 질서를 보여준다.

빛은 모든 부정적 상황을 물리치고 긍정적이고도 밝은 세계를 지향하는 본원적인 힘이다. 이에 반해 다가올 밤은 존재를 억압하는 어둠의 시간이며, 시적 자아의 내명을 가로막는 부정적 이미지이다. 그렇기 때문에 푸른 하늘의 공간에서 흰 비둘기 그림자를 찾고 싶었던 시적 자아가 어둠이 오기 전에 먼 강을 바라보며 앉은 대로 '화석(化石)'이 되고싶다는 의식을 드러낸다. 그것은 '석양'의 시간과 '먼강'의 공간이 만나 교응을 이루는 가장 아름다운 세계이기 때문이다.

이와 같은 인식은 하늘의 공간성을 자기 생명 내부의 근거로 삼는 태도의 발현이다. 이를 시간현상학으로 말하면 외적 공간을 내적 근거로 삼는 행위 양식이다. 이때의 자연은 정신과의 관계에서 수동적 · 종속적이며 밖을 향하고 있지만, 정신 활동의 능동적 근거로도 작용한다. 이때 신체는 자유 의지에 의해서 "맹목적이고 무의식적인 것이 통합되고 양자가 함께 분열하지 않는 생명"[5]으로 나타나게 된다. 따라서 이 시에서 '하늘'은 현실에서 일탈하고자 하는 시적 자아의 의지가 투사된 이미지로서 조화로운 세계의 원형이 된다.

석정의 시에서 '하늘'은 우러름의 대상으로서 존재하며 그 하늘 아래 존재들은 모두 생명의 충만감을 열망한다. 즉 부자유스럽고 결핍되고 억압되는 현실에서 충만한 세계를 그리워하고 있다. 그래서 '하늘'은 시적 자아가 닿을 수 없는 먼 거리에서 꿈꾸며 응시하는 이상적 공간의 원형이다. 이렇게 하늘을 간절히 그리워하는 자아는 생명이 결핍된 존재이며 억압과 굴욕의 존재로서 '하늘'을 지향한다. 그러나 현재의 삶에서는 부재의 공간으로 실체를 드러내면서 '하늘'에 대한 그리움은 더욱 구체화된다.

> 푸른 웃음 엷게 흐르는 나직한 하늘을
> 학(鶴)타고 멀리 멀리 갔었노라
>
> 숲길을 휘돌아 언덕에 왔을때
> 그것은 지낸날 꿈이었다고
> 하늘에 떠 도는 구름을 보며
> 너는 그렇게 이야기 하드구나!
>
> 깨워지지 않을 꿈이라면
> 그 꿈에서 길이 살고싶어라
>
> 굽어든 산길을 돌아서 돌아서
> 오든길 바라다보는 아득한 네 눈에는

5) F. Kümmel, 권의무 역, 『시간의 개념과 구조』(계명대 출판부, 1986. 2), 123~128 참조.

그 꿈을 역역히 보는 듯이
너는 머언하늘을 바라보드구나!
                    — 「아 그 꿈에서 살고싶어라」 부분

인용시는 시적 자아의 이상적 세계인 '하늘'을 배경으로 순결한 동화적 꿈의 세계를 구현하고 있다. 시적 자아는 푸른 웃음 엷게 흐르는 나직한 하늘을 "학(鶴)타고 멀리 멀리 갔었노라"고 과거 회상 시제로 제시한다. 이 회상 시제는 소망 충족을 위한 원초적 자아 본능에 의한 이상적 자아로서 현실에 대한 슬픔을 벗어나기 위해 유아기로 퇴행한 소산이다.

동화는 인간의 가장 순수한 꿈과 소망을 충족시켜 주는 원초적 이상의 세계이다. 그러나 현실적 세계의 통로인 '숲길'을 휘돌아 언덕에 왔을 때 그것은 "지낸날 꿈"이었다는 자각을 한다. 인간이 외계와의 접촉을 잃었을 때 인간은 "원시적이고 동물적이며 비이성적인, 일시적 퇴행을 하게 되는데 이러한 퇴행이 수면 상태, 나아가서는 꿈의 활동의 본질적 특색"6)인 것이다.

나아가 시적 자아는 깨어나지 않을 꿈이라면 "그 꿈에서 길이 살고싶"다는 간절한 의식을 드러내기에 이른다. 여기서의 '하늘'은 일상적 현실로부터 시적 자아를 이상 세계의 공간으로 환원시켜 주는 기능을 한다. 즉 지상적 한계 상황으로부터 퇴행한 시적 자아가 무의식적으로 꿈꾸던 이상적 공간이었던 것이다. 그러나 현실로 돌아온 시적 자아는 여타의 작품에서 '하늘'을 그리 긍정적으로만 파악하지 않게 된다.

여기에서의 하늘은 추상적으로만 존재하는 비가시적 세계이기에 더 이상 그 공간으로만 돌아갈 당위성을 찾지 못한 시적 자아가 현실을 인

---

6) E. Fromm, 최혁순 역, 『프로이드를 넘어서』(예성, 1981), 143쪽.

식하고자 하는 예비적 공간이다. 그렇기 때문에 석정의 초기 여타 다른
작품들은 이상 세계를 지향하는 데 있어 지배적 요소인 모성의 원리와
연결된다. 이러한 상황에서 그 존재의 대응적 이미지는 '새'와 '숲'으로
구별된다. '새'는 하늘을 지향하는 시적 자아이고 하늘의 지배를 받는
'숲'은 일상적 현실의 등가물이 된다.

> 어머니
> 산새는 저 숲에서 살지요?
> 해 저문 하늘에 날아가는 새는
> 저 숲을 어떻게 찾아 간답니까?
> 구름도 고요한 하늘의
> 푸른 길을 밟고 헤매이는데……
> 어머니 석양에 내홀로 강가에서
> 모래성 쌓고 놀을 때
> 은행나무 밑에서 어머니가 나를 부르듯이
> 안개 끼어 자욱한 강건너 숲에서는
> 스며드는 달빛에 빈 보금자리가
> 늦게 오는 산새를 기다릴까요?
>
> 어머니
> 먼 하늘 붉은 놀에 비낀 숲길에는
> 돌아가는 사람들의
> 꿈같은 그림자 어지럽고
> 흰모래 언덕에 속삭이든 물결도
> 소몰이 피리에 귀 기우려 고요한데
> 저녁바람은 그 무슨 이야기를 하는지
> 언덕의 풀잎이 고개를 끄덕입니다
> 내가 어머니 무릎에 잠이들 때
> 저 바람이 숲을 찾아가서
> 작은 산새의 한없이 깊은

그 꿈을 깨우면 어떻게할까요?

― 「그 꿈을 깨우면 어떻게 할까요?」 부분

위의 시에서는 앞의 인용시와는 다르게 시적 자아의 이상적 공간이었던 '하늘'이 소멸의 이미지를 거느린 부정적 공간으로 제시된다. 이것은 시적 자아가 현실로 돌아와 세계를 인식하는 새로운 방법론 탐색의 결과이자 구체적 현실로의 환원을 의미한다. 또한 여기에서의 '숲'은 일상적 현실을 의미하며, '새'는 현실의 출구를 찾는 시적 자아의 등가물이다. 새는 억압된 리비도의 무의식적 상징으로 시적 자아의 내면에 있는 본능이 투사된 대상이다. 즉 그것은 개별적 존재가 아니라 시적 자아의 내면에 존재하는 또 하나의 자아인 것이다.

이 시에서 시적 자아가 바라보는 어스름이 밀려오는 해 저문 '하늘'에서는 구름조차 고요한 하늘의 푸른 길을 밟고 헤매이고 있을 뿐이다. 그래서 시적 자아는 작고 여린 한 마리 산새가 되어 어두워 오는 하늘 아래에서 '어머니'를 부르며 의지하게 된다. 억압된 인간의 "자연스러운 생명 충동의 발현 양식이 곧 시라고 한다"[7]면 그것은 소망의 상징적 충족 형태라 규정할 수 있다. 시는 인간의 '꿈'의 양식으로서 억압과 구속으로부터 벗어나게 하고 결핍된 현실을 보상해 주기도 한다. '잠'이나 '꿈'은 인간의 절대적 요구이며 퇴행을 전제하는 상징성을 지닌다.

'어머니'의 품이야말로 꿈의 요람이자 편안한 안식처인 동시에 누구도 넘볼 수 없는 유토피아의 공간이다. 이제, 어둠을 몰고 오는 부정적인 '하늘'의 지배를 받는 "안개 자욱한 강건너 숲"의 세계는 더 이상 "빈 보금자리"를 만들어 놓고 '새'를 기다려 주지 않는다. 그렇기 때문에 이

---

7) 정현종, 「시의 자기동일성」, 『태릉어문』2집(1983), 166쪽.

상적 자아는 석양의 강가에서 모래성 쌓고 놀 때조차 "은행나무 밑에서 어머니가 나를 부르"는 꿈의 세계로 퇴행한다. 그러나 현실적 자아는 돌아갈 "달빛의 빈 보금자리가 / 늦게 오는 산새를 기다릴까요?"라는 의구심을 품게 된다. 이러한 의식의 기저에서 시적 자아가 "어머니의 무릎에 잠이" 든다는 것은 의식계의 결핍된 부분을 보상하는 기능으로서의 심리적 현상이다.

유아들은 무의식 상태에서 삶을 시작하여 의식 세계로 진입하게 된다. 그들에게 있어서의 잠은 필수불가결한 요소이며 그것을 통해서만이 어머니와의 동일화가 가능하다. 석정 시에서도 의식계의 심리적 억압과 갈등이 유아 퍼소나로 하여금 무의식계인 잠의 세계로 몰입하게 하는 동인이 되고 있다. 그러므로 잠은 오직 자기 내면적 경험과 관련되어 의식계로부터의 완전한 해방과 자유를 누린다. 여기에서의 잠은 소망을 충족하는 심리적 기제로서 현실을 잊을 수 있는 대리적 욕구의 산물이다. 또한 '새'는 시적 자아의 내면에 있는 본능으로서, 외부 상황의 질곡으로부터 보호받고자 하는 자아와 연속성과 동일성을 유지하는 존재이다.

그러나 잠에서 깨어 있을 때의 상태, 즉 의식계는 현실을 지배하는 법칙에 종속되어 있다.[8] 그러나 잠들어 있는 동안에는 모든 억압으로부터 자유롭게 해방된다. 이것은 콤플렉스나 심리적 위기에 처한 인간의 본능적인 무의식의 요청으로 이루어지며 본능적 자아 속에 깃든 잠재 욕망의 실현을 위한 환상 세계로의 하강[9]을 감행하게 된다. 부정적인 의식계로서 제시된 '하늘'의 지배를 받는 시적 자아는 다시 환상 세계로 하강을 하며, 이것은 석정 시에서 '어머니'와 결합된 동화적 세계로 나타

---

8) E. Fromm, 앞의 책, 137~138쪽.
9) 김대규, 「자연의 현상학」, 『시문학』(1985. 10), 78쪽.

난다. 동화의 절대 명제가 따뜻하고도 부드러운 모성 치유의 힘으로 부
정적인 현실 세계가 다시 복원·재생되기를 염원하는 의식을 기반으로
하기 때문이다.

⑦ 해볕이 유난히 맑은 하늘의 푸른 길을 밟고
　아스라한 산넘어 그나라에 나를 담숙안고 가시겠습니까?
　어머니가 만일 구름이 된다면……

　바람잔 밤하늘의 고요한 은하수를 저어서 저어서
　별나라를 속속드리 구경시켜 주실수가 있읍니까?
　어머니가 만일 초승달이 된다면……

　내가 만일 산새가 되어 보금자리에 잠이 든다면
　어머니는 별이 되어 달도없는 고요한 밤에
　그 푸른 눈동자로 나의 꿈을 엿보시겠습니까?
　　　　　　　　　　　　－「나의 꿈을 엿보시겠습니까?」전문

⑭ 어머니
　만일 나에게 날개가 돋혔다면

　산새새끼 포르르 포르르 멀리 날어가듯
　찬란히 피는 밤하늘의 별밭을 찾어가서
　나는 원정(園丁)이 되오리다 별밭을 지키는……
　그리하여 적적한 밤하늘에 유성이 뵈이거든
　동산에 피는 별을 따 던지는 나의 작난인줄 아시오

　그런데 어머니
　어찌하여 나에게는 날개가 없을까요?
　　　　　　　　　　　　－「날개가 돋혔다면」부분

　위에 인용한 두 편의 시는 시적 자아의 현실 부적응에서 비롯된 유아

퇴행의 결과로써 순수하고 맑은 동화적 세계가 구현되고 있다. 동화는 가장 순수하게 집단 무의식의 여러 원형들을 보존10)하고 있으며, 대체로 광명 지향의 무의식으로 드러난다. 그것은 이 시에서 '달, 별 해' 등 하늘을 포괄하는 이미지로 드러난다.

이 시에서의 '하늘'은 낮에는 햇볕과 만나 "맑은 하늘"로, 밤에는 별빛과 결합하여 "찬란히 피는" 공간으로 제시되고 있다. 이 공간은 현실 공간과는 대립적인 위치에서 존재하는 상승의 원형으로서 소망 충족의 기제로 볼 수 있다. 그러나 시적 자아는 ㉮에서 볼 수 있듯이, 생명의 원형인 동화 세계에서조차 "그나라"를 포기하지 않는 열정을 보여준다. 또한 앞의 인용에서 제시된 부정적 '하늘'의 공간에서 방황하던 '산새'의 안식처까지 염려하는 미덕을 보여준다.

㉯의 시에서도 '어머니'는 슬프고 고통스러운 지상을 벗어나 아름답고 평화로운 별나라와 달나라로 이끌어 가는 절대적 존재가 되고 있다. 시적 자아가 현실에서 벗어나는 유일한 방법은 동화적 세계를 꿈꾸며 깊이 침잠하는 일밖에 없다. 성인인 시적 자아가 유년 시절로 퇴행하려는 것은 고통스런 현실에서 비롯된 것이며, 또한 그러한 현실을 벗어나려는 무의식의 발로인 것이다.

동화 세계에서의 시간은 철저히 현재가 소거된 무시간이며, 의미상으로는 어머니의 품속에서 보낸 행복한 유년시절의 원형적 시간과 일치한다. 어머니는 유년의 꿈을 반영하는 거울인 동시에 모든 고통으로부터 지속적으로 그 꿈을 유지시키고 보호해 주는 존재이다. 그렇기 때문에 '어머니'를 축으로 하는 '하늘'의 동화 세계는 비정한 현실에서 살아남기 위한 생존과 재생의 공간이 되며 삶의 에너지를 공급하는 원천이 되

---

10) 이부영, 「한국설화문학의 심층분석」, 『문학사상』(1972. 10), 291쪽.

기도 한다.

이상에서 살핀 바와 같이, '하늘'은 시적 자아가 일제의 식민 지배라는 억압의 현실에서 충만한 세계를 응시하는 이상적 공간의 원형이다. 따라서 억압과 굴욕의 존재인 시적 자아는 하늘의 생명을 자기 내부의 근거로 삼게 된다. 즉 하늘은 지상적 한계 상황으로부터 퇴행한 시적 자아의 이상적 세계이자 동화적 꿈의 세계를 구현하는 소망 충족의 장소이다. 나아가 시적 자아는 하늘을 어둠을 예비한 공간으로 드러내 무시간적 원형인 잠의 세계로 몰입시키는 동인이 되기도 한다. 따라서 하늘은 현실과는 대립적인 위치에서 동화적 세계로 하강한 시적 자아가 꿈꾸는 무의식의 세계이며, 비극적 현실에서 견디기 위한 생존과 재생의 공간인 셈이다.

1.2 '바다'의 모성성과 자아 회복

석정의 시에서 '바다'는 '하늘'과 더불어 시적 자아의 내면에 존재하는 근원적인 공간이다. '바다'는 모성의 공간으로 시적 자아는 '바다'를 일체의 존재를 품어주는 대상으로 자아화하기에 이른다. 석정은 자연 대상 중에서도 '바다', '강', '호수' 등 물의 이미지를 즐겨 작품화했는데, 이 중에서도 '바다'는 가장 주목해야 할 공간이다. 한 시인의 작품군에서 반복적으로 유용되는 동일어구나 유사 이미지 추출은 개인의 무의식 근원을 파헤치는 진원이 된다. 이제 석정은 갈등과 번민으로 과거로 퇴행하여 동화의 세계에 머물 수밖에 없었던 자아에서 한 걸음 더 나아가 일체를 포용하는 공간으로서의 바다를 상정하기에 이른다.

'물'은 동서 고금을 막론하고 자연물 중에서도 가장 근원적이면서도 상징성이 강한 대상이다. 융에 의하면, 물은 무의식의 가장 일반적 상징으로서 창조의 신비, 탄생, 죽음, 부활, 정화와 속죄, 풍요와 성장[11] 등의 의미를 띠고 있다. 이러한 물의 모든 원형적 의미를 추출해 보면, 모든 존재의 실상에 선행하는 무시간성의 상징[12]인 동시에 모든 살아 있는 존재의 생명을 유지시키는 본질적인 속성을 내포하고 있다. 아울러 개체 발생론적인 차원에서 살펴보더라도, 체내 양수 속에서의 무의식적 생활 경험으로 인해 생명의 근원이며 생명을 낳게 하는 모성적인 힘이 바로 물이란 사실이다.

생명의 상징인 물은 부드러운 이미지로 실상을 드러내기도 하지만 사납고 난폭하게 존재를 파괴하는 양면성이 있다. 다시 말해서, 문학 속에서 동일성과 반복성을 바탕으로 표출된 물의 이미지는 모성으로 상징되는 생명 탄생의 원천이자 진원지이기도 하지만, 사납고 난폭한 속성으로 죽음과 이별의 원형으로 귀속되기도 한다.

석정 시에 등장하는 '바다'의 공간은 자유와 유토피아로서의 바다를 지향하는 모태 회귀 의식을 드러내는 장소이다. 석정이 바다를 통해 모태 회귀 의식을 드러내는 것은 무의식적 태도로서 그가 성장한 고향이 전북 부안의 바닷가라는 사실과도 무관하지 않다.[13] 때문에 그의 '바다'는 그가 성장했던 고향 바다를 배경으로 한 공간이었기에 아름답고 평화로운 화해 공간으로서 부드럽고 잔잔한 정적 이미지를 동반한다.

---

11) W. L. Guerin 외, 정재완 역, 『문학의 이해와 비평』(청록출판사, 1984), 169쪽.

12) 이윤림, 「한국 현대시의 원형적 접근 사고」, 『성심어문론집』6집(1982), 88쪽.

13) 이 마을 주변의 자연은 그대로가 한 폭의 수채화로, 잔디밭이 고운 나지막한 구릉이 있는가 하면, 구릉과 구릉을 넘어 오랑캐꽃빛 섬들이 떠 있는 바다를 눈 아래 바라볼 수 있는 앞산이 있고, 백화등이 칭칭 감고 올라간 산기슭 바위 언저리는 마을 사람들이 휴식을 누릴 수 있는 아늑한 곳이기도 했다. 최승범, 「신석정의 생애와 시」, 『슬픈 목가』(삼중당, 1978), 239쪽.

㉮ 청수히 늙은산이 팔장을 끼고 서서 오늘도 하늘에 기대어 명상을
하리로다
　　산이요 하늘이요 보고싶은 내마음 언제나 하늘 아래를 거닐어 볼
거나……

<중 략>

　　소박한 집이언만 노대(露臺)라도 있었드면난초를 안고 올라 머언
바다 바라볼걸……
　　이 뒤에 집을 지을때엔 산언덕 찾어가서 바다가 바라다 보이는 층
층계를 만드르리……

— 「續病狀吟」 부분

㉯ 맑웃맑웃한 하늘이 옥같이 푸르고
쪽같은 바다엔 흰물새 나네

구김살없는 수평선 넘어로
구월 한낮의 하늘이 내려 앉어…

바람은 험한 물결을 피해 가고
물결은 기지개 켜듯 연달아 밀려오네

흰날개 펴고 살포시 내려앉은 하늘은
푸른 바다의 가슴에 파고들어 이야기 하는구나

하늘은 바다와 무엇을 속삭이드뇨?
갈대밭 숨어드는 바람도 모르쇠하네

쪽같은 바다…옥같은 하늘…
오 시방 한창깊은 바다와 하늘의 속모를 대화(對話)여

— 「對話」 전문

위에 인용한 ㉮의 시에서 '집'과 '바다'는 모성이라는 동질성을 확보

하는 공간으로 드러나 있다. 집은 삶의 현장에서 돌아오는 가족 구성원을 품어주는 평화와 행복을 제공하는 안식의 공간이다. 또한 바다는 이러한 집과 인접한 곳에 위치하고 있는 바, 모성 상징 가운데 가장 크고 변하지 않는 것 중의 하나[14]가 되고 있다. 그러나 시적 자아가 살고 있는 현실 공간인 집에서는 "노대(露臺)"가 없어 바다를 바라볼 수 없는 운명에 처해 있다. 그러므로 '먼 바다'도 역시 동경의 대상으로서 현실에 적응할 수 없는 자아가 갈구하지만 가 닿을 수 없는 관념적이면서 본원적인 공간인 것이다.

㉯의 시에서 '바다'는 '하늘'을 가슴으로 품고 대화하는 대상으로 형상화한다. 여기에서 감지되는 감각은 구김살 없이 희고 푸른 깊은 생명의 원형 공간이다. 여기서의 바다는 "구김살없는 수평선 넘어로 구월 한낮의 하늘이 내려 앉"아 있는 모성의 넓고 깊은 평화로운 이미지로 드러나며, 또한 그것은 "바람은 험한 물결을 피해 가고 / 물결은 기지개 켜듯 연달아 밀려오"는 곳으로서 무의식층에 자리잡은 시적 자아의 어지러운 내면을 암시하기도 한다. 이 시에서 '바다'는 구체적 현실의 의식 세계가 아니라 비현실적이며 관념적 공간이다. 자아로부터 멀리 떨어진 유토피아의 세계로서 석정의 원초적 자아가 꿈꾸는 모성의 세계이다.

환상 세계인 과거로 퇴행하여 '어머니'를 애절하게 부르며 갈구하던 시적 자아의 동화적 꿈의 공간이었던 '하늘'이 이제는 "흰날개 펴고 살포시 내려앉"아 "푸른 바다의 가슴에 파고들어 이야기"하고 있다. 이는 지상적 이미지와 천상적 이미지를 하나의 모성적 힘으로 통일시키려는 시적 자아의 의식이다. 이로써 '바다'는 자족적이고 충만한 생명력의 세계를 그리워하는 자아에게 에너지를 불어 넣어주는 공간이며, 현실적

---

14) G. Bachelard, 이가림 역, 『물과 꿈』(문예출판사, 1988), 164쪽.

세계의 외곽에 있는 절대 공간인 셈이다.

이 시에서의 '대화'는 현실에서 떨어져 나와 이상적 자아의 내면 의식 표출에 그쳤던 자아를 거부하는 원초적 본능의 발현으로 볼 수 있다. 현실을 도외시했던 시적 자아가 현실과 대화를 통하지 않고는 현실을 직시할 수 없다는 자각에 이른 것으로 보여진다. 그러나 이러한 인식에도 불구하고 시적 자아는 "한창깊은 바다와 하늘의 속모를 대화(對話)"만을 보게 될 뿐 현실과는 너무 동떨어진 곳에 있었다. 시「푸른 寢室」은 이러한 인식에서 진일보하여 현실적 세계를 상상적 질서로 환치시키는 구조를 보여준다.

일림아
촛불을 꺼라
소박한 정원에 강물처럼 흐르는 푸른 달빛을 어서 우리 침실로 맞어
와야지……

유리창 하나도 없는 단조한 나의 방……
침실아 −
그러나 푸른 달빛이 풍요히 흘러오면
너는 갑작이 바다가 될수도 있겠지……

일림아
어서 촛불을 끄렴
고양이 새끼처럼 삽짝 삽짝 저 산을 넘어온
달빛은 오직이나 우리 침실이 그리웠겠늬?

작은 시계의 작은 바늘이 좁은 영토를 순례하는
오직 안타까운 나의 침실이여
푸른 달빛이 해안처럼 흘러 넘치면
너는 작은 배가 되여야 한다.

일림아
문을 열어제치고 들창도 축겨 올려라
너와 내가 턱을 고이고 은행나무를 바라보는동안
너와 내가 사랑하는 난초는 푸른 달빛을 조용히 호흡하겠지……

여봐
침실의 부두에는 푸른 달빛이 물결치며
빛나는 여행담을 속은거리지 않늬?

일림아
너와 나는 푸른 침실의 작은배를 잡어타고
또
어데로 출발을 약속 하여야겠느냐?

— 「푸른 寢室」 전문

　이 시는 전체적으로 어둠의 공간을 밝히는 '달빛'의 부드러운 이미지를 통해 모성의 '바다'를 상상적으로 가시화한다. 다른 시편들에서 보였던 긍정적인 촛불의 현현이 여기서는 흐르는 달빛을 맞아들이기 위해 일단 부정되고 있다. '달'은 하늘과 대지를 동시에 붙잡아 합치시키는 이미지, 우주적이고 넓고 거대하며 부드러운 이미지이며, 시적 세계에서는 형식적 존재이기에 앞서 물질이며 꿈꾸는 사람에게 스며드는 하나의 흐름15)으로 동화시킨다.

　1연에서 시적 자아는 소박한 정원에 흐르는 푸른 달빛을 우리 침실로 맞어"오기 위해서는 "촛불을 꺼"야 한다고 힘주어 강조한다. 이것은 우주 빛의 현현을 온몸으로 체현하기 위한 인식의 발로이며, 2연에서처럼 유리창 하나도 없는 시적 자아의 방에 푸른 달빛을 흘러오게 하려는 욕

---

15) G. Bachelard, 앞의 책, 172～173쪽 참조.

구의 발현이다. 우주와 소통 불가능한 폐쇄적 공간에 있는 '일림'에게 시적 자아는 그 달빛을 받아 "푸른 바다가 될 수도 있"다는 무한한 가능성을 예시한다.

'바다'는 어둠의 현실 공간을 밝고 부드러운 속성으로 감싸안는 모성적인 힘이며, 시적 자아의 새로운 출발을 예비하는 동인으로 작용하는 이미지이다. 그렇기 때문에 시적 자아는 3연에서 산을 넘어온 달빛은 오죽이나 우리 침실이 그리웠겠느냐며 다시 한 번 '일림'에게 "어서 촛불을 *끄*"라고 요청한다. 이것은 시적 자아가 달빛을 지상 공간에 사는 왜소하고 연약한 존재를 그리워하고 품어주는 우주적 실체로서의 모성으로 파악하기 때문이다.

이러한 인식은 4연에서 더욱 구체화된다. 시적 자아는 현실 세계를 "시계의 작은 바늘이 좁은 영토를 순례하는 / 오직 안타까운 나의 침실"이라고 파악하는데, 이는 양적인 시간의 지배를 받으며 현실적인 행동의 제약을 받는 공간에 사는 인간 존재의 한계성을 여실히 반영해 준다. 그렇기 때문에 시적 자아는 '일림'에게 푸른 달빛이 흘러 넘치면 '작은 배'가 되어야 한다며 가정적 미래를 사실화하려는 의도를 드러낸다.

나아가 시적 자아는 5연에서 "문을 열어제치고 들창도 축겨 올"리라고 부연하는데, 이는 일림과 시적 자아의 교감 대상인 '난초'가 "푸른 달빛을 조용히 호흡하"는 것을 가시화하기 위한 언술의 형태이다. 여기서의 '달빛'은 바다의 푸른 물결을 비유적으로 가시화한 것으로서 현실적인 행동이나 의식까지 철저하게 제한받던 당시의 현실에서 벗어나기 위한 상상력의 결과로 볼 수 있다.

그렇기 때문에 일림과 시적 자아는 6연에서 "침실의 부두에는 달빛이 물결치며 / 빛나는 여행담을 속은거리지 않"느냐며 어디에도 얽매이지 않은 자유로운 개체로 다시 태어나는 계기를 마련한다. 그리고 그러한 의지의 지속성은 마지막 연에서 "푸른 침실의 작은 배를 잡어타고 / 또 / 어데로 출발을 약속하여야겠느냐?"는 우주와 인간이 합일되어 대자적 모성의 상징인 '바다'의 공간으로 통일되는 모습으로 드러난다.

살펴본 바와 같이 이 시는 어둡고 폐쇄된 현실 공간에서 푸른 '딜빛'의 이미지를 물결로 감각하면서 무한한 모성의 이미지인 '바다'를 탄생시켜 '배'를 타고 떠나며 희망찬 내일을 기약하는 상상 체계로 이루어져 있다. '배'와 '달빛'은 조응 관계를 맺는 행위체로서, 황폐한 모성 결핍의 현실에서 부드럽고 잔잔한 흐름의 상상력을 통해 시적 자아가 자유를 획득해 가는 매개 이미지로 작용한다.

'바다'는 가시적 실체가 아니라 비가시적인 상상의 매체로서 현실의 세계와 동일시하려는 시적 자아의 무의식층에 자리한 원형 공간이다. 시적 자아는 모성과의 동일시를 통해 행동의 주체로서 현실을 포용하려는 태도를 현시하고자 한다. 이것은 삶의 에너지를 공급받고자 하는 새로운 시작으로서의 의미를 함의한 공간이기 때문이다. 그래서 석정은 해방 이후 중기시에서 역사와 현실을 대면하려는 시의식을 선보이게 된다.16)

이상에서 살펴보았듯이, 모성성을 함의하는 '바다'는 자유와 유토피

---

16) 석정의 현실에 대한 대결 의식은 이미 시집 『슬픈 牧歌』(낭주문화사, 1947)에서 서정주에게 보내는 시「黑石 고개로 보내는 詩」나, 그 시집 후기에 예비되어 있었다. 그 부분을 인용해 보면, "정주여 / 나 또한 흰복사꽃 지듯 죽어갈수도없거늘 / 이 어둔 하늘을 무릅쓴채 / 너와 가치 살으리라 / 나 또한 징글징글하게 살어보리라"나 "벗이여 / 어머니의 품에로 돌아가는 길이 다시 열리던 一九四五年 八月 一五日, 나는 목 놓아 울었습니다. / 거기서 오래오래 지니고 살아오던 나의 슬픔과 더부러 靑春은 고소란히 門을닫혔기 때문이었습니다. / "인젠 어디로 가겠느냐"구요. 성한 피가 내 血管을 도는 限, "새벽"과 "아침"과 대담한 "대낮"을 찾어 끝끝내 한 송이 해바라기로 다시 피어보리다. / 그것은 어느 가난한 마을 울 옆이래도 좋고 나지막한 산기슭이라도 좋겠습니다. / 一九四六年 四月 二日 밤/ 靑丘園에서 著者"에 구체적으로 드러난다.

아의 원형으로서 자아로부터 멀어진 충만한 생명력의 세계이다. 이것은 식민치하의 황폐한 현실을 벗어나고자 하는 시적 자아에게 에너지를 불어넣어 주는 현실 세계의 외곽에 존재하는 절대의 공간이다. 따라서 대자적 모성의 '바다'는 시적 자아가 부드럽고 잔잔한 흐름의 상상력을 토대로 하여 자유를 획득해 가는 과정으로 나타난다. 즉 여기서의 '바다'는 비현실적 상상의 세계라기보다는 현실 세계와의 동일시를 통해 행동의 주체로써 현실을 인식하려는 시적 자아의 내면에서 현실화된 공간이다.

2 사회적 자아의 실천 의지

석정이 초기에는 세계와 대결을 회피하며 자아가 내면화된 경향을 보이지만, 결국에는 윤리적 실존 근거로서 대상성인 현실에로 지향하려는 근본적인 모티프를 가지고 있었다. 그러나 그 의식이 어느 시대와 맞물려 어떠한 변모 과정에 이르는가를 살펴보면 석정의 시가 드러낸 또 하나의 공간을 살필 수 있다. 이러한 점에 볼 때 그의 중기시는 6·25 전란이라는 충격을 겪으면서 한 시인으로서 역사에 대한 책임과 자각에 이르게 되는 전 과정이 드러난다.

석정의 내면 의식이 행동과 실천을 지향하면서 얻게 되는 것은 '고향'과 '태양'의 이미지를 통해 드러난 무한한 가능성의 공간이다. 이 공간 속에서 그의 자아는 현실을 직시하여 수용함은 물론 인간애와 인인애(隣人愛)로써 역사와 현실을 끌어안으려는 능동적인 자세로서의 신념을 드러낸다. 그것은 윤리적 실존을 인식한 자아의 완성된 모습이기도 하다.

석정의 중기시는 실존의 공간에서 방황하던 무력한 자아가 역사적 자아를 지향하는 의식의 궤적인 동시에 한 시인으로서의 새로운 역사 전망이 숨어 있는 공간이라 할 수 있다. 그렇다면 이러한 관점에서 석정 시의 상상력의 근간으로 작용하는 '태양'과 '고향'의 이미지에 관심을 집중하여, 그것에 의해 드러난 현실 인식 태도와 자아 의식의 요체를 밝혀 보고자 한다.

2.1 '태양'의 인식과 존재의 자각

석정의 중기시는 『氷河』에 실린 작품들로서 총 68편이다. 이것은 1945년 해방 이후 1956년에 이르기까지 쓰여진 것들이며, 그 중의 몇몇 작품을 제외한 대다수 작품들은 6·25직후의 황폐하고 혼란스러웠던 시기에 쓰여진 것들이다. 이 시기의 작품들이 많다는 것은 초기시의 세계와는 다르게 "기교보다 精神의 현장을 더 앞세워 나갔"[17]기 때문으로 여겨진다. 나아가 현실을 직시하며 자아를 탐구하는 이 시기 석정의 시는 비운의 역사를 새롭게 파악하려는 인식의 전환을 이루게 된다.

김기림의 지적대로 "牧神이 조으는 듯한 詩의 世界"[18]를 보여주었던 그가 전쟁이라는 충격을 겪으면서 한 시인으로서 역사에 대한 책임과 자각의 면모를 보여주는 것이다. 따라서 그의 시는 현실을 직시하여 수용함은 물론, 나아가서는 인간애와 인인애로써 역사를 끌어안으려는 따뜻한 육성으로 형상화한다. 그러므로 이 무렵 그의 시들에서 무력한 허무감이나 이상향을 동경하는 의식은 찾아볼 수 없게 된다. 다만, 그는 자연 대상을 통해 역사를 자각한 한 인간으로서의 신념을 노래하기에

---

17) 허형석, 「신석정 시 연구」(경희대 대학원 박사논문, 1988), 100쪽.
18) 김기림, 『詩論』(백양당, 1947), 86쪽.

이른다.

  석정의 초기시는 자연을 가장 중요한 시적 대상으로 삼았으며, 그 속에서 자아와 현실의 합일점을 찾고자 했다. 중기시에서도 그와 같은 태도는 몇 편을 제외하고는 변함없이 지속된다. 다른 점이 있다면, 자연에만 집중되어 있던 시인의 의식이 차츰 '태양'을 매개로 하여 인간과 역사에 대한 인식으로 확대시켜 나간다는 점이다.

  석정 시에서 '태양'은 빛의 역동성과 맞물리는 만유존재의 본질로서 그 모습을 드러낸다. 이 태양은 중기시의 지배적인 이미지이며, 시대적 어둠과 대응되는 역동적 이미지이다. 그것이 소유한 빛의 역동성은 새로움, 아름다움, 순수함, 새로운 시작 등을 드러내는 근원적 힘이다. 이러한 감각은 시인의 현실 인식의 태도와 맞물려 그에 대응하는 세계관을 형성하는 토대로써 작용한다.

> 별빛 비마냥 쏟아지던 밤에도
> 木蓮꽃은 뚝뚝 떨어집니다.
>
> 太陽의 눈부신 噴水 속에서도
> 木蓮 꽃잎파리는 날립데다.
>
> 바람도 없이 낮달이 흐르는데
> 木蓮꽃은 자꾸만 지던데요.
>
> 슬픈 歷史가 마련하는 이야기
> 낡은 청춘에도 젖어 듭내다.
>
> — 「抒情小曲」 전문

  이 시는 '태양'을 통하여 현실(밤)을 인식하는 동시에 '슬픈 歷史'와 대면하려는 의식의 전환을 보여준다. 시적 자아는 1연에서 '밤'으로 내포된 부정적 세계에 '별빛'을 대응시키지만, 그것은 다시 "木蓮꽃은 뚝뚝 떨어"지고 있는 소멸 의식으로 귀결된다. 별빛만으로 이 부정의 세계가 긍정의 세계로 바뀌기에는 무력한 빛이라는 자각이다. 따라서 시적 자아는 이 공간을 물리칠 수 있는 내적인 힘의 상징으로 '태양'의 생명 공간으로 시선을 이동시킨다. 2연은 "太陽의 눈부신 噴水 속에"에서 "木蓮꽃 이파리"가 역동적으로 날리는 상승 욕구가 분출되는 공간으로 드러난다. 따라서 '밤'은 '태양'의 힘을 감지하는 시적 자아의 정신 작용을 통해 다시 긍정의 인식으로 전환된다.

그러나 이러한 인식은 3연에서 다시 역전된다. "바람도 없이 낮달이 흐르는데 / 木蓮꽃은 자꾸만 지"는 것이다. 이는 시대사와 긴밀히 연관된다. 8 · 15 해방은 우리 민족에게 하나의 감격이자 흥분 그 자체였지만 하루가 다르게 불어닥치는 정치계의 판도는 궁극적으로 국민 생활의 활력소가 되기는커녕 도리어 예각화된 대립 의식과 증오가 몰고 온 쟁투의 장으로 변했다. 이러한 상황은 시인에게도 적지 않은 충격으로 작용한 듯하다. 그렇기 때문에 시적 자아는 2연의 역동적이고 생명의 근원인 '태양'의 공간이 3연에서 또 다른 비애감으로써 소멸 의식을 거느리게 되는 것이다.

이와 같은 비애감은 시적 자아가 역사를 인식하는 계기로 작용하여 "슬픈 歷史가 마련하는 이야기 / 낡은 청춘에도 젖어"든다는 비극의 역사를 인식하는 전환점을 마련한다. 이는 '태양'을 매개로 이루어지는 생명체들의 상호 관계로써 드러나며, 역사적 현실을 도외시하고 내면적 자아 영역에 머물러 있던 태도를 반성하는 계기가 된다. 따라서 이 '태양'은 시적 자아가 부정적 상황을 물리치고 밝은 세계를 여는 내적이고도 본원적인 힘으로 작용한다.

이 시의 공간 구조는 '태양'을 중심으로 상승과 하강의 대립 구조로 이루어져 있다. 이는 바로 현상 세계(밤)를 의식한 시적 자아가 '태양'의 역동적 이미지를 통해 역사적 인식에 이르는 질서를 보여준다. 이때 태양의 힘은 빛이며, 이 빛을 매개로 부정의 세계는 생명적 세계 인식의 토대로 작용한다. 이것은 시인이 감지하는 전체의 공간이며 시적 자아의 내면 세계와 동일성을 가진 이미지소라고 할 수 있다. 이러한 대상과 의식의 문제는 대상의 의미를 창조해내는 시인의 주관성, 즉 시인의 상상력을 탐색하는 방향으로 나아가게 된다.

상상력은 시인 특유의 미적 경험을 재생하는 원동력인 바, 이는 실제의 공간과는 별개의 가상적 공간을 통해서 표출되기도 한다. 상상력의 역동적 흐름을 표출하고 있는 가상 공간은 시 「어린 羊을 데불고」에서 더욱 구체화된다.

어린 羊을 데불고 내가 사는 곳은
湖畔의 성근 숲길을 거쳐
다냥한 햇볕이 噴水로 쏟아지는
푸른 언덕 근처라고 생각해도 좋습니다.

구름이 지나가는 발자취 소리랑
싹트는 푸른 소리 들려오는 곳입니다.

어린 羊을 데불고 내가 사는 곳은
저녁 노을 붉은 속에
日月을 두고 사랑을 맹세하는 청춘들이
자조 오고 가는 강기슭이라고 생각해도 좋습니다.

푸르른 강물소리 새소리 젖어 흐르고
꽃 피고 지는 소리 들려오는 곳입니다.

어린 羊을 데불고 내가 사는 곳은
별들이 나직이 옛이야기 하는 곳
피묻은 역사도 罪도 罰도 없는 곳
그러한 새로운 風土라고 생각해도 좋습니다.

그러나 짙푸른 하늘에 매달린 地球에서
아주 머언 緯度라고는 아예 생각하지 않아도 좋습니다.
— 「어린 羊을 데불고」 전문

가상 공간의 설정은 실재하는 세계와는 다른 상상적 경험의 세계로서, 시적 자아가 지향하는 꿈의 현실이다. 이 가상 공간은 "罪도 罰도 없"는 시적 자아의 의식 속에 감추어진 유토피아 공간이다. 따라서 이 공간은 시적 자아의 지향적 현실로서 이미지와 창조적 주관성이 혼융되어 나타나는 상상력의 산물이라 할 수 있다. 이러한 접근 방식은 시적 자아의 역동적 상상력의 방향에 따라 변화하면서 비가시적 세계를 생명의 근원인 존재의 공간으로 포착해낸다.

이 시에서 중심 이미지가 되는 것은 '日月'로 상징되는 빛이다. 시적 자아의 꿈의 현실이 빛으로 현현하면서 평화의 공간으로 실체를 드러낸다. 빛은 어둠의 세계를 밀어내는 힘으로서 심미적 대상이 아니라 생명력을 내포한 실체이다. 이것은 생명력으로 출렁거리는 공간으로 투사되며 생명의 질서를 함축한다. 이때 자연은 생명의 원천으로 변화되며, 심미적 구조도 내면적 생명의 역동성과 정서적 울림에 충실하게 된다.

이 시는 전체적으로 '빛'으로 수용되는 평화의 공간을 축조한다. 즉 빛은 생명의 한 초점이며 이것은 곧 공간상으로 확대된다. 따라서 이 상상의 세계는 시적 자아가 조화로운 질서를 구현하면서 시간의 흐름에도 변함없는 영원성을 지향하는 공간이다. 1, 2연에서 시적 자아가 "어린

羊을 데불”고 사는 곳으로 설정한 상상 공간은 햇볕이 분수처럼 쏟아지는 “푸른 언덕 근처”이며, 그렇기 때문에 여기는 구름이 지나가는 발자취 소리와 싹트는 “푸른 소리 들려오는 곳”이기도 하다. 자연의 빛을 흡인하여 오관(五官)으로 인식되는 이상적 공간을 창조한 시적 자아는 3, 4연에서 다시 “저녁 노을 붉은 속에 / 日月을 두고 사랑을 맹세하는 청춘들이 / 자조 오고 가는 강기슭이라 생각해도 좋”다고 제시하면서 사랑의 맹세를 통해서만이 도달할 수 있는 공간임을 암시한다.

푸르른 강물소리와 새소리 젖어 흐르며, 꽃 피고 지는 소리 들려오는 이 평화의 공간은 별들이 조용히 옛 이야기하는 “피묻은 역사도 罪도 罰도 없는 곳”이라고 시적 자아는 5연에서 단언하기에 이른다. 그것은 현실에 비추어 볼 때 “새로운 風土”지만 생명의 질서를 통해서 보면 구체적 현실로서 인간 존재는 물론 시적 자아가 구현해야 할 역사 인식을 반영하는 시적 의미체로써 작용하고 있다. 그렇기 때문에 시적 자아는 마지막 6연에서 “地球에서 / 아주 머언 緯度라고는 아예 생각하지 않아도 좋”다는 현실 세계에 대한 관심으로 다시 환원시킨다.

시적 자아의 의식 세계는 항상 현실과 관련을 맺으면서 현실의 다른 국면에 대해 사유하게 마련이다. 그것은 인간의 삶의 방식에 대한 본질적 질문, 즉 인간의 존재 방식과 현실 세계에 대한 관심을 뜻한다. 이러한 현실 탐구의 문제는 생명력의 본질인 ‘빛’의 이미지를 매개로 상상 공간을 창조하기에 이르지만, 그 배후에는 늘 시적 자아의 의지가 내포되어 있다. 이 시에서 나타난 빛의 이미지는 밤과 낮의 시간성에 관계없이 생명체를 현시해 주는 총체적 공간이며, 시인의 역사 전망이 숨어 있는 공간이다. 따라서 시적 자아는 상상 공간과 현재의 공간을 동일화하려는 태도를 보여준다. 이때의 빛이란 시간을 초월한 공간성으로 드러나며 시적 자아의 생명력을 분출시키는 내적 이미지의 기능으로써 작용한다.

요요한
산이로다.

겹겹이 쌓인 풀길 없는 우리 가슴같이
깊은 산이로다.

아아라한 오월 하늘 짙푸른 속에
종달새
종달새
종달새는 미치게 울고

산은
첩첩
청대숲 보다 더 밋밋하고 무성한데

아기자기한 우리 두 가슴엔
오늘사 태양따라 환히 트인 길이 있어

이 나무등걸에 널 껴안은채
이토록 즐거운 눈물이 자꾸만 쏟아지는 것은

진정 죽고 싶도록 살고 싶은
사랑보다도 뜨겁고 더 존엄한 꽃이
가슴 깊이 피어난 까닭이리라.

― 「나무 등걸에 앉아서」 전문

이 시에서 시적 자아는 '깊은 산'에서 내면으로 침잠하는 모습을 보이
고 있다. 또한 산은 '태양'의 역동적 힘이 휴지한 상태이지만, 빛을 발현
시켜 새롭게 변모하려는 시적 자아의 의지가 함유된 공간이다. 따라서

'태양'의 빛은 근원적이고 전체적인 이미지이며, 이 공간은 분리 이전의 전체로서의 <너비>이다. 말하자면 이 너비에 빛이 투사될 때 '산'은 단순한 이미지가 아니라 근원적인 힘을 갖춘 공간 전체가 된다.[19]

이 시에서 '산'은 2연에서 볼 수 있는 바와 같이 전체적으로 "겹겹이 쌓인 풀길 없는 우리 가슴같이 / 깊은 산"으로서 시적 자아와 동일화된 생명적 힘을 지니게 한다. 즉 객관화된 자연을 자아화하는 '산'은 사람의 힘에 의해 동화되는 공간이다. 이러한 동화의 과정을 살펴보면, 1연은 객관화된 산, 2연은 자아와 동일화된 산(부정적), 3, 4연은 자아의 내면 공간(부정적), 5, 6연은 '태양'을 통해 동화된 자아, 7연은 동화의 이유(긍정적)의 형태로 드러난다.

위에서 보는 바와 같이 이 시는 순차적 단락으로 이동하며 부정적이고 객관화된 '산'이 동화 단계를 거쳐 긍정적 '산'으로 바뀐다. 이것은 5연의 '태양'의 빛을 매개로 구체화되며, 충만한 생명의 힘에 의해 시적 자아는 존재의 당위성을 깨닫는다. 이는 "태양따라 환히 트인 길"을 발견한 시적 자아가 '태양'의 빛을 자기 생명 내부의 근거로 삼는 행위이다. 즉 부정적인 외부 공간을 내적인 자아의 힘으로 고조시키는 것으로서, 이때의 태양은 능동적인 정신 활동의 힘으로 작용한다.

능동적 삶의 태도를 지닌 "인간의 정신은 자연의 맹목적인 힘을 자기에게 종속시켜 자연의 기억을 정신적인 잠세(潛勢)로서 고조시킬 수 있"[20]으므로 자기의 생명을 자유 의지에 의해서 근거지울 수 있다는 점이다. 그렇기 때문에 시적 자아는 마지막 7연에서 "진정 죽고 싶도록 살고 싶은 / 사랑보다도 뜨겁고 더 존엄한 꽃이 가슴 깊이 피어난 까닭"

---

19) F. Kümmel, 앞의 책, 68~69쪽 참조.
20) 위의 책, 123~128쪽 참조.

이라고 확신에 찬 강한 어조로써 삶의 이유를 역설할 수 있는 것이다.

이 시는 '산'과 동화된 시적 자아의 부정적 내면 공간이 '태양'의 빛과 만난다. 이로 인해 시적 자아는 '나무등걸'에서 그 빛을 껴안은 채 "즐거운 눈물이 자꾸만 쏟아지는 것"을 주체하지 못한다. 이것은 역사적 현실을 끌어안지 못했던 과거 자신의 모습에서 새로운 시작을 준비하는 감격의 울음이며, 역사를 자각한 전인적 생명체로서의 신성(神性)을 발현하는 모습이다. 무력화된 실존의 공간에서 방황하던 시적 자아는 빛의 생명성을 감지하고, 그것을 매개로 하여 "사랑보다도 뜨겁고 더 존엄한 꽃"을 "가슴 깊이 피"운 존재로 다시 태어난 것이다.

이 시에서의 '태양'은 서정적 자아가 역사적 자아로 바뀌는 계기를 부여하며 실천적 자세로써 역사와 마주하게 되는 내적 힘으로 작용하는 이미지이다. 또한 시적 자아가 앉아 있는 '나무등걸'은 '산'과 자아의 중심에 자리잡고 있는 지점으로 태양의 빛을 매개로 부정을 긍정으로 전환시키는 경계의 공간이다. 대상이 자아로 동화되는 이 경계의 공간은 가시적 세계와 비가시적 세계를 분기점으로서 육체에서 정신으로, 세속적 자아에서 역사적 자아로의 변화를 뜻하는 새로운 질서, 새로운 길의 매개적 통로라 할 수 있다.

이상에서 살펴본 바와 같이 '태양'은 시적 자아의 내면과 동일성을 지니며, 특히 빛은 8·15 해방 이후 6·25 전란에 이르는 부정의 역사를 밀어내고 밝은 세계를 여는 내적인 힘으로 드러난다. 빛으로 투사되어 드러나는 이 공간은 시적 자아가 생명의 세계를 여는 인식의 토대로 작용하여 역사 인식에 이르는 질서를 보여준다. 따라서 시적 자아는 빛으로 현현하는 상상적 경험의 세계로서 가상 공간을 축조하기도 한다. 빛으로 수용되는 이 평화의 공간은 조화로운 세계의 질서를 현시하면서 시간의 흐름에도 변함없는 총체적 공간이며, 시적 자아의 역사 전망이 숨어 있는 공간이라 할 수 있다. 나아가 '태양'에 의한 생명 감각은 시적 자아가 존재의 당위성을 자각하는 과정으로 드러나기도 한다. 즉 시적 자아의 부정적 내면 공간이 빛의 힘을 매개로 전인적 생명체로서 다시 태어나 일상적 자아에서 역사적 자아로 나아가는 계기를 마련해 주는 것이다.

2.2 '고향'의 체험과 연민 의식

석정이 '하늘'이나 '바다', '태양' 등을 통해 본원적인 원형 공간으로서 이상향을 꿈꾸며 공간 확보에 주력해 왔지만, 결국 그것은 실재의 공간이 아니라 피상적이고 관념적인 내면 공간이었을 뿐이었음을 깨닫게 된다. 그래서 석정은 본인이 태어나 자란 곳, 순수성의 원형으로서 '고향'에 대한 그리움과 동경을 형상화하기에 이른다. 석정의 고향 지향 의식은 행복한 공동체 사회에 대한 갈망이며, 현실의 고통을 무화시키려는 의식에 다름 아니다.

> 내 고향을 잊을 수 없는 것은 곰소뱅어와 해창 석화로 입맛을 돋우며 자란 탓도 아니요, 그렇다고 변산 멧돼지와 노루고기에 구미가 당긴는 탓도 아니다. 멧돼지와 노루고기야 지리산에 간들 못 구하랴마는, 가난에 찌든 이웃들이 이젠 힘을 펴서 아들 손줄 중학교에 보내게 되었다는 이야기를 들을 때마다, 그들도 이젠 진상가던 뱅어와 눈발을 따내는 석화로 입맛을 돋울 수 있으려니 생각하면 여간 대견스러운 게 아니다. 가난에 지쳐 한두 끼니 넘기는 것이야 견딜 수 있지만 그 어린놈들의 까만 눈이 안쓰럽다던 뒷집 할아버지의 손주들도 이젠 대학을 나왔다니 못 견디게 흐뭇한 마음에 불현듯 뛰어가고 싶은 고향이기도 하다.[21]

위의 언급에서도 알 수 있듯이, 석정의 고향에 대한 관심은 이웃들에 대한 의식을 기반으로 이루어져 있다. 따라서 과거의 순수하고 맑은 원형 공간으로서 존재하는 고향이 아니라 이웃들에 대한 관심, 나아가 이것은 대사회적인 관점에서 인간에 대한 연민 의식으로 이어지기도 한다. 석정의 존재에 대한 관심은 중기시를 관류하는 한 축으로 자리매김하기에 충분하다. 이러한 의식의 전환은 해방 이후 50년대 벽두에 6·25 동란이라는 미증유의 엄청난 시련을 겪고나서부터이다.

이 전쟁은 동족상잔의 슬픈 싸움이었으며, 국토를 초토화시켜 우리 민족 전체를 거대한 비극의 소용돌이 속으로 몰아 넣었다.[22] 시집『氷河』에는 이 시기의 작품들이 수록되어 있으며, 여기에 기록된 창작 일자를 보면 1952년 3월「春愁」,「濟州島」등의 작품 이후 석정은 6년 여의 공백기를 겪게 된다. 그것은 전쟁이 맑고 순수한 서정시인의 영혼에 크나큰 상처로 작용한 듯하다. 이러한 침묵 이후 그는 사회적인 관심의 농도가 짙은 작품들을 창작하게 되는데, 이러한 의식을 분출하는 장소가 바로 '고향'이다.

<blockquote>
한 잎파리
또 한 잎파리
시나브로 지는
지치도록 흰 복사꽃을

꽃잎 마다
지는 꽃잎 마다
곱다랗게 자꾸만
</blockquote>

---

21) 신석정,「고향에 해가 저문다」,『난초잎에 어둠이 내리면』(지식산업사, 1974), 359쪽.
22) 김용직,「한국 現代詩의 흐름」, 김용직·박철희 편,『한국 현대시 작품론』(도서출판 문장, 1986), 44쪽 참조.

감기는 서러운 서러운 年輪을

늙으신 아버지의
기침소리랑
곤때 가신지 오랜 아내랑
어리디 어린 손주랑 사는 곳

버리고 온 <生活>이며
나의 벅차던 청춘이
아직도 되살아 있는
고향인성만 싶어 밤을 새운다.

— 「望鄕의 노래」 전문

이 시에는 '고향'에 대한 간절한 그리움이 짙게 표백되어 있다. 여기에서의 '고향'은 행복한 공간의 원형으로서, 공동체 사회에 대한 의식의 단초를 보이는 공간이다. 황폐한 세계 속에 존재하는 시적 자아는 현실을 벗어나 자연 대상을 응시하는 태도를 취한다. 여기에서의 소멸 이미지는 부정적 현실과 삶이 내포되어 '고향'의 공간을 환기시켜 준다.

1연에서 시적 자아는 한잎 한잎 지고 있는 "흰 복사꽃"을 지치도록 바라보고 있다. 낙화의 현상을 통해 시적 자아는 허무하고 적막한 시간성을 인식하게 된다. 따라서 2연에서 꽃잎마다 곱다랗게 감기는 "서러운 年輪"을 자각한다. 자신에게 남아 있는 시간이 많지 않음을 인식하는 것이다. 여기에서 시간성을 '감기는'이라고 표현하는데, 이것은 시간을 내면화하는 태도로서, 원형적 시간으로 환원되고 싶다는 의식을 암시해 준다. 또한 시간의 내면화는 시적 자아가 죽음을 관념적으로 느끼는 것이 아니라 피부로 느끼고 있음을 함의한다. 전후의 현실은 황폐하고 여기 저기에서는 생존의 아귀다툼으로 팽배해있었기 때문이다.

이러한 상황에서 비롯된 시인의 상실감은 4연의 '고향'을 상상하게 만들어 주는 요소가 된다. 이 고향은 늙으신 아버지와 아내, 어리디 어린 손주가 사는 공간이다. 즉 공동화된 현실의 비극은 시적 자아를 소멸 인식으로 이행시키고, 다시 전쟁의 죽음 체험과 결부되어 삶의 무상성에 이르게 한다. 그렇기 때문에 현실 공간에서는 안주할 곳이 없으며, 존재성에 대한 불안감은 '고향'의 공간을 반추하도록 만들어 준다.

이와 같은 실존적 불안감을 시적 자아는 '고향'에의 동화를 통해 해결하고자 한다. 시적 자아는 비극적 현실 공간을 "버리고 온 〈生活〉"과 "벅차던 청춘"이 "아직도 되살아 있는 고향"의 공간으로 전환시켜 현실 수용의 토대를 마련하게 된다. 이것은 현실의 무거움으로 인한 일시적인 퇴행이 아니라 현실 공간에 '고향'을 투사하여 동일화를 꾀하는 의식의 단초인 셈이다.

살펴본 바에서 드러나듯이, 이 시에서의 '고향'은 지향의 공간이 아니라 시적 자아의 내면 속에서 현실화한 공간이다. 시인이 꿈꾸는 세계는 혈연 관계가 해체되지 않은 채 유지되고 지속되는 평화의 세계이다. 이러한 '고향'은 현실 긍정의 조화로운 세계를 지향하는 시인의 내면을 조율해 주며, 구체적 현실 인식의 토대를 이루는 역할을 하게 된다. 다음의 시는 그러한 면모를 더욱 구체화하여 보여준다.

끝내 나비는 꽃잎파리에 붙은 떨어질줄 모르는 한 장의 郵票였습니다.

그래도 봄은 가버리던데요, 뭐…….

이윽고는 새끼들을 데불고 떠나야할 아득한 고향이기에 제비들은 선선의 위험한 스테 ─ 지에서 니그로 보다도 서러운 望鄕歌를 부르나 봅니다.

옥쪼륵 빡쪼록 조래 조래……

옥쪼륵 빡쪼록 조래 조래……

　　아주 머언 옛날 삼단같은 머리를 따느린 시설스런 우리 누나가 가르
쳐 주던 제비의 망향가를 외우며 지금 나는 니그로 같이 아득한 참으로
아득한 고향을 생각하는 것입니다.

― 「NOSTALGIA」 전문

　이 시는 6·25 전란이 끝난 54년 6월에 쓰여진 작품으로 '제비 → 고향
→ 누나'로 이어지는 연상 작용을 근거로 고향을 간절히 회구하는 의식
을 드러내고 있다. 여기에서의 고향은 현실의 비극을 잠시나마 우회시키
고 지연시키는 여유의 공간이다. 1연에서는 '나비'가 "꽃잎파리에 붙"어
"떨어질줄 모르"는 것을 응시하는 정적의 시간이 제시되어 있다.

　시적 자아는 잠시 동안이나마 자연의 응시를 통해 현실의 고통을 망각
하게 된다. 그러나 시적 자아는 "한 장의 郵票" 같아 봄을 꽉 붙잡고
있던 '나비'의 인식에서 나아가 2연에서 "그래도 봄은 가버"렸다는 허망
감을 표출한다. 이것은 비정한 역사적 현실에는 존재하지 않는 '봄'의
시간대로서, 당대적 삶이 얼마나 피폐하고 가혹한지를 단적으로 보여준다.

　생명력을 상실한 시적 자아는 3연에서 '제비'와 만나 그들의 "서러운
望鄕歌"를 들으며 '고향'의 공간으로 연상을 진척시킨다. 그 고향은 비극
적 현실을 벗어나기 위해 "새끼들을 데불고 떠나야할 아득"한 공간인
것이다. 여기서의 '제비'는 시적 자아의 투사적 상관물로서, 고향을 아득
한 거리로 파악하는 의식을 노정한다. 이는 현실을 떠날 수 없는 시적
자아의 역사적 책임 의식에서 비롯된 것으로 보인다. 4연의 "옥쪼륵 빡
쪼록 조래 조래"라는 의성어는 시적 자아가 두 가지 의미를 겨냥하여
만든 조어(造語)로 볼 수 있다.

　이를 풀어보면 하나는 '옥조르고 꽉조르고 졸라 졸라'이며, 다른 하나

는 '윽 쪼르륵 팍 쪼르륵 저래 저래'이다. 전자는 미·소 양대 진영의 분할 점거라는 명분으로 우리를 억압하는 당시 상황의 암유이고, 후자는 가난으로 인해 기아에 허덕이며 목숨을 부지하기 위한 싸움과 도적질을 서슴지 않던 당시 서민들의 자화상이라 할 수 있다.

그렇기 때문에 시적 자아는 5연의 과거의 시간으로 퇴행하여 "아주 머언 옛날 삼단같은 머리를 따느린 시설스런 우리 누나"의 연상으로 나아간다. 여기서의 '누나'는 시적 자아에게 있어 '어머니'와 동일한 이미지로서 따뜻한 모성의 원형이며, 그리움의 대상이 된다. 또한 누나가 "가르쳐 주던 제비의 망향가"는 시를 부드럽고 간절한 분위기로 이끌어 인식의 단조로움이나 지나친 감상에서 벗어나 시적 미감(美感)을 자극하도록 만들어 준다. 그렇기 때문에 시적 자아는 맑고 풍요로운 "니그로 같이 아득한 참으로 아득한 고향을 생각"하는 마지막 단계의 연상에 이를 수 있는 것이다.

이상에서 살폈듯이 석정의 '고향'은 철저히 현실 인식에 토대를 두고 있는 공간이다. 그렇기 때문에 그리워도 떠날 수 없는 역사 의식을 내포한 공간인 동시에 현실의 굴절을 겪지 않도록 끊임없이 정신 속에서 육화되고 재생되는 심적인 공간이다. 그러나 관념적인 지향태로만 존재하지 않는 실재공간이기에 구체적 현실과 만나는 계기로써도 작용하게 된다. 이러한 면은 다음에 인용하는 시 「歸鄕詩抄」에서 좀더 구체화되어 역사적 현장 체험을 전경화하는데, 이는 연민 의식으로 이어지는 요인이 되기도 한다.

1
껌도 양과자도 쌀밥도 모르고 살아가는 마을 아이들은 날만 새면 띠

뿌리와 칡뿌리를 직씬 직씬 깨물어서 이빨이 사뭇 누렇고 몸에 젖인
띠뿌리랑 칡뿌리 냄새를 물씬 풍기면서 쏘다니는 것이 퍽은 귀엽고도
안쓰러워 죽겠읍데다.

2

머우 상치 쑥갓이 소담하게 놓인 食卓에는 파란 너물죽을 놓고 둘러
앉아서 별보다도 드물게 오다 가다 섞인 하얀 쌀알을 건지면서
〈언제나 난리가 끝나느냐?〉고 자꾸만 묻습데다.

3

껍질을 베낄 소나무도 없는 매마른 고장이 되어서 마을에서는 할머
니와 손주딸들이 들로 나와서 쑥을 뜯고 紫雲英순이며 독새기며 까지봉
통이 너물을 마구 뜯으면서 보리고개를 어떻게 넘겨야겠느냐고 山茱萸
꽃 같이 노란 얼굴들을 서로 바래보고 시서 겊어 합데다.

4

술회사 앞에는 마을 아낙네들이 수대며 자배기를 들고 나와서 쇠자
라기와 술찌겅이를 얻어가야 하기에 부세부세한 얼굴들을 서로 쳐다
보면서 차표 사듯 늘어서서 꼭 잠겨있는 술회사문이 열리기를 천당같이
기두리고 있읍데다.

5

장에 가면 흔전만전한 생선이 듬뿍 쌓여있고 쌀가게에는 옥같이 하
얀 쌀이 모대기 모대기 있는데도 어찌 어머니와 할머니들은 쌀겨와 쑤
시겨 전을 찌웃 찌웃 굽어보며 개미같이 옹개 옹개 모여서야 하는 것입
니까?
쌀겨에는 쑥을 넣는게 제일 좋다고 수군수군 주고 받는 이야기가 목
놓고 우는 소리보다 더 가엾게 들리드구만요.

— 「歸鄕詩抄」 전문

인용한 시는 6 · 25 전란 직후에 쓰여진 것으로서, 전란시에 겪은 고향
체험을 특별한 첨삭 없이 연민 의식을 바탕으로 구체화하여 조감하고

있다. 전란 중의 궁핍하고 황폐한 현실을 일신에 지고 견뎌나가는 고향 주민들에게 애정 어린 시선을 보내고 있다. 자연의 세계 속에 침잠하면서도 현실에 대한 관심을 잃지 않았던 석정의 시선은 한 걸음 더 나아가 고향의 그리움을 기저로 하여 이웃과 민족이 처한 기층민들의 삶을 수용하려는 의식의 변모로 이어지게 된다.

석정의 중기시는 초기시와는 달리 자기 주위의 사람들의 삶의 모습이 구체적으로 드러나 있다. 이러한 변모의 근저에는 전쟁으로 인한 죽음의 체험과 당시를 살아가는 궁핍의 문제와 무관하지 않다. 그는 공동화된 정신 세계와 기아에 허덕이는 실존의 조건을 지나칠 수 없었던 것이다. 일제시대에 쓰여진 초기의 시가 대부분 수직적 상향성을 지향하여 초월 공간에 이르려는 의식을 드러낸다면, '고향'은 구체적 현실의 공간이다. 대개 "수직성이 초현실적인 이미지를 거느린다면 수평 방향은 구체적인 행동 세계"[23]를 나타내기 때문이다.

중기시에 구체적인 현실과 인간이 등장하는 것은 시적 자아의 사회 현실에 대응하려는 의식의 변모 과정상 필연적일 수밖에 없다. 아름답고 평화로운 정신의 원형이었던 '고향'이 전란으로 인해 피폐하고 참혹한 현장으로 변해버렸기 때문이다. 전란 당시의 황폐하고 궁핍한 현실을 수용하기 위해 석정은 인간 조건을 둘러싼 삶의 현장을 연민의 시선으로 직시한다. 자연을 응시하던 관조의 시선은 현장 공간을 강조하며 현실의 면면들을 적나라하게 포착하고 있는 것이다. 그러나 그것은 단순한 재현이나 비판 의식을 저변에 깔고 있는 것이 아니라, 그것을 끌어안으려는 민족애와 동포애를 기층에 두고 있다.

1단락의 시적 자아는 띠뿌리와 칡뿌리를 씹어서 이빨이 누런 아이들

---

23) C. N. Schulz, 김광현 역, 『실존·공간·건축』(태림문화사, 1985), 42쪽.

의 모습이 "귀엽고도 안쓰러워 죽겠"다는 다소 직설적 어조로써 따뜻한 연민 의식을 드러내고 있다. 또한 2단락에서 파란 나물죽을 놓고 둘러앉은 식탁에서 "별보다도 드물게 오다 가다 섞인 하얀 쌀알을 건지"는 모습에서 시적 자아는 비극의 실상을 다시 한번 확인하게 된다. 여기에서는 그가 이상적 이미지로 즐겨 사용하던 '별'이 '쌀알'로 비유되는 점이 특징적인데, 이것은 현장성을 강조하는 중기시의 특색을 그대로 대변해 주는 인자로 작용한다.

이와 같은 정서에 따라 연민 의식은 3단락에서 더욱 고조된다. 시적 자아는 보릿고개를 어떻게 넘겨야겠느냐고 "노란 얼굴들을 서로 바래보고 시서 겊"어 하는 모습에서 나아가 4단락의 쇠자라기와 술찌겅이를 얻어가야 하는 마을 아낙네들이 "술회사문이 열리기를 천당같이 기두리"는 절박한 시대사의 한 단면을 초점화하기에 이른다.

전쟁의 참상으로 인한 궁핍의 문제는 인간성을 파괴하여 수동적인 인간상을 만드는 구실을 한다. 이 단락은 그러한 연장선에서 파악해 볼 수 있으며, 5단락의 연민 의식의 극화로 이어지게 된다. 시적 자아는 여기에서 장에 가면 생선이 듬뿍 쌓여있고 쌀가게에는 하얀 쌀이 "모대기 모대기" 있는데도 가난에 굶주린 군상들이 "쑤시겨 전을 찌웃찌웃 굽어보"며 쌀겨에는 쑥을 넣는 것이 제일 좋다고 수군수군 주고 받는 이야기를 목도한다. 따라서 시적 자아는 "목놓고 우는 소리보다 더 가엾게 들"리는 '고향'의 공간에 대한 무한한 연민 의식과 공동체 사회에 대한 열망의 한 극점을 보여주기에 이른다.

전쟁으로 인한 죽음 체험과 가난 앞에 선 이웃들과 육친들을 목도한 석정은 삶의 소중함을 다시 한 번 깨닫게 된다. 이러한 체험은 자신을 되돌아 보게 하고 자신과 같이 이웃하여 살고 있는 공동체적인 세계를 재발견하게 해준다. 자연의 공간에 침잠하던 그의 내면 공간이 현실과 만나는 지점이 '고향'의 공간인 것이다.

현실 공간에서 평화스런 삶의 공간이 부재하다는 인식은 석정으로 하여금 연민 의식을 갖게 하는 요인이 된다. 그러므로 시인은 고통받고 살아야하는 자신과 이웃들을 재발견하고 그들을 향해 무한한 연민을 보내며 공동체 사회를 희구한다. 바로 그들이 이 세계의 평화를 이룩하는 존재들이라는 시인의 시의식이 반영되어 있는 것이다.

석정의 초기시에 나타났던 자아 부재의 의식 공간이 이 시기에 와서 휴머니즘을 바탕으로 한 현실 공간으로 전환되고 있음은 주목할 만하다. 그의 초기시 특징인 허무 의식은 '고향'의 공간과 만나면서 인간의 근원적인 실존의 조건을 환기시켜 준다. 이처럼 그가 개진한 현실의 수용이나 인간과 세계에 대한 연민은 공동체 사회를 열망하는 핵심 인자로서 그의 중기 시세계의 한 축이다.

이상과 같이 '고향'은 시적 자아의 지향태로써 작용하며, 행복한 공간의 원형으로서 내면 속에서 현실화된 공간이다. 그러나 전란 당시의 궁핍하고 황폐한 고향의 체험은 시적 자아에게 인간의 근원적인 실존의 조건을 새롭게 환기시켜 주는 동인이 된다. 따라서 이 고향은 철저히 현실 인식의 토대를 이루는 것으로서, 현실의 비극을 우회시키고 지연시키는 그리움이 주조를 띠고 있다. 내면 공간이 현실 공간과 만나는 이 지점에서 시적 자아는 자신과 이웃들을 재발견하고 그들을 향해 무한한 연민을 보내며 공동체 사회를 희구하는 태도를 드러낸다.

3 현실과 이상 세계의 조화

초기시에서부터 석정은 자연과 밀착된 정서로써 시대사의 굴곡에 대응해 왔다. 대부분의 초기 시편들이 자아 도피의 세계였다면, 정체성을 확립한 중기를 거쳐 후기시에 이르러서는 역사의 흐름 속에서 자연을 파악하는 태도로 바뀌게 된다. 이것은 부정과 반목만을 되풀이하는 억압의 현실과 맞서 구체적 행동의 공간을 시 속에 확보하려는 노력의 일환일 것이다.

석정은 구체적 행동의 실행과 실천을 언어로서 잡아 올리면서 이미지와 시적 공간을 확보하면서 자유 민주주의의 구현이라는 시대사적 명제를 형상화하기에 이른다. 역사의 산 증인으로서 그는 행동하는 저항의 시정신을 응축하며 역사를 포용하려는 의식을 명확하게 보여준다. 따라서 이 시기의 시적 공간은 중기시에서 다졌던 연민 의식을 기반으로 긍정적인 미래를 조감하며 실천적 당위성을 표출하는 장소로써의 기능을 담당하는 셈이다.

석정의 시는 4·19를 거치는 후기에 와서 현실 상황을 극복하기 위한 가열찬 의지를 분출한다. 유신 시대의 혼란스런 사회적 상황 속에서 그가 드러낸 시적 공간은 현실 인식에 의한 투철한 역사 의식을 표면화하는 장소이다. 그는 그러한 인식을 '산'과 '새'가 조감하는 공간 인식을 통해 구체화하면서 실천의 결의를 다짐하는 역사의 현장에 서 있다. 그렇기 때문에 그는 중기의 세계에서 한 걸음 더 나아간 문학의 사회적 기능을 강조하게 된다.

3.1 '산'의 역사성과 부활의 비전

석정의 후기시는 두 번째 시집『빙하』(1956) 이후 20여년에 걸쳐 이루어진 것으로서, 시대사와 밀착된 배경하에서 창작되었다. 1950년대 4·19를 거치면서 석정의 역사 의식이 중기 시대보다 더 첨예하게 분출되기에 이른다. 혼란스런 사회적 상황 속에서 현실 참여와 역사 의식을 표면화한 것은 지조[24]를 가진 시인으로서 지극히 당연한 일로 여겨진다. 그렇기 때문에 자아와 공동체 의식 확립에 주력했던 중기시의 세계보다 진일보한 문학의 사회적 기능을 강조하게 된다.

초기시에서부터 석정은 자연과 밀착된 정서로써 시대사의 굴곡에 대응해 왔다. 그러나 대부분의 초기 시편들이 자아 도피의 세계였다면, 정체성을 확립한 중기를 거쳐 후기시에 이르러서는 역사의 흐름 속에서 자연을 파악하는 태도로 바뀌게 된다. 그는 인간의 정신과 세계를 침식하는 불의와 부정을 모른 채, 수수방관하고 고고할 수 없음을 그의 산문 곳곳에서 피력하기도 한다. 그는 한 시대를 살아가는 시인으로서 당대적 상황을 도외시할 수는 없었던 것이다.

역사 현실에 대한 인식의 방법론으로써 석정은 '산'을 주요 소재로 차용하고 있다는 점이다. 후기시의 가장 많은 비중을 차지하는 '산'은 자아 도피의 세계가 아니라 역사를 관조하는 신(神)적인 대상이다. 석정의 '산'은 초기시에서 내면화된 공간으로 주류를 이루었지만, 중기시에서는 구체적인 의미를 얻지 못한 채 자연의 일부로서만 산견되던 이미지였다.

---

24) 지조를 상실한 인간이란 정신에 중상(重傷)을 입어도 남의 일처럼 시치밀 떼고 뻔뻔스럽게 고개를 쳐드는 것이 아닐까. 지조란 인격의 기둥임에 틀림없다. 기둥이 썩으면 집이 무너지듯, 지조가 문드러지면 그 인격은 말할 것도 없으리라. 신석정, 「志操」, 앞의 책, 301~302쪽.

그러나 후기시에 이르러서는 '산'을 역사의 증인이자 구원자로 채택하여 4·19에서부터 촉발되었던 자유 민주주의의 염원이라는 공동체적 열망을 분출하기에 이른다. 그렇기 때문에 석정의 '산'은 동시대를 호흡하던 여타의 다른 시인에게서는 찾아볼 수 없는 자신만의 상징 체계로써 구체화된 공간인 셈이다.

석정의 후기시는 험난한 시대사의 굴곡을 거쳐오면서 다져진 세계로써 역사 의식의 자세를 명확하게 보여준다. 중기시에서 확립한 존재의 자각을 통한 연민 의식을 기반으로 긍정적인 미래를 조감하며 실천적 자세를 표출하는 공간이 바로 '산'인 것이다. 그렇기 때문에 현실과 동떨어진 곳에 존재했던 초·중기 '산'의 관념적 이미지가 후기시로 넘어오면서는 구체적인 역사 인식의 공간으로 변용된다.

「山은」이란 시에서 볼 수 있듯이, 석정은 "또 다시 開闢이 올 때까지 / 저 地獄같은 沈默속에서 / 毅然히 살아가"는 '산'의 모습을 구체화한다. 이러한 침묵의 '산'은 인고의 자세를 내포함과 동시에 석정의 실천적인 자세를 응축한 공간이기도 하다.[25] 이것을 기점으로 석정은 '산'을 집단심의 등가물로 활용하며 민중들을 일깨우려는 의지를 표출하게 된다.

> 山頂에는 찢어진 하늘의 펄럭이는 푸른 旗폭 속에, 우리들의 가쁜
> 숨결이 숨어 있고,

---

[25] 석정은 이 시기에 와서 격한 어조로써 현대시가 나아갈 방향이 역사적 현실의 방관이나 도피가 아닌 '저항'과 '대결'의 정신을 강조하기에 이르게 된다. 그가 60년 5월호 『자유문학』지에 게재한 「韓國의 自由詩」란 글에서 "우리는 먼저 오늘의 현실이 빚어내는 不安意識과 不合理에 抵抗하기 전에 긍정이건 부정이건 자신의 明確한 태도의 결정이 선행되어야 할 것이며 어떤 각도에서 조명할 것인가를 결정하는 不撓不屈의 철학이 서야 할 것이다. <중 략> 적어도 한 편의 시는 현실의 파편은 아니다. 현실의 내부 깊이 파들어 가서 새로운 현실을 구성하는데 시의 의의는 있을 것이다. 이를 構成하기 위해서 시인이 포착하는 불행한 현실과 對決하고 抵抗하는 것은 바로 우리들 자신의 불행을 구원하는 길이기 때문이다."라고 확실한 입지점을 구축한다. 이러한 의식은 작품에도 그대로 반영되어 시정신의 골격을 이루게 된다.

　稜線을 타고 내려오면 戰爭이 뿌리고 간 고운 피를 머금은 파란 도라
지꽃들의 會話가 잦은데, 파도처럼 달려드는 바람소리 말을 달려 간 골
짜구니마다 하얀 髑髏가 洞窟같은 눈언저리에 눈부신 太陽을 받아 들이
곤 이슬같이 수떨이고 있다.

祝祭도 끝났다.
假面舞蹈會도 끝났다.
인젠 모두 우리들의 때묻은 검은 夜會服을
벗어 던져도 좋다.

　이렇게 髑髏와 도라지꽃이 爛漫한 山을 데불고 꽃잎같은 時間을 맞이
하고 지우고 지우고 맞이하는 동안 슬픈 강물엔 우리들의 歷史도 띄워
보냈다.

　蕩子처럼 돌아올 줄 모르는 人工衛星이 몇천 바퀴를 돌아가도, 하늘
은 하늘대로, 땅은 땅대로, 사람은 사람대로, 짐승은 짐승대로, 依然히
그들의 舞蹈會와 髑髏와 도라지꽃을 構想하는 욕된 歲月 속에

다시금
가져야 할 축제를 마련하면
그것이 ＜來日＞이라는 希望 속에서,
무수한 切望과 自殺과 投獄은 計算되는
것이다.

山이여!
너는 그러기에 오늘도
痛哭을 생각하는 슬픔 속에 서 있는가?
痛哭하라!
목놓아 어서 痛哭하라.
＜來日＞!
＜來日＞의 祝祭를 위하여!

— 「祝祭」 전문

이 시에서 시적 자아는 다소 직접적인 어조로써 '산'의 공간에 역사적 의지를 투사하여 자신의 확고한 입지점을 마련하고 있다. 그러나 직정적 시구인 "노하라, 거부하라, 통곡하라" 등의 남발로 감정의 통어에는 실패하여 미적인 질량감에는 미치지 못한다. 이러한 형태는 응시나 관조의 자세에서 벗어나려는 시적 자아의 의지의 분출로서, 미적 의장보다는 시정신을 우위에 두려고 하는 의식의 결과로 볼 때 불가피한 선택으로 보인다.

이와 더불어 '우리'라는 공동체 의식을 강조하는 시어는 시적 자아의 삶에 대한 태도와 역사에 대한 나름대로의 견고한 인식을 반영한다. 1연에서 시적 자아는 "찢어진 하늘"이라 상징된 질곡의 역사를 긍정적으로 수용하려는 의식을 드러낸다. 시적 자아는 역사적 상흔을 그것과는 초연한 자연의 생명력으로 치유하는 과정을 보여준다. 따라서 여기에 등장한 '산'은 전쟁이 뿌리고 간 고운 피를 머금은 파란 도라지꽃들이 피어 있으며, 하얀 촉루가 동굴 같은 눈언저리에 눈부신 태양을 받아들이는 긍정화된 공간이다.

시적 자아는 인간사와는 관계없이 진행되는 자연의 시간을 매개로 하여 인간 존재의 비극을 당당히 수렴하는 자세를 보여준다. 그렇기 때문에 2연에서 시적 자아는 "祝祭도 끝났다. / 假面舞蹈會도 끝났다. / 인젠 모두 우리들의 때묻은 검은 夜會服을 / 벗어 던져도 좋다"라고 직설적 어투로써 6·25 동족상잔의 비극이라는 자기 배반의 역사를 긍정하고, 그 속에서 새로운 시작을 감행하려는 강한 의도를 예비할 수 있게 된다.

당시의 현실은 아직도 온갖 가식과 허울에 포장되어 그 실체를 드러내지 않음은 물론 자기 갱신의 몸부림이 철저히 거세되어 있었다. 따라서 시적 자아는 3연에서 산과 함께 슬픈 시간을 지우고 맞이하는 동안 "슬픈 강물엔 우리들의 歷史도 띄워 보냈다"라고 진술하며 과거의 청산을 다시금 주장하게 된다. 50년대는 6·25 동란으로 해체된 민족적인 신성한 것을 찾기 위한 몸부림이었으며, 밖으로부터의 충격에 대응하여 안으로부터 폭발하는 역사적 추진력의 자기발견의 시대[26]였다고 할 수 있다.

전쟁 직후 처절한 자기 극복의 몸부림은 민족 상잔이라는 정신적 불모성 속에서는 과거 청산이 시대사적 명제일 수밖에 없었음은 당연한 귀결로 받아들여진다. 그러나 5연에서 볼 수 있듯이, 인공위성이 몇천 바퀴를 돌아가도, 저마다의 "舞蹈會와 髑髏와 도라지꽃을 構想하는 욕된 歲月 속"에 묻혀 자기 정체성을 찾지 못하던 시기였다.

당시의 현실에서 최우선적인 것은 가난과 굶주림으로 인한 생존권 확보에 있었기에, 미래에 대한 희망이나 민족적 결집이라는 시대사적 명제는 관념적일 수밖에 없었던 것이다. 따라서 시적 자아는 6연에서 "<來日>이라는 希望속에서, / 무수한 絶望과 自殺과 投獄은 計算되는 것"이라고 단언하기에 이른다. 이것이야말로 비극의 역사를 밀어내고 우리 민족의 정체성을 확립하는 기본적 동력이 되기 때문이다.

6·25 동란에 의한 폐허의 잿더미에서 허무와 불안감, 민족사의 전진을 가로막는 독재 권력의 타락 등은 정신의 마비현상을 초래하기에 충분했을 것이다. 이렇게 극대화된 비극 속의 시적 자아는 마지막 7연에서 산을 향해 왜 오늘도 통곡을 생각하는 슬픔 속에 서 있느냐고 반문하면서, "<來日>의 축제"를 위하여 "목놓아 어서 痛哭하라"고 역설적 어조로써 과거 청산의 결의를 다지며, 새로운 역사의 서막에 참여할 것을 촉구하기에 이른다.

---

26) 최동호, 「1950년대 시적 흐름과 정신사적 의의」, 김윤식·김우종 외, 『한국현대문학사』(현대문학사, 1994), 313쪽.

이와 같이 석정의 '산'은 미래를 예감한 시적 자아가 의식을 확립하는 공간이면서 역사를 긍정적으로 끌어안으려는 역사 의식이 강화되는 공간이다. 식민지 시대의 굴종의 역사와 전란의 상흔으로 인한 패배의식에서 벗어나 새로운 주역이 될 것을 촉구하며 자신의 의지를 역설하는 장소로써 구실을 한다. 이것은 반드시 목적한 바가 이루어지길 바라는 명령형 발화 형태로써 표출하는데, 이는 현실을 적극적으로 수용하면서 긍정적 미래를 현시해 나가려는 의지의 발현인 것이다.

山은 어찌보면 雲霧와 더불어 항상 저 아득한 하늘을 戀慕하는 것 같지만 오래 오래 겪어온 피묻은 歷史의 그 生生한 記錄을 잘 알고 있다.

山은 알고 있다. 하늘과 땅이 처음 열리고 그 기나긴 세월에 묻어간 모든 서럽고 빛나는 이야기를 너그러운 가슴에서 철철이 피고 지는 꽃들의 가냘픈 이야기보다도 더 역력히 알고 있다.

山은 가슴 언저리에 그 어깨 언저리에 스며들던 더운 피와 그 피가 남기고 간 이야기와 그 이야기가 마련하는 歷史와 그 歷史가 이룩할 줄기찬 合唱소리도 알고 있다. 山은 역력히 알고 있는 것이다.

이슬 젖은 하얀 髑髏가 딩구는 저 稜線과 골짜구니에는 그리도 숱한 풀과 나무와 山새와 山새들의 노랫소리와 그리고 그칠 줄 모르고 흘러가는 시냇물과 시냇물이 모여서 부르는 노랫소리와 철쭉꽃 나리꽃과 나리꽃에 내려앉은 나비의 날개에 사운대는 바람과 바람결에 묻혀가는 꿈과 생시를 山은 잘 알고 있다.

그러기에 山은 우리들이 來日을 믿고 살아가듯 언제나 머언 하늘을 바라보고 가슴을 벌린 채 피묻은 歷史의 記錄을 외우면서 손을 들어 우리들을 부르고 있는지도 모른다.

山이여!

　　　나도 알고 있다.
　　　네가 역력히 알고 있는 것을
　　　나도 역력히 알고 있는 것이다.

— 「山은 알고 있다」 전문

　이 시는 일제의 식민지 시대와 6·25전란을 거쳐 4·19에 이르기까지 모든 슬픈 역사의 역정을 총체적으로 아우르며 증언하는 '산'의 모습을 형상화하고 있다. 여기에서의 '산'은 "雲霧와 더불어 항상 저 아득한 하늘을 戀慕하"면서도 "오래 오래 겪어온 피묻은 歷史의 그 生生한 記錄을 잘 알고 있"는 존재이다.

　박두진도 언급한 바 있듯이 '산'은 의지의 표상이 되고 이 '산'은 자연과 인간을 초월한 존재이면서도 이웃처럼 친근한 존재이기도 하다.[27] '산'은 언제나 역사와 현실을 직시하며 희망에 찬 미래를 기약하는 생명을 함축한 시간이자 공간이 되는 것이다. 따라서 "하늘과 땅이 처음 열리고 그 기나긴 세월에 묻어간 모든 서럽고 빛나는 이야기를 너그러운 가슴에서 철철이 피고 지는 꽃들의 가냘픈 이야기보다도 더 역력히 알고 있"는 전인적 생명체로서의 의미를 획득한다.

　시적 자아가 인식하는 '산'은 정신적 존재로 현시되는 까닭에 인간과 역사를 탐구하는 원형이 되며, 나아가 미래까지도 포괄해주는 존재로써 현시된다. 즉 '산'은 가슴과 어깨 언저리에 스며들던 더운 피와 그 피가 남기고 간 이야기와 그 이야기가 마련하는 "歷史와 그 歷史가 이룩할 줄기찬 합창소리"도 역력히 알고 있는 것이다.

　백철의 지적대로 시적 자아의 자연숭배사상[28]을 반영한 의식의 일단

---

27) 박두진, 『한국현대시론』(일조각, 1970), 258쪽 참조.
28) 백철의 평가에 의하면, 본질적으로 석정은 "처음부터 뒤에까지 일관하여 자연과 친근하여 그것을

이 엿보이는 대목으로 종교의 문학적 변형이라 할 수 있다. 독일의 신학자 샤를르 뮐러에 의하면 이러한 변형의 방법은 두 가지가 있는데, 하나는 초자연적 계시에 의해서 인간적인 것이 증진되고 변형되는 것과 다른 하나는 초자연에서 인간적으로 환원되는 변형이 있다고 말한다.[29]

이 시에서의 '산'은 후자의 양상으로서, 외경 대상으로서가 아니라 보상적 가치를 가지고 인간과 역사를 수용하는 대상이다. 따라서 시적 자아는 신앙적 근거로써 초월적 존재인 '산'이 의미있는 조화로써 합일되고 수용되는 태도를 구현한다. 그렇기 때문에 산은 일체에 대한 "꿈과 생시"를 잘 알고 있는 경외의 대상이다. 나아가 "머언 하늘을 바라보고 가슴을 벌린 채 피묻은 歷史의 記錄을 외우면서 손을 들어 우리들을 부르고 있"는 역사의 산 증인이다. 특히 시적 자아는 시간과 공간을 신(神)적인 세계로 환치시켜 내적 근거로 삼음으로써 부정의 역사를 극복할 생명의 힘을 구하려 한다. 이는 '산'에 대한 믿음과 신뢰에서 오는 수용의 태도를 견지함으로써만이 가능해지는 인식이다.

절대적인 '산'의 공간은 비극의 역사와 실존성을 인식하고 긍정적 미래를 함축한다. 따라서 시적 자아는 마지막 연에서 "山이여! / 나도 알고 있다. / 네가 역력히 알고 있는 것을 / 나도 역력히 알고 있는 것"이라고 단언하면서, 실존적 자각에 이르는 질서를 보여주게 된다. 다시 말해서 현재라는 시간과 공간에 과거와 미래의 가능성을 근거지우는 태도로써 역사와 현실과 자아를 바라보게 된다.

동경, 師事하는 가운데서 詩想을 발전시키고 가다듬어온 한 전형의 自然詩人이다. 그의 초기 詩句에 싹터 있던 詩心과 그 뒤 작품의 구절 속에 담긴 詩境에는 면면하게 이어지고 深化된 自然崇拜思想이 들어 있다. <중 략> 자연 가운데서도 夕汀이 특히 즐겨서 대상한 것은 산인데 말하자면 이 詩人은 산을 抒情하는 데서 그치지 않고 山을 哲學한 속에서 컸다"고 할 정도로 산을 가까이 한 시인 중의 하나이다. 백 철, 『한국신문학발달사』(박영사, 1975), 223쪽.

29) S. Müller, 이효상 역, 『문학과 종교』(이문출판사, 1985), 12~17쪽 참조.

이 같은 결과는 시적 자아의 상상력에 기인한 것이며, '산'을 신의 영역으로 파악하기에 가능하다. 이러한 '산'의 공간에 자아를 투영할 때 시적 자아의 실존적 한계는 필연적으로 신의 섭리에 의해 주관되기 때문에 신의 계시에 따라 충만한 힘을 회복하는 동시에 역사적 공간이 신적 공간과 동화되는 구조로 이어지게 된다.

山…
山을 쳐다본다.
아무 말이 없다.

여기 저어기 머얼리 가까이 솟아 있는 山은 일쯔거나 아주 머언 먼 예날 타오르는 가슴의 怒한 불길을 확확 吐하던 山들이다.

그 山 언저리에, 그 山 골짜구니에, 그 山 기슭에, 인제는 水唱같은 高山植物들을 기르고, 그 밋밋한 전나무 물푸레나무 층층나무 가무태나무 비자나무 자작나무 고르쇠나무 이팝나무 박달나무들이 서 있고, 범이랑 여우랑 토끼 사슴 노루 다람쥐가 뛰어 다니고, 石斛 핀 속을 山나비 山나비의 가녀린 나래에 사운대는 바람의 하이얀 衣裳이 떤다.
그러나
山은 영영 벙어리로 默한 悲劇이라 행여
생각지 말라.

그 뜨겁던 아가리에 맑은 물을 머금은 채 입을 다물고 人工衛星도 거들떠 보지 않건만 條件反射마저 忘却한 듯 悲劇스러운 <휴매니스트>의 知慧로운 눈으로 하고, 貧寒한 <데모크라시>가 氾濫하는 地球에 발 돋움하고 毅然히 서서 귀를 기울이는 限, 스산한 이 꼬락서니를 凝視하고 있는 限, 그 언젠가는 噴火口에 머금은 液體를 모조리 배알아버리고, 革命보다 뜨거운 뜨거운 怒한 불길을 또다시 吐하리라.

그러기에 遠雷가 자주 넘어오는 너를
바라보며,

언젠가 한 번은 크게 소리칠
山이여!
네 永遠한 沈默 속에 나를 맡기리로다.
어제도……
오늘도……
내일도……

山…
山을 쳐다본다.
아무 말이 없다.

— 「山 1」 전문

이 시의 시적 자아는 침묵하는 '산'의 공간성을 바탕으로 인간 존재의
비극의 근원이 스스로의 욕망에서 기인함을 갈파하는 데 초점을 모으고
있다. 부정으로 점철된 인간의 역사를 신의 표상인 '산'의 공간에 수렴시
킴으로써 근원적 자각에 이르는 과정을 보여주고 있는 것이다. 시적 자
아는 이 시에서 '침묵'의 의미를 강조하며 인간 행위의 양태를 파악하는
관점을 보여주는데, 이것은 그 본질에 있어서 종교적 측면과 깊은 상관
성을 맺는다.

샤를르 뮐러는 신의 침묵에 대한 반동으로 나타난 장르가 문학이라고
단언한다. 그는 문학을 "신의 계시의 세계와 非信者인 것이 합일되는
수용 양식"30)이라고 말한다. 따라서 이 시의 1연에서 주지하는 바와 같
이 "아무 말이 없"는 침묵의 '산'은 신의 다른 이름으로 객체화된다. '산'
을 바라보는 시적 자아의 시점이 단순한 이상향으로 파악하는 것이 아니
라, 신의 침묵으로 야기된 존재의 부정적 양태를 보는 것이다.

---

30) S. Müller, 앞의 책, 같은 쪽 참조.

이 '산'은 "아주 머언 먼 옛날 타오르는 가슴의 怒한 불길을 확확 吐하"던 천지창조의 시간을 함축하며 신의 권능을 보여주는 공간이다. 또한 이 공간은 3연에 열거된 바와 같이 시적 자아가 꿈꾸는 유토피아의 상징이자 신의 섭리에 따라 이루어지는 구원의 장소이다. 그러나 이러한 침묵의 '산'을 사람들은 "영영 벙어리로 默한 悲劇"이라고 인식하면서 존재성 자체를 거부하기에 "<휴매니스트>의 知慧로운 눈"을 감득하지 못한 채 "貧寒한 <데모크라시>가 氾濫하는 地球"라는 부정적 상황을 초래한 것이다.

이때의 '지구'는 현실적인 삶의 장소가 되며, 생명이 소모되는 죽음의 세계가 된다. 그렇기 때문에 '산'은 스산한 모습을 응시하며, 그 언젠가는 분화구에서 "革命보다 뜨거운 뜨거운 怒한 불길을 또다시 吐하리라"는 불의 심판을 예비하는 공간성을 띠게 된다. 신의 계시를 거역하는 존재에게는 그에 상응하는 심판의 날이 머지 않았음을 암시하는 것이다.

이와 같이 신의 존재로서 '산'을 인식하는 시적 자아는 신앙의 힘을 그 자신의 생명 안에 충만하게 한다. 다시 말해서 시적 자아가 신적 존재인 '산'의 영원한 힘을 체험하면서 역사와 현실을 바라보기에 그 실상은 더욱 더 비극적일 수밖에 없는 것이다. 따라서 시적 자아는 원뢰(遠雷)가 자주 넘어오는 신적인 힘을 감지하고 바라보면서 "언젠가 한 번은 크게 소리칠 / 산"에 대한 직관의 예감으로 신의 부활을 염원하게 된다.

부활은 침묵의 상징인 '산'을 자아의 생명 내부의 인자로 삼기에 가능하며, 이때 시적 자아는 '산'의 "永遠한, 沈默 속"에 자신을 맡길 수 있는 것이다. '산'의 침묵에서 촉발된 역사 인식은 산과 더불어 살아야 하는 이유를 역설적으로 제기해 준다. 이것은 인간 비극의 근원은 존재 자체에 있다는 각성에서 비롯된 바, 이를 통해 시적 자아는 역사적 삶 자체를 거부하게 된다. 시적 자아가 '산'으로 기투(企投)한 것은 갈등이 없는 평화의 세계이며, 신의 삶과 동화될 수 있는 유일한 장소이기 때문이다.

'산'은 침묵을 통하여 생명 속에 존재하는 신성을 발현하기에 '어제'(과거)와 '오늘'(현재)와 '내일'(미래)을 함축하여 영원한 생명성을 획득하는 공간이 된다. 다시 말해서 '산'은 영원한 시간과 공간을 함축한 존재로서 사유로운 생명이 존새하는 공간인 동시에 신과 동화된 세계, 즉 영원한 세계이다. 그 세계는 침묵하고 있는 신의 계시를 깨우친 사람만이 도달할 수 있는 인식과 평화와 구원이 있는 공간인 것이다.

이상에서 살펴본 바와 같이 시적 자아의 역사 의식의 입지점을 마련하는 '산'은 역사를 긍정적으로 끌어안으려는 의식이 강화되는 공간이다. 여기에서 시적 자아는 과거 비운의 역사 청산이라는 결의를 다지며, 4·19 혁명으로 분출된 새로운 역사의 서막에 참여할 것을 촉구하는데, 이는 현실을 적극적으로 수용하면서 긍정적 미래를 현시해 나가려는 의지의 소산이다. 따라서 시적 자아는 '산'을 신(神)의 영역으로 파악하여 조화로써 합일되는 태도를 구현하게 된다. '산'에 대한 믿음과 신뢰를 바탕으로 이루어지는 이 공간은 긍정적 미래를 함축하여 실존적 자각에 이르는 과정이다. 이 과정에서 시적 자아는 역사 비극의 근원이 존재 자체에 있다는 판단을 내리면서 '산'으로 기투하는 의식으로 나아간다. 즉 '산'은 영원한 시간과 공간을 함축한 존재로서 자유로운 생명이 존재하는 공간인 동시에 신과 동화된 세계, 즉 영원한 생명성을 획득하는 공간이기 때문이다.

3.2 '새'의 비상성과 공동체 지향

석정이 역사 의식의 입지점을 마련한 '산'은 긍정적 미래를 함축하여 신과 동화된 세계, 즉 영원한 생명성을 획득하는 공간이었다면, 석정이 비극의 현실 공간을 드러내는 또 하나의 대상은 '새'이다. '새'는 신화의 세계에서도 자주 등장하는 원초적 상징물로써 고대로부터 현대에 이르기까지 시에서 즐겨 선택해서 다뤄온 이미지이다.

고대인들에게 있어서 새는 인간 세계에 길흉화복을 전하는 영적인 대상으로 여기기도 하고, 비상의 속성으로 인해 인간과 신(神) 사이를 오가며 신의 뜻을 전하는 메신저, 혹은 천상으로 가는 인간 영혼의 표상으로 간주되어 신성시되기까지도 했다. 즉 새는 하나의 구원의 모티프로서 신과 인간을 연결하는 사다리, 혹은 일탈된 인간 영혼의 자유로 의식해 왔던 것이다.

새가 날고 황야를 여행하는 것은 이와 같은 상징을 대표할 뿐 아니라 해방을 증거하는 어떤 강력한 운동을 대표한다고 보는 차원이다.[31] 이러한 의미에서 '새'는 억압의 현실 공간에 갇힌 시인의 갈등과 비애를 넘어서 새로운 세계로 상승시키는 정신의 해방을 의미한다. 그리하여 '새'는 지상의 속박에서 자아의 한계를 극복하기 위해 내부의 분출을 보여주는 대상으로써 의미를 지닌다.

이에 반해 석정의 시에 등장하는 '새'는 주로 부정의 이미지를 소유하면서 초월을 지향하는 것이라기보다 지상적 부활을 예감하는 공간화를

---

31) 융에 의하면 '새'는 "초월함으로써 해방되는 것을 나타내는 가장 일반적인 꿈의 상징으로 외로운 여행이나 순례의 주제를 나타내는데, 그것은 入門者(the initiate)가 죽음의 성격에 익숙해지는 靈的인 巡禮를 뜻하며 어떤 연민의 정신이 주재하는 해방과 속죄의 여행"이라고 본다. C. G. Jung, 조승국 역, 『인간과 상징』(범조사, 1981), 180쪽.

지향한다. 이것은 석정의 시적 지향을 가늠해 볼 수 있는 요체로서 현실 공간과 내면 공간을 아우르는 지상적 삶에 중심을 두는 특성을 드러낸다. 즉 부정의 요소는 지상적 삶의 비극을 간과할 수 없다는 의식에서 출발하기에 초월을 지향하기보다는 어둠, 죽음, 지옥 등과 어울려 역설적인 의미 문맥을 이루고 있다.

이상적인 가치는 부정적인 현실을 기초로 해서만이 정관할 수 있고, 또한 그 가치를 부여받을 수 있다는 특징이 있다. 그러므로 비록 조화로운 상태는 아니라 하더라도 삶은 바로 그 부정적 현상 자체에 뿌리를 내리고 있기에 그로부터 자유로움이나 새로운 질서를 지향할 수 있는 동인으로 작용한다.

비상을 지향하는 의미만이 현실의 비극을 극복하거나 초월하는 것이 아니라, 지상적 삶의 조건을 끌어안고 슬퍼하는 것도 핍진한 현실의 한계를 초극하려는 의지인 것이다. 인간은 근본적으로 지상이라는 공간적 한계 조건에 살고 있기에 지상적 존재로서의 가치 성취라는 명제에서 벗어날 수 없다. 석정에게 있어 '새'는 "오는 날 永住할 우리들의 住所"(「壁의 노래」부분)를 찾는 공간으로 예비되기도 하고, 억압받거나 궁핍한 현실과 결합되어 격렬한 저항의 의미를 드러내기도 한다.

'어둠, 울음, 차가운 바람, 벽, 통곡' 등의 이미지는 '새'에 투사되어 현실적인 부조리를 개혁하거나 그릇됨을 부정하는 저항의 힘으로 나타난다. 그러므로 감정의 표출 양식이 분노의 감정이나 굳은 의지 등을 동반한 남성적 골격으로 이루어져 있다. 이러한 격정적인 어조는 시적 자아가 스스로 불의나 황폐한 현실적 조건을 극복하려는 데서 오는 불가피한 요소로써 드러난다.

석정의 후기시를 지배하는 '새'는 근본적으로 현실 공간을 조감하는 존재로서 표상된다. 따라서 역사 현실의 비극성에 바탕을 두고 있지만, 그 존재성은 다양하게 표출되고 있다. 시 「地獄」에서의 새는 전후의 궁핍하고 피폐한 현실에서는 모습을 드러내지 않는 숨어서 우는 존재이다. 다만 부정적인 현실을 대신 울어주는 시적 자아의 투사적 이미지로서 지옥의 현실 공간을 응시하게 하는 존재로서 표상된다.

> 太陽도 外面한 어둔 白晝를
> 시나브로 장미가 이운다.
> 이우는 꽃이파리에
> 매달렸던 때묻은 시간이
> 총총히 길을 떠난다.
>
> 나는 문득
> 街路樹에 사운대는 바람소리 속에
> 술회사 문 앞에 줄지어 서 있는
> 아낙네의 술재강일 받아드는 기침 소릴 들었다.
>
> 새가 운다.
> <이 매마른 山河를 어디서 샌 우누?>
>
> 역시 어둠이 걷히지 않은 거리에
> 나는 서 있었다.
>
> 서서 갈 길을 찾아 본다. 없다.
> 덩스러운 山脈을 데불고
> 출렁이는 강물을 데불고
> 무작정 地球는 돌아간다.
> 몹시 가쁜 숨소리……
>
> 芭蕉 잎새에 듣는 빗소리에도
> 아내와 어린 것들의 안개 낀 여윈 얼굴에도

그 때가 쩌는 손톱 밑까지 번져가는,
아아 그 무서운 〈地獄〉을 보고
나는 그만 몸서리쳤다.

― 「地獄」 전문

총 9연으로 이루어진 이 시의 한 가운데 놓인 4연의 '새'는 5·6연의 지향처가 부재한 현실의 비극성을 구체화하는 대상이다. 전쟁 직후의 비극적 공간 상황으로서의 '술회사 문'이 나타나며 그 내면을 형성하는 '어둠'과 '기침소리', 그리고 현실의 또 다른 공간 형태로서의 '메마른 山河'가 보이고 있다.

1연에서 시적 자아는 현실을 태양도 외면한 '어둔 白晝'에 장미가 이울고 있는 상황으로 인식하고 있다. 이러한 공간 상황은 이미 오랫동안 계속되어 왔고, 자의적인 결과가 아니라 타율적인 상황이다. '시나브로'라는 부사는 이 상황의 의식하지 못하는 사이에 이루어진 것이며, 동시에 상황의 변화에 대한 시적 자아의 무력감을 암시하고 있다. 1연이 무의식적인 상황의 진술이라면, 2연은 의식적인 상황의 인식이다.

소멸해 가는 꽃이파리에 매달려 있던 '때묻은 시간'에서 벗어나고 싶은 의식적 자각이다. 그러나 그것은 필연적으로 귀결될 수밖에 없는 자연사의 시간적 상황이기도 하다. 따라서 시간적, 공간적 상황의 암담함과 그에 대한 시적 자아의 무력감은 3연의 현실적 상황의 인식으로 이어지게 된다. 시적 자아는 술회사 문 앞에서 '술재강이'를 받기 위해 줄지어 서 있는 아낙네들의 모습을 보며 그들의 '기침소리'를 듣는다. 생존권의 위협을 받고 있는 현실 공간을 시적 자아는 절박한 비인간적 상황임을 새삼 강조하는 것이다.

4연에서는 이러한 시간적 공간적 상황을 들여다보며 울고 있는 '새'의 모습이 현시된다. 여기에서의 '새'는 '매마른 山河'를 직시하는 존재이지만 그 모습을 드러내지는 않는다. 현실의 고통을 조감하는 새는 스스로도 상처를 받았으며, 어디에도 안주할 수 없는 외로움의 존재로 나타나 있는 것이다. 이것은 당대 현실을 객관적인 시선으로 이해하고 관찰한다는 측면에서 시적 자아의 또 다른 자아의 모습인 셈이다. 따라서 5·6연에서의 '거리'는 다만 어둠의 공간으로서만 인식될 뿐이며, 여기에서 시적 자아는 '갈 길'을 찾아보지만, '없다'는 단정적 인식에 이를 수밖에 없다.

　심리적 차원에서 보면, 시적 자아의 내면 의식과 '새'는 긴밀하게 연결되어 있다. 그러나 현실에서 숨은 새는 시적 자아에게 존재성을 부여하지 않는다. 새가 모습을 드러내지 않게 될 때, 시적 자아의 의식은 절망과 좌절로 떨어지는 동시에 어둠에 휩싸여 '길'을 찾지 못하게 된다. 길 없음의 비극성은 7연의 시적 자아가 꿈꾸는 현실과는 무관하게 무작정 돌아가는 시간성, 즉 '강물'과 더불어 8연의 아내와 어린 것들의 '여윈 얼굴'이라는 가족사의 비극을 목도하며 더욱 처절해진다. 인간은 시간 속에서 자신을 변화시키고 내적 에너지를 얻는다. 그리고 이 변화는 긍정적인 개념을 함축한다.

　그러나 비극적 현실 공간은 시적 자아의 내면과의 괴리감을 촉발하여 시간성을 거부하게 만든다. 현실적 시간은 '山脈'과 더불어 무작정 흘러갈 뿐인 것이다. 내면 의식 속에서 시간과 공간이 분열될 때 인간의 의식은 마지막 8연의 "무서운 ＜地獄＞"으로 현실을 인식하게 된다. 이러한 시간과 공간의 상황은 비인간적 상황에 다름 아니다. 이러한 현실이기에 '새'조차 비상의 의지가 거세된 채 숨어 울고 있는 지옥의 공간성만이 강조될 뿐이다.

　　지상적 혼돈은 천상적 가치 지향과 대립되지만, 이 시에 드러나는 '새'
는 인간의 삶이 지상적 한계에 의해 좌우된다는 비극적 본질과 연루된
이미지로서 현실 공간을 더욱 무력하게 만드는 존재인 셈이다. 이러한
위기감은 다음의 시에서는 생명의 근원 조건인 생식력 상실로 이어지면
서 더욱 고조되어 나타난다.

　　　해,
　　　설핏하면
　　　모래밭에 돌아와
　　　알을 품고,
　　　밤을 지새우고……

　　　이윽고는
　　　네 體溫으로 하여
　　　노오란 주둥이로
　　　껍질을 뚫고 나오는
　　　生命을 기다리기에 지쳐

　　　<중 략>

　　　너의 파다거리는
　　　날개에 묻히는
　　　가슴 아픈 砂丘의
　　　午後.

　　　오늘 밤에도
　　　내일 밤에도
　　　숨을 거둔지 오랜
　　　돌같은 알을 품고

　　　갈매기야

너는 그 돌맹이의 孵化를 기다리는
서러운 에미가 되어
차라리 하늘이 무너지도록
통곡하는가.

—「吊歌三章」 부분

　인간은 동물적이고 외면적인 존재 양태인 생명력의 에너지로써 지상의 삶을 시도하고 변화시키는 끝없는 욕망을 품는다. 그러나 이러한 열정은 사회적 구조의 억압이나 갈등으로 인해 굴절과 좌절을 겪게 된다. 이러한 좌절과 절망은 정신적 공황에 이르게 될 정도로 심화되어 삶을 불모의 근원으로까지 여기게 된다. 인간에게 가해지는 위기 의식은 심리적으로 생명력의 상실일 것이다. 이것은 반생명적인 것으로서 유기체와는 다른 방향으로 나아가게 된다. 여기서 살아있는 생명체로서의 인간 존재에게 가해지는 위기감이 서서히 드러나게 된다.

　인용시는 이와 같은 견지에서 파악이 가능한 작품으로서, 현실 상황의 비극이 얼마만큼 인간을 황폐하고 핍진하게 만드는가를 잘 보여준다. ‘바다’는 일반적으로 역동적인 에너지를 함유하고 있는 유기체의 산실로서 생명력을 보존하는 장소이지만, 이 시에 드러난 ‘바다’는 시적 자아가 삶을 영위하는 황폐화된 불모의 현실로써 제시되는 공간이다. 이에 반해 ‘갈매기’는 ‘하늘’과 등가관계를 이루고 있는 존재로서 ‘바다’의 대립항이다. 온갖 부정과 허위와 권력의 힘에 눌려 실존 공간에 갇혀 있는 인간은 지상의 고통에 대해 하늘의 초월성이 예비될 때에 의식이 강화된다.

　초월적 정신에 대한 강렬한 의식은 현실에 대한 철저한 애정이 배태되어 있을 때 참된 의미를 갖는 것이 된다. 이 시에서 현실의 고통을 인식한

갈매기가 '바다'와 함께 울며 '砂丘'와 '하늘'을 오가는 것은 현실을 끌어
안고 초월하려는 정신을 내포한다. 하늘은 높은 곳에 있는 무한성의 상
징으로서, 지상의 존재들에게 하늘은 까마득히 먼 곳에 놓여 있는 초월
공간이다. 그러나 닿을 수 없는 먼 거리에 있는 '하늘'이 여기에서는 지
상의 불모성으로 인해 "生命을 기다리"기에 지친 '갈매기'가 통곡하며
방황하는 공간으로 치환될 뿐이다. '生命'마저 태어날 수 없는 이 불모의
공간인 바다를 시적 자아는 존재의 생존 자체를 위협하는 공간으로 인식
한다.

생존의 존립 근거인 생식력을 상실한 존재가 나아갈 길은 사멸의 길이
다. 또한 '갈매기'의 울음 소리가 2, 5, 9연에 걸쳐 반복되는데, 이것은
생명력을 상실한 존재들이 최후의 자리에서 토하는 절명의 소리이다.
이와 같은 시적 자아의 삶에 대한 부정적 인식은 식민지 시대부터 시작
하여 근·현대사를 관통하는 질곡의 시대사와 무관하지 않을 것이다.
이 시가 쓰여질 당대의 현실은 60년대 자유당 정권하의 정치적, 사회적
모순과 부조리가 팽배해 극으로 치닫던 시대였다. 이럴 때의 문학은 삶
이 본질적으로 내포하는 개인적 불안과 절망이라는 명제 위에서 사회
전반에 걸쳐 위기감을 가중시킨다. 더 나아가 4·19의 실패는 많은 사람
들에게 크나큰 좌절을 안겨주었다. 돌연히 세계가 빛을 잃을 때 그곳에
는 어떤 희망도 구원도 없는 절연의 상태가 나타난다.32)

시적 자아는 '오늘'도 '내일'도 모두 허위임을 누구보다도 잘 알고 있
다. 따라서 그는 세계를 부정의 공간, 생명조차 거세된 황폐한 곳으로
파악하지만 "숨을 거둔지 오랜 / 돌 같은 알을 품"을 수밖에 없음도 안다.
세계와의 절연감, 이 죽음과 같은 현실의 모습을 부정하지만, 시적 자아

---

32) A. Camus, 이환 역, 『시지프의 신화』(박영사, 1976), 23쪽.

는 관념적인 이상 공간을 꿈꾸지 않는다. 또한 현실 공간을 고통스럽게 수용하는 존재의 황폐성을 은폐하지도 않는다. 즉 무엇이 진실인가 하는 괴로운 질문에서 빠져 나오기 위해 세상의 허위에 몸을 내맡기기보다는 현실 공간의 절망과 부정을 받아들이길 택하는 것이다.[33] 이에 반해 시 「壁의 노래」는 수동성으로서의 소시민적 근성을 부정하며, 우리 모두가 역사적 주체로서 불의와 맞서 싸워 현실의 비극을 극복하자는 혁명의 논리를 전면에 내세운다.

> 너와 날 遮斷하는 것은
> 壁이었다.
>
> 　차거운 바람이
> 　스쳐오고 가는구나!
>
> 그러기에 體溫을 遮斷하는 것도
> 壁이었다.
>
> 　까르르
> 　소리조차 검은
> 　가마귀가 울고 간다.
>
> 이웃과 이웃을 遮斷하고,
> 겨레와 겨레를 遮斷하고,
> 나라와 나라를 遮斷하고,
>
> 　인젠 하늘도 질려
> 　파아랗게 끊어진 絶頂.
>
> 끝내는

---

33) 앞의 책, 72쪽.

서성대는
나와 나를 遮斷하는
壁.

　뽀오얀 햇볕 속에
　아득한 꽃그늘이 흔들린다.

　이 壁을 넘어서
　이 무서운 壁을 넘어서
　이 어두운 壁을 넘어서

　오는 날 永住할 우리들의 住所는
　決定되는 것이다.

— 「壁의 노래」 전문

　이 시는 현실적인 한계를 극복하려는 의지를 보인 작품이며, 시대 전체를 통해 인간의 자율성을 제압하는 부정적인 힘이 작용하는 데에 대한 시적 자아의 참여 의식을 내포하고 있는 작품이다. 여기에 등장하는 '가마귀'는 현실의 '壁' 너머에 존재하는 대상이지만 현실을 극복하는 대상이라기보다는 현실을 슬퍼하며 방황하는 소시민적 근성[34]이 그 존재성으로 표상된다. 이 시에는 공간적 상황으로서의 '壁'이 나타나며, 그 내면을 형성하는 이미지로써 '차거운 바람'과 '검은 가마귀'가 있다.

　'壁'은 현실의 질곡으로부터 저항을 시도하는 한편 이상적 경지에 도달하고자 하는 시적 자아의 의지를 촉발시키는 장애물이다. 그리고 '가마귀'는 시대의 고뇌와 동질화하여 4·19혁명으로 시작되는 60년대 사

---

34) 성민엽은 4·19혁명의 실패 이유를 무엇보다도 소시민들의 좌절을 주범으로 파악한다. 여기에다 덧붙여 그는 이것을 혁명의 담당계층의 부재, 곧 정당한 민중적 혁명 주체가 형성되지 못한 미성숙의 반영으로 해석하고 있다. 성민엽, 「4·19의 문학적 의미」, 『해방 40년: 민족 지성의 회고와 전망』(문학과지성사, 1985).

회·역사적 현실을 구체화하는 대상이다. 당시의 부패한 정치 권력과 사회 부조리에 대한 비판을 정면으로 제기하고 있는 것이다. 4·19의 실패로 인한 소시민들의 의식의 좌절과 변모는 자유당 정권 밑에서 많은 정신적 갈등으로 표출될 수밖에 없었던 것이다.

시적 자아는 너와 나를 차단하는 것은 '壁'이라고 단정적으로 서술한다. 이 '벽'은 남북분단으로 가중된 이데올로기의 현실적인 한계이며, 독재권력의 힘에 의해 조장된 인간의 자유 의지를 억압하는 대상이다. 따라서 공간적 상황은 '차거운 바람'만 스쳐 오가는 비정한 상태에 놓여 있을 뿐이다. 이러한 공간은 비인간적 상황이기에 '體溫'마저 차단당한 존재의 상태에 이른다. '벽'이란 사물과 개체 사이의 단절을 의미하며, 그것은 각각의 존재 내부를 차갑고 단단하게 응고시킨다.

이때 존재 사이의 소통은 두절되며, 이와 동시에 존재들을 나뉘어져 고립된다. 그래서 시적 자아는 부정의 힘이 지배하는 지상의 질서와는 반대의 짝으로서 자유의 의미로서 천상의 질서를 따르는 '가마귀'를 응시하게 된다. '가마귀'는 현실의 논리와는 다른 의미의 양면을 구조적으로 내포한다. 즉 가마귀는 시대적 현실의 벽 너머에 있는 존재이면서 부정적 현실을 인식하는 존재로서 표상된다. 이러한 시적 자아의 인식은 긍정과 부정, 이상과 현실, 질서와 혼돈을 포괄하는 의미 문맥을 이루고 있다.

이와 같이 '가마귀'는 겨레와 겨레, 나라와 나라를 차단하고 나와 나를 차단하는 '壁'이라는 역설적 인식의 근간으로 작용하면서도 시적 자아에게 '뽀오얀 햇볕'과 '아득한 꽃그늘'을 발견하게 해주는 의식의 전환점 구실도 한다. 이것은 지상적 삶과 천공적 질서를 하나로 통합하는 인식의 차원이면서, 삶을 삶답게 하는 기본적인 요건으로서 절대적으로 요구되는 원리임을 시사해 준다. '햇볕'은 죽음을 극복하고 미래의 새 삶을 위해 요청되는 천상적 힘의 원리이며, '꽃그늘'은 그에 의해 지배되는 자연적이며 현재적인 지상의 질서이다. 그러면서도 이것들의 본질은 존재의 근원적 질서라는 의미가 담겨 있다. 그것은 현실의 모순과 그릇된 가치를 극복하여 회복시키는 고차적이고 이상적인 삶의 원리로 상징되고 있는 것이다.

'壁'은 인간의 주체성과 자율성이 부정적인 힘에 의해 가리워진 시대의 삶을 단적으로 암시하면서 삶의 긍정적 가치와 자율적인 발전이 거세된 현실을 울고 갈 수밖에 없는 '가마귀'의 의미와도 상통한다. 그렇기 때문에 시적 자아는 이 무섭고 어둔 '壁'을 넘어서려는 저항적 정열을 보이면서 남성적 어조로써 불의와 맞서려는 강인한 시정신을 표명하고 있다. 여기에는 남성적 열정과 의지를 분출하면서 불의와 온전한 삶을 저해하는 벽을 넘어서려는 비장한 의식이 보인다. 그리고 나아가 마지막 연에서 주체적 의지로써 싸워나가는 것만이 우리들이 미래에 영주할 '住所'는 결정되는 것이라고 단정적 어조로써 힘주어 강조한다.

다시 말해서 이 시에서 시적 자아가 표방하는 자유의 개념은 '가마귀'처럼 현실을 바라보며 울고 가는 수동적 태도를 지양하고 스스로 불의와 맞부딪쳐 싸워 이겨 행복을 만들어내는 주체적 의지의 산물임을 의미한다. 시적 자아만이 고고하게 홀로 현실을 조감하며 진술을 하는 것이 아니라, 동시대의 부정적 상황과 대결하여 공존의 삶의 공간을 내 힘으로 서로의 힘으로 이룩해야 한다는 참된 뜻의 참여 정신이 나타나 있다. 이러한 의식은 남의 위에서 군림하는 자세가 아니라 우리 모두의 공존을 위한 협력의 정신에 기초한 의식이다. 그래야만이 시대적 불행을 극복할 수 있다는 혁명의 논리를 일깨우고 있는 것이다.

석정 시에 드러나는 '새'는 근본적으로 현실 공간을 조감하는 이미지로서, 4·19 혁명의 실패로 인한 역사 현실의 비극성에 바탕을 두지만, 그 존재성은 다양하게 표출되고 있다. 즉, 시적 자아의 투사적 이미지로서의 '새'는 숨어서 우는 비상의 의지가 거세된 존재로 표상된다. 현실의 고통을 조감하는 새는 스스로도 상처를 받았으며, 어디에도 안주할 수 없는 외로움의 존재인 동시에 비극적 본질과 연루된 이미지로서 현실을 더욱 무력한 공간으로 만드는 존재성을 띤다. 나아가 시적 자아의 현실에 대한 위기감은 '갈매기'의 생식력 상실로 구체화되면서 고조된다.

여기에서의 갈매기는 현실 공간의 불모의 근원으로까지 여기지만, 이를 고통스럽게 수용하는 존재성이 부여된다. 시적 자아는 갈매기를 통해 관념적인 이상 공간을 꿈꾸는 것이 아니라 현실 공간의 절망과 부정을 받아들이길 택하는 것이다. 또한 시적 자아는 '가마귀'를 현실을 바라보며 우는 소시민적 근성을 내포한 부정적 존재로 인식하면서, 이를 통해 불의와 맞서려는 강인한 의식을 표명한다. 나아가 시적 자아는 '새'를 통해 수동적 존재로서가 아니라 역사적 주체로서의 우리가 되어 공존의 삶의 공간을 주체적 의지로써 이룩해야 한다는 참된 의미로서의 참여 정신을 피력하기에 이른다.

이와 같이 드러난 새들의 상징성은 새로운 세계로의 개진을 위해 많은 고통과 좌절의 결과물이다. 그것은 역사 현실에 대한 주체적 자각을 자아의 생명적 근거로 삼은 결과로 드러나는 역동적 세계이다. '새'들이 늘 무한을 위해 솟구쳐 오르듯이, 상상의 날개가 아무리 연약하다 해도 비상의 몽상은 우리에게 한 세계를 열어준다[35]는 점에서 석정은 투철한 역사 의식을 통해서 비극적 현실을 벗어나고자 했다. 그가 현실에 대항하기 위한 방법으로 인식의 커다란 열림, 넓은 열림을 지향했던 것은 그것을 통해서만이 현실의 초월이 가능하다고 믿었기 때문일 것이다.

---

35) G. Bachelard, 김현 역, 『夢想의 詩學』(홍성사, 1978.), 232쪽.

제5장
∶
맺음말

　본고에서는 석정의 5권의 시집에 수록된 전체의 시작품을 초기, 중기, 후기 시로 나누어 시간 의식을 통해 드러난 역사·사회 현실에 대응하는 자아 의식과, 상징어를 중심으로 한 공간 의식의 변모 과정을 추적하여 해명하여 보았다. 그 결과 그의 초기시는 분리된 자아가 생명성과 모성 지향을 통해 자아 합일에 이르는 과정을, 중기시는 자기 성찰과 타자 응시를 통해 존재를 자각하여 연민 의식에 이르는 과정을, 후기시는 연대감을 상실한 자아가 신화 체험을 통해 역사성을 획득하여 공동체적 미래를 지향하는 태도로 귀결되는 의식의 전과정을 살필 수 있었다. 이상의 연구 결과를 종합하여 추출해 보면 다음과 같다.

　3장에서는 석정의 자아 의식을 결정하는 토대가 시간 의식이라는 전제하에 그의 의식의 궤적을 분석해 보았다. 석정의 시에 나타나는 시간은 외부 세계와 유기적인 관계를 맺는 인자인 동시에 자아 의식을 결정하는 역할을 담당하고 있음도 확인할 수 있었다. 이것을 요약해 보면 다음의 세 가지 형태로 구분된다.

　첫째, 석정의 초기시에 드러난 시간은 식민지라는 현실의 억압 구조에 바탕을 둔 수직적 시간 의식을 토대로 이루어진다. 현재를 중심으로 하향성(↓)을 지향하는 경우에는 자아 분리 현상을 동반하며, 이와는 역으로 상향성(↑)을 지향하는 경우에는 자아 합일이라는 의식으로 드러난다. 전자의 경우 비극적 현실을 인식한 자아가 시간과는 무관한 존재성으로 자아 분리 현상을 노출하면서 시간을 자아화하려고 한다면, 후자는 자아가 현실 거부의 방식을 취하면서도 현재의 시간을 신성한 종교적 시간으로 환원시켜 대립이나 갈등을 초극하려는 의식 태도로서 나타난다.

둘째, 석정의 중기시는 '과거 − 현재 − 미래'라는 수평적 시간 의식을 토대로 이루어져 있다. 이것은 흐름이라는 시간의 계기성을 역방향(←)에서 수용하는가 하면, 순방향(→)을 지향하는 시간의 구조로써 드러나기도 한다. 전자의 형태는 과거의 시간이 도피나 안주의 공간이 아니라 자아를 발견하게 하는 계기를 부여한다. 따라서 자아가 타자를 인식하면서 현실을 수용할 수 있게 하는 의식을 수반한다면, 후자는 자아와 비아의 갈등이 미래로 응집된 시간의 지속성에 흡수되어 자아동일성을 이루려는 현재적 지각의 과정으로 드러난다. 이러한 시간의 구조는 자아를 확립하면서 역사를 긍정적으로 포용하려는 의식으로 나아가는 계기를 마련한다.

셋째, 석정의 후기시는 신화적 상상력의 세계를 전개하는 순환적 시간을 토대로 이루어진다. 시적 자아가 당대적 상황과 결부된 비극적 현존성을 인식할 때는 일상적 시간에서 벗어나는 신성(神性)의 시간에 접근하지만, 굴절된 역사 현실을 수용하는 태도를 취할 때는 현재 속에 침잠하는 방식을 택한다. 전자의 경우 연대감을 상실한 자아가 자연과 현실, 인간의 총체성을 아우르며 실존적 자각을 통해 현재성의 토대 위에서 초시간적 현재를 재발견한다면, 후자는 선형적 시간의 거부를 통해 현존성을 자각한 자아가 주체적 의지로써 굴절된 역사 현실을 새롭게 재생하려는 태도를 구현한다.

4장에서는 석정의 시에 나타난 상징어를 중심으로 자아가 현실에 대응하며 드러내는 공간 의식의 전이 과정을 분석해 보았다. 그가 구현한 이 상징 이미지는 자아 의식과 밀접한 관련을 맺는 동시에 역사 의식을 고양하는 데 기여하고 있을 알 수 있었다. 이것을 요약해 보면 다음의 세 가지 형태로 구분된다.

첫째, 석정의 초기시를 관류하는 지배적 이미지는 '하늘'과 '바다'이다. 전자가 자아와 동일성을 가진 비극적 의식의 인자로 작용한다면, 후자는 일체를 포용하는 공간으로 자아화하여 충만한 생명력을 고양하는 구실을 한다. 그러나 이러한 이미지는 현실과 관련된 통로라기보다는 현실로부터 멀어진 자아가 소망을 충족하기 위해 도피한 자아 의식의 공간이다. 따라서 '하늘'은 이상적 세계의 원형으로서, 비극적 현실을 견디기 위해 퇴행한 자아가 안주한 심리적 공간인 데 반해, '바다'는 모성의 원형으로서, 행동의 주체로서 새로운 시작의 의미를 내포한 시적 자아의 내면에서 현실화된 공간이다.

둘째, 석정의 중기시를 포괄하는 핵심 요소는 '태양'과 '고향'의 이미지이다. '태양'이 어둠과 대응되는 자아의 내적인 힘으로 작용하는 데 반해, '고향'은 대사회적인 관점에서 이웃들에 대한 연민 의식을 기반으로 이루어져 있다. 따라서 '태양'이 투사되면서 드러나는 공간이 내면 공간에 침잠해 있던 자아에게 현실의 비극성을 환기시키면서 역사적 자아로 나아가는 전환점 구실을 한다면, 6·25 전란 직후 황폐화된 '고향' 체험은 이상 공간에 칩거해 있던 자아를 현실 공간과 만나게 하는 지점이면서 자신과 이웃들을 재발견하는 동인으로 작용하여 연민 의식에 이르는 양상으로 드러나 있다.

셋째, 석정의 후기시를 지배하는 요소는 '산'과 '새'가 드러내는 공간이다. '산'이 자아 도피의 세계에서 벗어나 역사를 관조하는 신(神)적인 세계로써 그 모습을 드러내는 공간이라면, '새'의 비상성은 주로 부정의 이미지를 거느리면서 초월을 지향하기보다 지상적 부활을 예감하는 공간화를 지향한다. 따라서 자아가 '산'을 통해 역사 의식의 입지점을 구축하면서 자아를 신(神)의 주관에 맡겨 신의 질서에 순응하는 태도를 드러낸다면, '새'는 자율적 의지가 거세된 불모의 현실 공간을 수용하면서 공존의 삶의 공간을 주체적 의지로써 이룩해야 한다는 참된 의미의 참여 정신을 피력하는 대상이다.

이상에서 확인한 바와 같이, 시대사의 흐름에 따라 변별력을 달리 하는 석정의 시에 나타난 시간과 상징 이미지는 새로운 세계로의 개진을 위해 석정의 자아가 겪어야만 했던 좌절과 고통의 결과물인 셈이다. 그러나 그것은 역사 현실에 대한 주체적 자각을 자아의 생명적 근거로 삼은 결과로 드러나는 세계이다. 그가 역사 현실에 대항하기 위한 방법으로 인식의 커다란 열림, 넓은 열림을 지향했던 것은 그것을 통해서만이 현실의 극복이 가능하다고 믿었기 때문일 것이다. 따라서 석정은 실존성을 억압하는 역사적 시간의 압력에 훼절되면서도 이에 굴복할 수 없다는 강인한 시정신을 상징 미학으로 승화시킨 참여적 서정시인으로 평가받아야 마땅하다.

제2부

현대시의 인식과 논리

목차

제 1 장

한국 낭만주의 시의 〈동경〉 층위

1 머리말

한국 낭만주의 시를 정의할 때, 흔히 우리는 감상적·퇴폐적이란「백조」동인들의 시적 경향을 고유명사처럼 사용해왔다. 그것은 일제 압제하라는 사적 배경을 전제로 하여 당시 3·1운동의 실패로 인한 절망적, 애수적인 분위기를 생각할 때 당연한 귀결이라 아니할 수 없다.

1920년대의 시대적인 절망과 좌절, 그리고 우울과 비애에 편승하려는 차원에서 젊은 문인들은 일본을 모개로 하여 서구 낭만주의 문예사조를 직수입하기에 이른다. 당시 문단에서는『태서문예신보』(1918) 및『백조』(1920) 지를 필두로 하여『서광』,『개벽』,『폐허』,『금성』,『르네쌍스』,『조선문단』등이 잇따라 발간되어 다양한 경향을 띤 낭만주의의 황금시대를 이루었다.

이런 배경으로 늦게 출발한 한국 신문학은 1920년을 전후로 하여 일본을 통하여 서구의 문예사조를 무분별하게 받아들였고, 그 결과 여러 가지의 외국 문예사조가 혼유된 가운데 이 땅에 들어오게 되었다. 즉, 거의 같은 시기에 낭만주의, 자연주의, 인도주의, 사실주의, 상징주의, 퇴폐주의 등의 경향을 띤 문학작품들이 마구 쏟아져 나왔던 것이다.

이와 같이 3·1운동 전후에 나타난 한국 낭만주의 시운동은 서구 낭만주의에서처럼 고전주의에 대한 반발로 태동된 것은 아니며, 일본을 모개로 감수성이 예민한 나이에 그곳을 유학하고 있던 우리 문인들에 의해 유입[1]되었기 때문에 퇴폐와 우울의 분위기가 시정신의 저류를 형성하고 있었다. 그런 의미에서 낭만주의 문학운동이라기보다는 낭만적 풍조가 대두된 것으로 보는 것이 정당할 것이다.

그후 백조파로 대변되는 한국 낭만주의는 1923년 9월『백조』3호에 신경향파의 선구 김기진 등의 반기로 "월광의 창백한 빛깔과 감상과 신비의 분위기는 냉혹한 현실 앞에 여지없이 부서지는 풍경"[2]이 되었다. 그것은 사물에 대한 객관적인 관찰이 대두된 현실주의의 앞에 온전한 정착과 성립을 이루지 못한 채 신경향파의 진리로 지양되고 만 것이다.

이상의 시대적 배경을 전제로 할 때, 한국 낭만주의 시운동은 식민지 현실에 대한 의식을 전제로 이루어졌다. 일제라는 대립적 존재의 압박감에서 온 자유에 대한 의식은 당시 문인들에게는 지극히 자연스런 심리적 욕구 표출의 방편이었다. 그들은 내부 세계에서 소속감을 상실한 '외인(外人)' 의식으로 점차 퇴폐적 경향을 띠게 되었으며, 나아가 내면적 욕구 불만을 극복하는 대안으로써 '동경'의 대상을 구하지 않을 수 없었던 것이다.

이 글에서는 온갖 혼유된 문예사조 가운데 하나의 조류를 형성했던 한국 낭만주의 시가 표방한 '동경'의 문제를 시대적 배경과 관련하여 살펴보려는 데 주목적이 있다. 덧붙여 서구 낭만주의가 지향한 '동경'의 본질을 고찰하고, 그것이 한국 낭만주의에 있어서는 어떤 층위로 변별되고 있는가를 정신적 관점에서 고찰하는 데 본 논제의 의의를 두려 한다.

---

1) 김윤식, 『한국 현대시론 비판』(일지사, 1976), 209쪽.
2) 백 철, 『신문학사조사』(신구문화사, 1922), 231쪽.

2 낭만주의의 유입과 사적 배경

한국 근대시는 최남선, 이광수를 중심으로 한 2인 문단시대를 거쳐 1920년대에 들어서면서 김억, 주요한의 등장으로 1910년대의 교훈적 관념시의 구각을 벗어나 차츰 심미적 가치, 미학적 층위에 관심을 두기 시작하면서 점차 근대시다운 모양새를 갖추게 되었다.

1894년 갑오경장으로부터 1910년 한일합방까지 약 15년간을 한국문학의 개화준비기라고 한다면, 1919년 3·1운동을 전후해서 만주사변이 발생하기까지 약 10년간을 문예부흥기라고 할 수 있다.

3·1운동은 그때 우리들이 최후의 희망을 걸은 운명의 고개였다.[3] 이것은 일제의 대한정책을 반성시키는 계기가 된 대민족운동이었으며, 마침내 강력한 무단정치, 즉 그간의 헌병정치를 폐지하고 국제적 여론의 공격을 피하여 효과적인 대한식민정책을 수행하려는 속셈에서 문화정치를 선포토록 한 역사적 사건이었다.

일제의 문화정책의 전환으로 3·1운동을 전후하여 『창조』지를 비롯한 각종 신문과 잡지가 간행되어 여러 문예사조와 함께 문예부흥기적인 성황을 보여 주었다. 그러나 총독정치의 감시의 눈은 한층 더 도(度)가 가열되어 흥분 직후에 오는 민족적 좌절과 절망은 또 다른 우울을 형성하여 그것을 껌과 같이 씹고 다니는 세기병의 중독자로 만들어 버렸던 것이다.[4]

당대의 지식인·예술가·문학자의 비관과 회의와 무기력은 막연한 과도를 넘어서 무의식을 의식화한 정신의 표징이었던 것이다. 여기에

---

3) 앞의 책, 120쪽.
4) 위의 책, 123쪽.

대해 한효는 낭만주의 발생 동기를 다음과 같이 분석하고 있다.

> 이 시대의 소시민은 어떠한 계층보다도 가장 통렬히 경제적 와해와
> 정치적 지위의 상실을 경험한 부분의 하나이었으며 또한 그 경험은 가
> 장 아프게 생각하는 부분이었다. 따라서 그들이 대체로 한 개의 근대적
> 자각을 가지고 있었다고 말하는 것은 아무런 과장도 아니다. <중략>
> 그러나 소시민의 눈앞에는 민족 뿌리의 근대적 욕구에서 배태되는 "특
> 수한 길"이 반영되어 있었던 것이다. 여기서 소시민 특유의 시야 협일성
> 은 민족 뿌루를 자기의 대립자로 보지 못하는 데서 큰 혼란을 자아내었
> 고 드디어 현실적 한계를 초월하여 관념상의 해방이 모든 것을 해결지
> 어 줄 것이라고 생각하기에 이르렀다. 갈수록 큰 혼란을 자아내었고 드
> 디어 현실적 한계를 초월하여 관념상의 해방이 곧 모든 것을 해결지어
> 줄 것이라고 생각하기에 이르렀다. 갈수록 혼란해 가고 모순만을 보여
> 주는 암담한 현실에 대한 소시민의 고조된 혐오는 그대로 주관세계로
> 승화되어 현실적 지식의 한계를 초월한 이상화 낭만화의 경향을 배태하
> 기에 이른 것이다.5)

이 시기 우리의 신문학은 당시 19세기말 불란서 문학의 퇴폐적 경향을
받아들여 그것을 모사한 흔적을 찾아볼 수 있다. 그 당시 서구의 현실은
과학의 발달에 의하여 종교적 가치가 재평가되고, 사람들은 불안한 상태
의 절망과 회의 속에서 퇴폐적인 현실과 맞부딪쳤다. 그 가운데서도 불
란서는 보불전쟁의 패배로 세기말적인 징후가 심했다.

이런 시대 상황을 재빠르게 반영한 것이 문인이었는데, 그들은 불안과
절망에서 벗어나려고 퇴폐적인 생활에 의탁하였다. 그들의 퇴폐적인 행
위와 그에 따르는 상징적인 표현은 우리 초기 신문학의 성립에 적지 않
은 영향을 주었다.

---

5) 한 효, 「조선적 낭만주의」, 『신문학』(1946. 8).

　　김억은 불란서의 세기말적 문학을 변역하여 소개하는 글 『sphinx의
고뇌』에서 "셸드레르의 지위는 『로만티큐』(romantique)의 최후자이며,
그갓튼 째에 근대 신비상징파의 선구자이며 짤아서 시조(始祖)였다. 근
대 주의자의 제일인이었다. 『싸테는 지옥으로 센드레는 지옥에서 왔다』,
『새롭고 공포의 창조자』였다. 『신선한 시인』이었다."[6]라고 극구 칭찬하
였다.

　　그뿐 아니라 그는 『베를렌시초』, 『프로벨론』, 타고야의 『해안』 등을
번역 소개하고, 1921년 5월에는 서구 상징파 시인들의 역시집 『오뇌의
무도』를 발간하여 보들레르, 베를레에느 등의 상징주의적인 퇴폐성을
띤 문학을 주장하는 데 적지 않은 영향을 주었다.

　　또한 퇴폐적·낭만주의적 경향에 영향을 준 외국문학은 러시아의 근
대문학이었다. 러시아의 농노해방을 전후한 우울하고 암담한 시대상은
우리나라 현실과 유사한 점을 엿볼 수가 있다.

　　러시아 문학을 제일 먼저 소개한 것은 『백조』 동인들이었는데, 백조
1호에서 월탄 박종화는 여러 편의 민요를 소개하였으며, 박영희도 오스
카 와일드의 『사로메』를 번역 소개하여 유미주의적인 면을 강조했다.
이에 발 맞추어 『폐허』지 2호에서는 김억이 『스핑크쓰의 고뇌』 및 보들
레르, 말라르메 등의 시인들을 소개함으로 세기말적인 데카다니즘과 상
징주의적인 문학이론을 전개시킨 것과 같이 박영희도 상징주의적, 혹은
감상적 낭만주의 경향의 작품 창작에 골몰했던 것을 보면, 외래문학의
도입은 우리 신문학사상 문예사조의 다양한 유행을 낳게 하였다.

　　한국에 있어서의 낭만주의적 경향의 문학은 3·1운동 이후 1919년부
터 1925년까지 약 5년 여의 짧은 기간에 이루어졌다고 할 수 있다. 1920

---

6) 폐허, 한국 서지동호인회 영인, 1969(창간호), 114쪽.

년에『폐허』지, 1922년에『백조』지의 창간을 중심으로 일어난 한국 낭만주의는 서구 낭만주의와는 그 본질적인 성격이 다르다고 할 수 있다. 즉 서구에서는 고전주의에 대한 반동으로 출발하여 문예사조를 이루었지만, 교훈적 관념시의 구각을 깨지 못했던 당시의 한국에서는 "진통도 없이 옅은 토대와 교양 위에 함부로 받아들인 유럽의 문예사조"[7]가 정상적 개화를 할 리가 없었다는 점이다.

이렇게 출발한 한국의 낭만주의는 외래 문학사조의 수용 자세가 갖추어지지 않은 가운데 한꺼번에 밀어 닥쳐서 한국문학의 문학적 체계는 주체적 균형을 잃은 채 1932년 만주사변을 전후하여 주의(主義)의 성립을 보지 못하고 조류의 개념으로 단명하였던 것이다. 그만큼 서구 낭만주의의 본질보다 소극적이고 미숙한 형태로 전개되었으며. 질적인 면에서도 감상적 혹은 탐미적, 퇴폐적, 상징적으로 나타나 있다.

서론에서 언급하였듯이 한국 낭만주의의 '동경'이란, 문인들이 일제라는 특수한 대립적 존재가 있었기 때문에 주체적 자각을 전제로 '외인(外人)'이 되기를 거부하지 않았다는 데서 출발한 개념이다. 따라서 그들은 과거와 미래, 회상과 예상 사이에 끼어 있는 자신을 발견한다. 또한 반동적 세계에 둘러싸여 있는 자신을 자각함과 동시에 자신의 내부에도 그러한 세계가 내재하고 있음을 감지한다. 따라서 그들의 의식에는 무한 자유에 대한 의지, 인간과 세계 사이의 갈등, 사회·역사적 존재 의미에 대한 성찰로 이어져 '저항'이란 개념이 수반되는 특징을 띤다.

---

7) Carl Schmit, *Politische Romantik*, 배성동 역,『세계사상대전집』44권(삼성출판사, 1997), 430쪽.

3 낭만주의와 〈동경〉의 문제

서구 낭만주의는 계몽주의의 특질인 감각적 사실주의와 경험적 실증주의에 대한 안티테제로 출발했다. 계몽주의에 의하면 실체(reality)는 현상을 떠나서는 존재할 수 없으며, 실증되지 않고 경험되지 않은 일체의 것은 우상으로 돌려 버렸다. 즉 낭만주의는 계몽주의의 이러한 현상론과 유물론의 반동으로 일어났음을 천명한 바 있다.8)

낭만주의자들이 감각적 현실을 부정하고 관념의 세계를 동경한 이유는 현실 그 자체는 불완전한 것이라는 전제에서 출발했기 때문이다. 즉 '동경'이란 현재를 만족하지 않는 심정, 다시 말하면 무한에 대한 갈구에서 가능한 것이다. 그들이 특히 '동경'을 중시한 이유는 왈쎌에 의하면 "무한자에 대한 격투(格鬪)의 가장 깊은 근거는, 인간에게는 지상적 존재의 한계를 초월하는 사명이 부여되어있다는 의식"9)이라 한다. 그들은 현재의 불만과 결핍에서 지상적 존재의 저쪽을 바라보며 유한적 존재에서 무한자로 나아가는 길을 구한 것이다.

르네웰렉에 의하면 이러한 낭만주의자들의 관념 지향성을 신플라토니즘(neo-platonism)이라 정의했는데, 이것은 미완의 현실에서 이 세계에는 없는 완전한 실체를 꿈꾸는 것, 그 스스로 해체·파괴되면서 영원한 형성을 욕망하는 것이다. 이 점에서 이데아의 세계를 알고 그곳으로 지향하고자 하는 형이상학적 지식 욕구의 표현인 플라톤적 동경과 일치한다.

플라톤에 있어서 '동경'이란 애지(愛智, philosophy)인 바, 낭만주의자들이 추구하는 무한의 개념과 일치한다고 볼 수 있다. 슐라이어마하에

---

8) René Wellek, *Concepts of Criticism*, 163쪽.
9) 왈쎌, 반전안 역, 『노만주의의 세계관과 예술관』(동경 : 목신사, 1978), 52쪽.

의하면 여기에 낭만주의자들은 신비주의와 종교적 개념을 가미시켜 무한에 대한 동경이 일인자, 즉 신(神)에의 현신, 귀환을 열망하는 신성의 비애를 의미하는 것이기 때문이라 하였다.[10]

한편, 기연론적 관점으로 볼 때, 낭만주의자들은 자연과학적 세계관을 거부하면서 생물학적 태도만을 버리지 않았는데, 그것은 이 세계를 유기체(organism), 생명체(vitalism)로 파악하였기 때문이다. 그런 까닭에 낭만적 주관이 스스로 해체되면서 끝없이 생성해간다는 사실도 현실로서의 자아가 불완전하여 어떤 절대성을 지향한다는 뜻이 되는 것이다.

결국 '동경'이란 동경에서 출발하여 동경 속에서 진행되었고, 동경에서 벗어나지 못하는 영원한 생성이라는 것이 본질적 특질이다. 동경이란 그 대상이 무엇이든 충족되어 정체할 줄 모른다. 동경은 다시 동경을 불러일으키는 까닭에 대상이 바뀌면 새로운 동경이 생기고, 문학적 생성은 다양한 발전을 거듭하며 완성에 도달하지 못한다. 완성은 다른 의미에서 정체를 의미하기 때문이다. 이러한 낭만주의의 본질은 F. 슐레겔의 『단장(斷章)』에서 더욱 명확한 개념 규정을 볼 수 있다.

낭만시의 최고로, 그리고 다방면으로 생성할 능력을 소지하고 있으며, 그 생성은 단순히 내부에서 외부로 확대하는 것뿐 아니라 외부에서 내부로 침투하는 것도 의미한다. 그 이유로 낭만시는 그 작품 중에서, 전체가 될 운명에 있는 모든 개개의 것과 그 세부에 이르기까지 유사하게 구성되어 있기 때문이다. 이로써 무한히 항상 성장해 가는 모범적인 것에로의 가망성이 전개되는 것이다. 제예술 중에 낭만시는 예지와 철학과의 관계, 사회·교우·우정·사랑 등과 인생의 관계와 같은 관계에 있다. 다른 형식의 시는 이미 완성된 것이며, 이제는 완전히 분석할 수 있다. 낭만시풍은 현재로 생성하는 과정에 있는 것이다. 이 사실이,

---

10) 지명렬, 『독일 낭만주의 연구』(일지사, 1975), 33쪽.

즉 그것이 영원히 생성 발전하여 결코 완성하지 않는다는 사실이, 실로 낭만시의 본질이다. 그것은 어떠한 이론으로도 구명할 수 없고 다만 예각적 비평만이 그 이론의 특징을 천명하고자 하는 시도를 감행할 수 있다. 낭만시만이 무한하며 낭만시만이 자유이다. 시인의 자의는 어떠한 법칙도 용납하지 않는다는 것을 그 최고원리로서 인정하고 있다. 낭만시풍은 단순한 형식임을 초월한 유일한 시의 형식이며, 시예술 그 자체와 같다. 왜냐하면, 어느 의미에서 모든 시는 낭만적이며 또한 낭만적이라야만 하기 때문이다.11)

상기의 낭만주의 개념을 다시 요약하면, 대상 사이를 자유로이 부동(浮動)하면서 무한한 대상을 추구함으로써 생성 능력을 최고로 다양화하는 것이다. 따라서 문학은 자연과 인간 사회를 대상으로 하는 외향적인 것뿐 아니라 인간 자체의 내면을 지향하기도 한다. 시인은 어떠한 법칙에도 구애되지 않는 자유로운 존재이며 대상의 무한성은 형식화를 허용하지 않는다. 그리하여 생성은 영원히 발전하여 고정화·완성을 초월하는 것이다. 즉 시인의 무한한 자유와 부동성, 대상의 다양화와 무형식성, 생성의 영속성이 낭만주의의 본질을 결정한다고 볼 수 있다.

또한 낭만주의자들은 이 끝없는 동경의 영속성 속에 사랑을 결부시켰다. 사랑은 동경을 진정시키는 하나의 수단으로 보았던 것이다. 1792년 5월 17일 F. 슐레겔은 그의 형인 W. 슐레겔에게 무한자에 대한 동경을 고백하고 있고, 이미 이 무렵에 그 동경을 사랑과 결부시키고 있었다. 마음은 스스로 결핍되어 있는 영겁의 선(善)을 사랑하는 것에서부터만이 절대자의 영원 속으로 인간이 들어갈 수 있음을 허락하는 것이라고 하였다.

동경에 대한 플라톤의 개념은 애지(philosophy)라고 앞서 말한 바 있다. 18세기 말엽에 이르러, 동경의 이념을 철학적으로 파악한 사람은 피히테

---

11) F. Schlegel, Athenaum, *Fragmente*, 116.

였다. 그는 그의 저서『전지식학의 기초』에서, "어떤 전연 미지한 것에의 충동"이라고 말하고 있다. 피히테에 있어서의 동경은 모든 인식과 모든 도덕성의 가정이며, 자아 속에 존재하는 경향의 시원적이면서 완전한 독립적 표시이다. 그는 이러한 동경을 확립하여, 낭만주의에 그것의 가장 내적인 본질을 인식하는 수단을 부여한다.

플라톤이나 플로티노스적 의미의 동경을 정신적인 사랑. 인식에 대한 열정, 정신적 에로스라 할 수 있는데, 이것을 한마디로 말하면 형이상학적 욕구라고 할 수 있다. 피히테가 확립한 동경도 형이상학적인 것이다. 그러나 낭만주의자들은 이러한 형이상학적인 것에만 머물지 않고 신비주의와 신(神)적인 것 종교적인 것에 의미를 부여한다고 이미 앞에서 밝힌 바 있다.

이와 같은 신비적인 사랑은 종교적인 한계 내에 머무르지 않고, 여성에 대한 남성의 사랑도 여기에 포함되어 있었다. 이리하여 낭만주의의 동경은 인식과 존경, 이성의 사랑이 결합된 하나의 포괄적인 특성을 형성하게 된다.

이상의 것을 정리해 보면, 첫째 시간적 관점에서의 동경의 의미를 파악할 수 있다. 낭만주의자들의 동경은 복고주의 경향을 띠게 되었는데, 그 동경의 대상으로 신화세계의 원초적 자연을 들었다. 이에 대하여 아놀드 하우저는 이렇게 말했다.

그들은 과거에서 도피처를 찾았다. 그들은 과거를 자신들의 희망과 꿈을 충족시키는 장소로 만들었고 이 도피처로부터 이념과 현실, 자아와 세계, 개인과 사회의 모든 이념을 속박하였다.12)

---

12) Anold Hauser, *Sozial-Geschichte der Kunst und Literatur*, 염무웅, 심성완 공역(창작과비평사, 1981, 1981), 205쪽.

그리하여 그들은 원시를 동경하게 되었는데, 그것은 인위성이 배제된 순수한 자연에 동화된 상태야말로 신(神)의 의지, 혹은 세계의 이념이 완전하게 실현될 수 있다고 믿었기 때문이다. 또한 그들은 공간적 관점에서 무한 지향의 대상을 이국에서 찾고자 하였다. 신비의 나라 동양, 그리고 로마 문화의 유적지, 원시 자연 상태의 미개지는 그 주대상이 되며, 특히 내면적 형식으로서 공존공생의 의미를 강조하였다. 그것은 초개인적인 힘, 즉 민족·민족애의 정신으로부터 출발한다는 의미를 내포한다. 더 나아가 이런 태도는 자연, 혹은 세계를 낭만적으로 주관화하겠다는 정신적 노력이 잘 표현된 것이라 할 수 있다.

4 한국 낭만주의 시의 '동경' 양상

4.1 실존주의 관점에서의 동경

동경은 과거를 지향하기도 하고, 그 반대로 미래를 지향하기도 하지만 현실로써 포착되고 분석될 수 있는 것을 증오한다. 이와 같은 동경 방향의 유동성은 이미 존재한 세계에서 다른 세계로, 불확실한 세계로, 생성 과정의 세계로 이동할 수 있는 원동력이 되는 것이다. 그것은 경험 세계가 아니라 상상의 세계에 대한 동경이다.13)

박종화에 시에서 동경의 주조는 '밤'과 '죽음'의 세계이다. 낭만주의 심리학자 슈베르트에 의하면, 밤의 휴식이라는 것은 "지상의 생물에 있어서는 어머니 품안으로 돌아가는 것이며, 새로 탄생(誕生)하는 것"14)이

---

13) Goethe의 작품 『Mignon』에서 나온 말로 주인공의 이탈리아에 대한 동경을 가리킴.
14) 지명렬, 「낭만주의와 동경의 문제」, 『문예사조』(문학과지성사, 1993), 67쪽에서 재인용.

라고 표현한 바와 같이 밤은 인간에게 재생의 작용을 한다. 또한 죽음 같은 잠의 무의식 상태에서 인간을 모든 생명체의 근원인 모체로서 귀의 시킨다. 따라서 밤은 모체이며 밤에 대한 동경은 죽음에 대한 동경은 죽음이라는 인간 본원에 대한 동경으로 변하여 간다는 점이다.

> 罷하려는 祭壇이 黃燭불 같은
> 낮겨운 屠場의 담빛과 같은
> 『삶』을 떠나서
> 빛없고 바람 없는 삶을 떠나면
> 우유빛 거리의
> 『죽음』나라로
> 신선한 가벼운 휘장을 헤치어
> 새벽빛 고움을
> 가슴에 안아
> 고요한 마음 微笑도 돌아보리라.
>
> 오다 밤은
> 시끄럽고 어지럽고 醜한
> 거리에 오다.
> 바다에 모래하나 담가놈 같은
> 바다에 시든 꽃 날림과 같은
> 『삶』하나
> 아직 『죽음』을 모르는 『삶』하나
>
> 누가 그에게 平和를 주는가.
> 누가 그에게 祝福을 주는가.
>
> — 박종화, 「牛乳빛 거리」 전문

위의 시는 '牛乳빛 거리', '새벽빛', '마음의 미소' 등의 밝고 희망찬 심상과 '밤', '죽음'이라는 대조적 심상을 통해 부정과 긍정의 이원적 세계를 표상한다. 이것은 1920년대의 시에서 쉽게 찾을 수 있는 한 형식으로 이상의 세계에 도달할 수 없음에서 오는 좌절과 절망의 표상[15]이 아니라, 무한 지향의 대상을 밤과 죽음으로 상징되는 동경의 세계에서 찾고자 한 낭만적 반어 형식으로 볼 수 있다.

내면적 필연성이 없는 동경은 유희로 타락되지만 강한 밀도 속에 숨겨진 반어적 동경은 자연의 질서를 보존하면서 새로운 의미로 변환되는 이중적 의미를 지니게 되는 것이다. 즉 인용시에서 드러나는 '삶'의 현실은 '죽음'과 동일시되고, '밤'의 속성은 '새벽빛'으로 치환되는 것이 아니라, "빛 없고 바람 없는『삶』을 떠나면"이란 전제가 있기 때문에 상상 속에서 동일성의 원리를 지향한다. 여기에서의 '삶'은 일제 강점하의 현실이기에 부정하면서 '죽음'을 그리워하지만 결국 "죽음을 모르는 삶 하나"로 귀결되어 현실을 떠나서 존재할 수 없는 동경의 이중 구조, 즉 낭만적 아이러니에 갇히게 된다.

사르트르에 의하면 인간은 우선 실존하고, 세계 안에서 만나고, 세계 안에 갑자기 모습을 나타내고, 그 뒤에 정의되는 존재이다. 따라서 그들이 상상하는 세계의 초점은 나의 존재의 이유를 스스로 만들어 나가는 데 있다. 다시 말해서 존재에 부단히 새로운 본질을 주어나가는 행동이란 기존 윤리의 선택이 아니라 새로운 해결책의 발견이다.

박종화는 결국, '밤'과 '삶'으로 대변되는 구체적인 민족적 현실을 '죽음'이라는 인간 본원에 대한 동경으로 환원시키는 순환적 구조로써 드러낸다. 그는 실존하기 위해서 시대적 상황과 책임이라는 제약을 받아들인 채 시간의 심층으로 하강하여 생명체의 근원이자 본질의 심층부인 모체로의 귀의를 희구했던 것이다.

---

15) 박철석, 「낭만주의」, 『한국문학사조론』(새문사, 1992), 56쪽.

4.2 민족주의 관점에서의 동경

낭만주의자들은 자연을 지속적인 생성 속에서 관찰하면서 정신과 자연과의 연결성, 또는 통일성을 구명하고 자연을 정신화하여 고찰함과 동시에 정신의 자연성을 강조하였다. 즉 인간은 자연과 긴밀하게 결합되어 있는 자연의 유기체의 일부일 뿐 아니라 소우주의 모사(模寫)라 하여 낭만주의 철학자 오켄(Oken)은 "인간이 세계의 완전한 닮은 꼴"16)이라고까지 표현하였다.

'동경'의 양상을 구분하는 데 있어 중요한 것은 자연과 현실 사이의 괴리감에 대해 시인이 어떠한 반응을 보이는가 하는 점이다. 청마는 그 주체적 자각의 개방을 조국과 겨레를 위하여 '외인(外人)'이 되기를 거부하며 굳고 깨끗한 마음성으로 인의(人義)를 실천하는 길로 파악하고 있다는 점이다.

> 흙을 밀고 생겨난 죽순ㅅ적 닻을 그대로
> 무엇에도 개의(介意)잖고 호올로 푸르이
> 구름송이 스쳐가는 蒼穹을 向하야
> 오로지 마음을 다하는 이 淸廉의 대는
> 노란 죽음이 새새끼 굴러들 듯 날려 앉으면
> 담장에 한 그루 水墨이 좁그론 그림이 되고
> 푸른 달빛과 소슬한 바람이 여기 잠기면
> 다시 찾을 수 없는 幽玄한 竹林의 一員이 된다.
>
>   — 유치환, 「竹」 전문

청마는 인용시를 통하여 식민지 현실에 대항하려는 적극적인 결의를 보여주고 있는데, 이는 인류학적 견지에서 인간의 심령, 정신, 육체의

---

16) Zitiert nach, *Das Ideengut der deutschen Romantik*, S. 36.

일체관에 도달함으로써 식민지 현실과 자아와 자연 사이의 분열을 극복하고자 하는 태도이다. "흙을 밀고 생겨"난 지상적 존재가 현실적 존재로서의 상승을 위해 "蒼穹을 向"하는 과정 속에서 "죽순ㅅ적 닻을 그대로" 간직하여 "竹林의 一員"이 되는 자연과 인간이 합일된 경지로 발전해 나간다.

시적 화자가 외계의 현실에 대항하여 주관적, 내면적 과정으로 자연세계와 혼연일체가 되어 조화를 이루며 사는 길과 의(義)를 실천한다는 것은 동일한 개념에 속한다. 자연 대상의 동경을 통해 무한한 것을 추구하는 방법은 대립적 존재의 통합을 통해 보다 고차원적인 의미에서 굽힘 없이 곧은 의지의 상승을 시도하는 것이 된다.

이와 같은 삶의 선택은 철저한 인간중심론 위에 자리[17]하고 있거니와 현실로서의 자아가 불완전하여 어떤 절대성을 지향하는 뜻이 된다. 나아가 청마가 인의(仁義)를 실천하고자 하는 저류에는 초개인적인 힘, 즉 민족·민족애의 정신이 깔려 있었기에 가능했을 것이다. 그 속에서 그는 인간다운 삶과 의(義)로운 삶을 살고자 하였다. 이것이 바로 청마 자신이 지향한 "회한 없는 삶의 모습"일 것이다.

이상을 요약해 보면, 청마는 자연을 형이상의 과제로 보았으며, 자연을 인간에 종속된 것으로 보지 않고 인간이 자연에 종속된 것으로 보았다. 이러한 자연 속의 인간은 오직 자연의 일부로써 자연의 웅대한 통일 내지는 내적 질서에 의하여 삶을 지탱시킬 수 있다고 보았기 때문이다. 청마의 신(神)은 자연(우주)에 내재한 실재로서 만유(萬有)를 있게 하는 의지였던 것이다.

이에 비해 소월로 대표되는 민요시는 청마의 시와는 관점을 달리한다.

---

17) 유치환, 「청마시초 序」, 시집 『청마시초』(청색지사, 1939), 123쪽.

민요시가 쓰여진 배경 또한 일제의 민족말살정책이 가중되던 시기의 산물이다. 그에게 민족적 성현(hierophany)[18] 체험은 전통문학의 원형과 만남 없이는 불가능하며, 여기서 탐구할 수 있는 것 중의 하나가 바로 민요란 점이다. 소월이 노쇠한 문학 양식인 시조 대신에 민요를 선택한 것도 이러한 이유가 있었다.[19]

식민지 압제하의 현실에서 볼 때 소월이 간접적으로 민족 의식을 암시하면서 개인주의 문학을 선택한 것은 끊임없이 전체와 자아, 혹은 순간적인 것과 영원적인 것의 갈등의 결과이다. 그의 낭만성 역시 이러한 관점에서 이해되어야 할 것이다.

> 그 누가 나를 헤내는 부르는 소리
> 붉으스럼한 언덕, 여기 저기
> 돌무더기도 움직이며, 달빛에,
> 소리만 남은 노래 서러워 엉겨라
> 옛조상들의 기록을 묻어둔 그 곳!
> 나는 두루 찾노라. 그 곳에서,
> 형적없는 노래 흘러퍼져
> 그림자 가득한 언덕으로 여기 저기
> 그 누가 나를 헤내는 부르는 소리
> 부르는 소리, 부르는 소리
> 내 넋을 잡아 끌어 헤내는 소리.

— 김소월, 「무덤」 전문

위의 시에서 보면, 소월의 동경은 의식적이든 무의식적이든 과거로 지향되어 있다. 이는 내적 감정과 실제 현실간의 대립 의식, 유한적인

---

18) M. Eliade의 용어임. Mircea Eliade, *The sacred and profane*, trans · Willard R · Trask (New York: Harcourt, 1959), 21~24쪽.

19) 오세영, 『한국 낭만주의시 연구』(일지사, 1990), 24쪽.

것과 무한적인 것의 대립 의식에서 기인한다. 즉 화자와 세계와의 거리
가 제거되고 타자로 하여금 고차원적이고 숭고한 것을 예감하게 만들
때 시인은 일정한 입장이나 견해, 사상에 고정되지 않는 자신의 자유를
확보하게 된다.

소월은 이 시에서 자유에 대한 갈망을 "옛조상들의 기록을 묻어둔 그
곳"을 찾아 헤매는 과정으로 제시한다. 실체가 없이 "형적없는 노래"만
흘러 퍼지는 폐허의 세계에서 그는 과거를 자신의 희망과 꿈을 충족시키
는 장소로 인식한다. 과거에서 '옛조상'의 원형을 찾는 일은 다름 아닌
민족의 동질성을 회복하는 유일한 방편이기 때문이다.

소월의 시는 대부분 한정적이고 유한적인 것에서 탈피하여 민족국가
의 붕괴를 문화의 원형적 체험에 의해서 재건하고자 하는 의식을 드러낸
다. 우주순환론적 세계관에 의하면, 한 시대의 종말이란 곧 새로운 시대
의 부활을 전제하기 때문이다. 소월은 결국 민족적인 것과 반동적인 것
의 대립을 통합하여 죽음과 재생이라는 제의적 시야 위에서 전통문화에
내재한 민족혼을 탐구하고자 했던 것이다.

4.3 초월주의 관점에서의 동경

석정은 등단 초기부터 일관되게 자연미를 구가한 시인으로 널리 알려
져 있다. 그것은 일찍이 동양의 시인들이 어지러운 세상을 떠나서 자연
을 관조한 것과 공통된다. 시가 자연 서경을 그리다 보면 생활과 결여된
듯 보이기도 하지만, 당시의 상황으로서는 정신적으로 그런 데서 위안받
지 않을 수 없었다. 즉, 그는 그러한 방법으로 자연 속에서 인생을 관조한
방법으로 어두운 현실과 맞섰던 것이다. 형식적으로는 서경을 노래하고

있는 것 같지만, 그 저류에는 큰 의미를 내포하고 있다.

석정을 가리켜 우리는 흔히 '자연시인', 또는 '전원시인'이라고 한다. 1930년대부터 자연 예찬의 시세계를 표방한 시인들이 나타났는데, 「아직 촛불을 켤 때가 아닙니다」는 쉽고도 평이한 가운데 무리 없는 시적 가락, 대화체의 친밀감, 타고르(tagore)의 환상과 동화적 낭만 세계를 느낄 수 있으며, 노장철학의 근본적인 무위자연(無爲自然)에 기저를 둔 그를 대표할 만한 시라 할 수 있다.

> 저 재를 넘어가는 저녁 해의 엷은 광선들이 섭섭해 합니다.
> 어머니 아직 촛불을 켜지 말으셔요
> 그리고 나의 작은 명상의 새새끼들이
> 지금도 저 푸른 하늘에서 날고 있지 않습니까?
> 이윽고 하늘이 능금처럼 붉어질 때
> 그 새새끼들은 어둠과 함께 돌아온다 합니다.
>
> 언덕에서는 우리의 어린 양들이 낡은 녹색 침대에 누워서
> 남은 햇볕을 즐기느라고 돌아오지 않고
> 조용한 후수 우에는 인제야 저녁 안개가 자욱이 내려오기 시작하였
> 습니다.
> 그러나 어머니 아직 촛불을 켤 때가 아닙니다.
> 늙은 산의 고요히 명상하는 얼굴이 멀어가지 않고
> 머언 손에서는 밤이 끌고 오는 그 검은 치맛자락이
> 발길에 스치는 발자국 소리도 들려오지 않습니다.
>
> 멀리 있는 뚝을 거쳐서 들려오는 물결소리도 차츰 멀어 갑니다.
> 그것은 늦은 가을부터 우리 전원을 방문하는 가마귀들이
> 바람을 데리고 멀리 가버린 까닭이겠습니다.
> 시방 어머니의 등에서는 어머니의 콧노래 섞인
> 자장가를 듣고 싶어하는 애기의 잠덧이 있습니다.
> 어머니 아직 촛불을 켜지 말으셔요.

인제야 저 숲 너머 하늘에 작은 별이 하나 나오지 않았읍니까?
— 신석정, 「아직 촛불을 켤 때가 아닙니다」 전문

이 시에서 가장 특징적인 요소는 바로 '어머니'와 '촛불'의 대상 인식이다. 여기에서의 어머니는 일차적으로 '이유 없이 사랑하고 이해해 줄 수 있는 사람'이면서 인간의 원형인 대지의 상상력으로 환원된 존재이다. 즉, '어머니'와 '촛불'은 대조적 관계로 음양(陰陽)의 관계, 상반의 관계로 인식할 수 있다. '어머니'는 자연적인 원형, '촛불'은 단순한 사물로서의 촛불이 아니라 황혼의 아름다운 자연과 대치되는 낱말이기 때문에 반자연적 요소로 귀결되고 마는 것이다.

"능금처럼 붉어오는 하늘, 새새끼들의 歸巢, 어린 양들이 누워있는 초원, 호수와 숲, 기인 뚝, 눈을 뜨는 별들" 등은 생물이나 무생물인 사상(事象) 하나하나에 생명이나 인격을 부여한 예이다. 석정은 유정적(有情的) 자연의 모습을 통하여 낭만주의의 특질인 자연을 '초월적 자아'의 모습으로 재현해 낸다. 나아가 자연과 대상이 육화된 초탈의 경지에서 모든 것을 동일화된 자연의 흐름에 맡기고 있다.

이와 같은 무위자연의 생활은 다른 작품 「山房日記」에서도 구체적으로 드러난다. 노장사상의 근본인 무(無)의 세계는 자연과의 대립이 아니라 조화, 또는 지극한 화해를 이야기하는 것으로 천지의 근원을 무(無)인 동시에 자연의 실체로 파악하는 관점과 무관하지 않다. 석정의 자연은 있는 그대로의 자연이 아니라 '촛불'과 '어머니'의 이원 구조로 이루어진 재창조된 역동적 자연이다. 이런 시의 수법 때문에 그의 민족애는 항상 겉으로 노출되지 않고 살아 움직이는 유기체의 자연 속에서의 통합, 승화된 경지를 보여준다.

5 맺음말

이상과 같이 1920년대 초기 한국에서의 낭만주의 수용 및 사적 배경, 그리고 '동경'의 미학적 층위를 변별해 보았다. 한국의 낭만주의 시를 정신적인 기조인 '동경'의 관점에서 시대상과 관련하여 개관할 때, 그 특징은 크게 세 가지로 분류해 볼 수 있다. 이를 요약해 보면 다음과 같다.

첫째, 실존주의적 동경의 초점은 존재의 이유를 스스로 만들어 나가는 데 있다. 본질 없던 존재에 부단히 새로운 본질을 주어나가는 행동이란 기존 윤리의 선택이 아니라 새로운 해결책의 발견이다. 박종화는 '밤'과 '삶'으로 대변되는 구체적인 민족적 현실을 인간 본원에 대한 그리움으로 환원시키는 순환성의 구조를 선택한다. 따라서 그는 상황과 책임이라는 제약을 스스로 받아들여 생명체의 근원이자 본질의 심층부인 모체로 귀의하게 된다.

둘째, 민족주의적 동경은 식민지 압제하의 현실에서 전체와 자아, 혹은 순간적인 것과 영원적인 것의 갈등에서 기인된다. 청마가 자연의 내적 질서에 의하여 삶을 지탱시킬 수 있다고 보았다면, 소월은 민족국가의 붕괴를 성현의 원형적 체험에 의해서 재건하고자 하는 의식을 표방한다. 따라서 그들의 대결 의식은 화자와 세계와의 거리가 제거되고 타자로 하여금 고차원적이고 숭고한 것을 올곧게 지켜내려는 정신의 힘으로 고양된다.

셋째, 어두운 시대사를 '초월적 자아'의 모습으로 재현해 내는 초월주의적 관점을 들 수 있다. 초월적 자아란 자연과 인간을 동일화하여 창조적 자아인 낭만적 주관을 신(神)적인 위치에 올려놓는 것을 의미한다.

여기에는 어떤 합리성이나 목적 의식이 존재할 수 없으며, 우연에 의해 이루어지는 유기체적 생성이 있을 따름이다. 이는 석정이 천지의 근원을 무(無)인 동시에 자연의 실체로 파악한 철학적 관점과 무관하지 않다.

이 글에서 논의한 바는 이상과 같이 요약될 수 있다. 그들은 한 시대의 비극성을 여러 가지 방법론으로 대응했음에도 불구하고 그들의 지향점은 한결같이 동일화된 민족 의식의 부활에 있었다. 동서를 막론하고 개개의 시인들에게서 유일한 자조적 특징을 찾는다는 것은 본질적으로 불가능하다. 한 시인에게는 본질적으로 다양한 정서적 굴곡과 사상의 변화 과정이 있기 때문이다.

한국 낭만주의 시에 이와 같은 다양한 시적 요소가 투영되어 있는데도 불구하고, 단지 낭만주의를 통틀어 퇴폐성만을 부여하는 것은 하나의 편리한 분류법에 지나지 않는다. 이 논고에서 여러 시인들의 공통분모를 찾지 않고, '동경'에 국한하여 변별한 이유가 바로 여기에 있다. 문학은 어느 시대 어느 사회에서나 독자적인 가치를 형성해야 한다. 이런 점에서 볼 때 우리는 외래적인 것에 대한 반성과 한국적인 것을 모색하여 새로운 방향으로 이끄는 것이 중요한 과제의 하나일 것이다.

제2장

복원과 확산의 변증법 — 박용래론

1 머리말

박용래는 1956년 「가을의 노래」, 「황토길」, 「땅」 등 세 편의 시로 『현대문학』지의 추천을 완료한 이후 1980년 타계하기 전까지 첫 시집인 『싸락눈』(1969)을 비롯하여 『강아지풀』(1975), 『白髮의 꽃대궁』(1979) 등 세 권의 시집과 사후 발간된 시전집 『먼 바다』(1984), 그리고 수필집인 『우리 물빛 사랑이 풀꽃으로 피어나면』(1985)을 남긴 과작의 시인이다. 그가 문학 활동을 하던 50년대는 8·15해방으로부터 6·25에 이르기까지 사회적 혼란뿐만 아니라, 좌우익 논쟁까지 겹친 격동의 시기였다. 이러한 상황 속에서도 그는 시류에서 멀리 떨어져 시작 활동을 하였다고 널리 알려진 바 있다.[1]

박용래는 그가 활동하던 당대에 작품 성과와는 무관하게 소홀히 취급된 시인 중의 한 사람이었다. 그것은 그가 지방에 거주하면서 문단에 등을 돌리고 있었다는 일면도 있었지만, 그의 시가 결벽증적이라 여겨질 정도로 압축과 절제의 기법으로 구현되어 있어 평자들의 표피적인 접근

---

1) 이 점에 대하여 정한모는 그를 평하여 "시의 원천이 어디에서 비롯되고 있는가를 누구보다도 민감하게 감지하고, 그 원천에 가장 가까이 근접하여 시를 찾아내는 자기 나름의 방식을 부드럽게 고집함으로써, 오히려 시류에 흔들리지 않는 아성(牙城)을 마련하고 있는 시인"이라고 극찬한 바 있다. 정한모, 『한국 현대시의 현장』(박영사, 1984), 152쪽.

을 허용하지 않는다는 사실과도 무관하지 않을 것이다. 그의 시가 본격적으로 학계나 평단의 관심의 대상이 된 것은 80년 타계 이후 90년대에 들어오면서부터이다. 그러나 그의 시세계 전반에 걸친 논의는 물론 패턴과 체계에 대해서도 뚜렷한 연구 성과가 없는 실정이다. 즉, 관점에 비해 텍스트 분석이 구체적이지 않고, 부분적인 고찰에 머무르고 있는 경우가 대부분이기 때문에 시의식을 총체적으로 조망하기에는 미비한 것으로 판단된다.[2]

박용래 시의 미적 특질을 심도 있게 연구하기 위해서는 무엇보다도 다양한 방법의 탐색과 텍스트에 대한 세밀한 분석이 요구된다. 일견 그의 시는 단순해 보이지만, 의식을 절제해서 상징화하고 있기 때문에 표층과 심층의 간극을 연구하는 데는 여러 요소의 난점이 있었던 것으로 추측된다. 따라서 그의 시 연구자들은 개개의 작품들을 하나의 완결된 구조로 파악하여 그 형식적인 장치 속에 내재된 의미를 추출해야 할 과제를 안고 있기도 하다. 그간 여러 논자들이 박용래 시를 검토하였음에도 불구하고, 그의 시의 핵심 이미지와 시의식의 관계를 밝힌 연구는 아직까지 미미한 수준이다. 따라서 본고는 상징 이미지를 축으로 유기화된 박용래 시의 구조적 비밀을 밝히면서, 그가 궁극적으로 지향한 시의식의 일각을 밝히는 데 논의를 집중할 것이다.

이와 같은 관점에서 본고는 시는 시인의 대상에 대한 의식이라는 현상학적 관점에 초점을 맞추어, 전작품에 내재해 있는 총체적 의미와 통일

---

[2] 지금까지 논의된 연구 성과를 종합해 보면, 시인의 특성으로 (1) 자연친화적 경향, (2) 시각적 이미지를 사용한 소묘 기법, (3) 간결하고 압축적인 표현 기법 등을 공통적으로 언급하고 있다. 이와 더불어 시인의 의식 세계를 분석하는 데 있어 (1) 고향과 유년에 대한 회귀, (2) 향토적 세계로의 몰입, (3) 버려지고 소외된 것들에 대한 관심, (4) 현실인식을 통한 한(恨)의 정조가 주류를 이루었음을 알 수 있다.

된 질서에 조심스럽게 접근해 보고자 한다. 현상학의 서술 대상은 물질적인 대상 자체가 아니라 하나의 의식에 비친대로의 대상, 즉 어떤 대상과 의식과의 관계라 부를 수 있는 현상을 대상으로 삼는다.[3] 그렇기 때문에 작품에 내재해 있는 이미지의 유기 구조, 그리고 그것이 구체적 현실과 맺고 있는 상호관련성을 중점적으로 논의할 것이다. 시인에 의해 선택된 시적 이미지는 상상력의 질서를 체계화하는 정신 작용으로서, 시인의 사유와 직관을 포괄하는 본질 인식의 한 방법으로 이해하기 때문이다.

2 '눈'의 이원적 대립 구조

박용래의 시에서 가장 중요한 특성은 상징 이미지를 축으로 하여 여타 이미지들의 상호 유기적인 연관성을 통해 시적 공간을 확보해 나간다는 점이다. 그의 시적 공간은 시 전반의 이미지를 통해 이원대립 구조를 형성한다. 그의 시는 상징 이미지를 통해 상황을 제시하면서, 그 속에 의식 세계를 내포하는 경향을 띠고 있다. 시의 이미지란 실제의 대상과 다른 것이며, 시인의 주관적 감정에 따라 선택된 것이다.[4] 때문에 이미지의 선택은 시인의 정서를 좌우하며, 정서는 한 편의 시 속에 수렴된 여러 이미지들을 유기적으로 동일화하고 통일시키는 특성이 있다. 따라서 작품 내의 이미지들은 시인이 의도한 특수한 정서를 환기한다는 전제가 가능하다.

---

3) J. P. Richard, 윤영애 역, 『詩와 깊이』(민음사, 1984), 1쪽.
4) 김준오, 『시론』(삼영사, 1987), 101~107쪽 참조.

시 「눈」을 살펴보면, 그가 선택한 '눈'을 축으로 하는 사물은 상승과 하강의 대립 구조를 통해 '비움'과 '채움'이라는 응결된 이미지를 만들어낸다. 그리하여 눈이 현상 세계와 내면 세계 사이에 존재하는 경계를 지워버리기도 하고, 천상계와 지상계를 통일하는 무한한 상상력의 실체로써 그 모습을 드러내기도 한다.

하늘과 언덕 나무를 지우랴
눈이 뿌린다
푸른 젊음과 고요한 흥분이 서린
하루하루 낡아가는 것 위에
눈이 뿌린다
스쳐가는 한점 바람도 없이
송이눈 찬란히 퍼붓는 날은
정말 하늘과 언덕과 나무의
限界는 없다
다만 가난한 마음도 없이 이루어지는
하얀 斷層.

— 「눈」 전문

'눈'을 중심으로 구축된 이미지군은 박용래의 시세계 전반을 포괄하는 특수한 시적 구조를 형성한다. '하늘'이 나타내는 상승 이미지와 '언덕'이 나타내는 하강 이미지, 그리고 '나무'의 속성이 내포하는 상승 지향과 '눈'이 내포하는 하강 지향의 속성이 이원적으로 대립되어 있다. 또한 "스쳐가는 한점 바람도 없이"라는 구절은 시의 구도에 상당한 영향력을 가진다. 이는 시의 전체를 매개하는 중심부에 자리잡고 있을 뿐만 아니라, 전반부의 '젊음', '흥분', '낡아가는 것' 등이 드러내는 내면 세계와 후반부의 '하늘', '언덕', '나무' 등이 드러내는 외부 세계를 통찰하는 계기를 마련해 준다.

이와 같은 '눈'은 9행의 "限界는 없다"에서 드러나듯이, 모든 세계의 무화(無化), 혹은 사물들의 일체화를 지향한다. 즉 7~9행은 철저한 지움을 위해 퍼붓는 것이다. 그러나 눈이 퍼부어져 쌓이는 이 현상은 "하얀 斷層"과 깊은 유기 관계에 있다. 눈은 내리는 것만큼 현상 세계의 사물들을 지워져 부재의 공간을 낳지만, 그만큼 "하얀 斷層"을 구축하는 역설적 효과를 거둔다. 즉, 시인은 '눈'이 일차적으로는 하강의 속성이지만, 궁극적으로는 상승5)의 형태로 반전된다는 점을 포착한 것이다.

나아가 "뿌린다"라는 하강의 상상력은 '斷層'이라는 상승의 상상력과 동일화되어 통일된 세계를 이룬다. 또한 "하루 하루 낡아가는" 시간의 계기적 질서는 현상의 존재를 통찰하는 시인의 공간에 대한 인식에 이르게 한다. 이와 같은 태도는 가시적 세계를 덮어 세계를 무화시키는 동시에, 새롭게 생성되는 세계로의 변환을 꾀하는 자아의 내면적 자각의 결과로 보인다. 즉, 시적 자아는 '눈'의 이항대립 구조를 바탕으로 무화와 생성이라는 역설적 진리를 현시하고 있다. 이 시가 공간을 채우는 구조로 이루어져 있다면, 다음의 시 「저녁눈」은 공간을 비우는 구조로 이루어져 있다.

> 늦은 저녁때 오는 눈발은 말집 호롱불 밑에 붐비다
>
> 늦은 저녁때 오는 눈발은 조랑말 발굽 밑에 붐비다
>
> 늦은 저녁때 오는 눈발은 여물 써는 소리에 붐비다
>
> 늦은 저녁때 오는 눈발은 변두리 빈터만 다니며 붐비다.
>
> — 「저녁눈」 전문

---

5) 이은정은 그의 박사논문에서 '상승지향'은 초월지향적 사고를 표출하는 한 방법으로 주로 가벼움의 속성이 원용된다고 주장한다. 이은정, 「김춘수와 김수영 시학의 대비적 연구」(이화여대 대학원 박사논문, 1993), 12쪽.

삶과 존재의 본질에 대한 근원적 모습을 추구하는 이 시에는 일체의 주관적 정서가 배제되어 있다. 객관적 이미지를 통해서만 세계를 응시하면서 인간의 삶과 세계에 대한 시인의 의식을 내면화시킨다. 시가 나타내 보이고 있는 존재는 그 존재 자체를 나타내는 것이라기보다는 그 존재에 대한 시인의 반응에 가깝다[6]는 의미에서 한 시인의 시 속에서 반복적으로 선택된 이미지가 있을 때, 그 이미지는 시의식의 지향성을 반영한다고 볼 수 있다. 박용래 시의 구조적 비밀을 밝히려는 측면에서 '눈'의 상징적인 이미지를 문제삼는 것도 그 때문이다.

이 시는 각 행 첫 구인 "늦은 저녁때"가 드러내는 바와 같이 어둠을 전제로 이루어진다. 이 어둠에 의해 시인은 "호롱불 밑", "조랑말 발굽 밑", "여물 써는 소리"에 붐비는 눈발을 의식한다. 눈발이 붐비는 곳은 내부의 주거 공간이다. 그러나 이 공간은 점차 4연에서와 같이 "변두리 빈터"로 확대되어 드러난다. 이러한 공간에 대한 시인의 인식은 인간도 눈발과 마찬가지로 언젠가 없어져야 한다는 숙명성을 띤 假變의 존재[7]라는 자각에서 비롯된 것으로 보인다.

'저녁눈'은 결국 사위가 어두울 때 호롱불, 조랑말 발굽의 발자국, 여물 써는 소리 사이에서 그 모습을 드러낸다. 즉, 이 시에서는 '늦은 저녁때'라는 어둠의 공간과 '호롱불'이라는 빛의 공간이 이원대립 구조를 형성하면서 1~3연의 주거 공간을 드러내는 데 기여함은 물론, 그것이 다시 '빈터'에 의해 전체 공간으로 환원된다. 그것은 흔히 정한과 달관을 표상하는 전통 서정시의 미학적 공간과는 다른 공간이다. 다시 말해서, '눈'에 의해 가시화된 '빈터'는 인간의 숙명적 비극에서 출발하여 존재

---

6) 박이문, 「시적 언어」, 정현종·김주연·유평근 편, 『시의 이해』(민음사, 1984), 365쪽.
7) 홍희표, 「박용래의 '저녁눈'」, 『한국 대표시 평설』(문학세계사, 1983), 467쪽.

의 원형으로 회귀하고자 하는 박용래 특유의 시적 공간인 셈이다.

> 눈보라 휘돌아간 밤
> 얼룩진 壁에
> 한참이나
> 맷돌 가는 소리
> 高山植物처럼
> 늙으신 어머니가 돌리시던
> 오리 오리
> 맷돌 가는 소리.
>
> － 「雪夜」 전문

위의 시도 "눈보라가 휘돌아간 밤"이라는 고요한 어둠의 공간을 배경으로 그 빈 공간에 "맷돌 가는 소리"를 배치하고 있다는 점에서 주목된다. 시간은 '겨울밤'을, 공간은 '얼룩진 壁'이라는 폐쇄 공간을 전제로 시인은 대상을 인식한다. 이러한 대립 구조로 인해 맷돌 돌리는 행위와 거기서 발생되는 소리의 반복은 무한히 이어진다. "맷돌가는 소리"는 그 속성에 의해서 무형성과 유동성으로 빈 공간을 채우게 되는 것이다. '눈'에 의해 일깨워진 상상 작용은 옆집에서 들려오는 "맷돌 가는 소리"를 인식한 후, 다시 과거에 "늙으신 어머니"가 돌리시던 "맷돌가는 소리"로 동일화된다.

이와 같은 과거 지향형의 진술을 통해 시적 자아는 현재성이 소거된 인식 의 국면으로 나아간다. 말하자면 박용래는 현실을 절망 그 자체로 인식했던 까닭에 과게에로의 投企라는 나름대로의 不定의 방식을 선택하였던 것이다.8) 이와 마찬가지로 5행의 "高山植物처럼 / 늙으신 어머

---

8) 손종호, 「박용래 시세계 연구」, 『충남대인문연구소논문집』총집35(1989), 8쪽.

니”는 육체적으로나 정신적으로 상승의 공간에 자리잡은 존재를 의미한
다. 그렇기 때문에 '눈보라'를 매개로 하여 그 위치에서 내는 '맷돌' 소리
는 지상의 존재를 일깨움으로써 한계의 구분이 없는 세계를 표상하는
시적 자아의 내부에서 촉발된 객관적 상관물임을 알 수 있게 된다.

> 하루는 눈발 털며 털며 마을 안팎을 몇 바퀴 돌다가
> 하루는 저 눈밭에 흩어져 긴 이랑을 헤집고 헤집다가
> 하루는 行方不明, 가시울에 찔리다가 돌아오는 길에
> 까마귀야 가자, 활활 소줏고리 달아오르는 주막거리로 가자.
> 눈 오는 날.
>
> — 「눈을 털며」 전문

시 「雪夜」가 현실의 집착에서 벗어나고자 하는 방법으로써 과거 공간
으로의 환원을 시도했다면, 위의 시에서 시인은 현실에 대한 부정적 인
식을 근거로 하여 현실에 대항하고자 하는 적극적인 결의의 자세를 취하
고 있다는 점에서 주목된다.

이 시에서 일차적으로 '눈'과 대조를 이루는 '까마귀'는 시인이 세계
를 부정적으로 인식하는 데서 기인한 흉조(兇鳥)라는 통념의 이미지로서
의 새이다. 여기에 현재·과거를 공시적으로 파악한 미정성의 '하루'는
전체성의 공간을 인식하는 계기로써 작용하는 시간이다. 그러나 '눈발'
로 인해 백일하에 드러나야 할 부정의 지상 세계는 모두 백색의 눈발로
포장되어 흔적도 없는 공간이 된다는 점이다.9)

이와 같은 현실 인식에서 시인의 방황은 시작된다. "마을 안팎을 몇

---

9) 바슐라르의 논리에 따르면, 특히 눈은 외계(外界)를 힘 안들이고 쉽게 무화시켜 세계를 단 하나의
　색조로 통일해 버리는 속성 때문에 부정적인 세계의 극복과 깊은 관련을 맺는다는 점이다. G.
　Bachelard, 민희식 역, 『대지와 의지의 몽상』(삼성출판사, 1982), 160쪽 참조.

바퀴 돌"기도 하고 "긴 이랑을 헤집고 헤집"기도 하지만, 이로 인해 "하루는 行方不明"이기에 시간과 공간마저 인식하지 못하는 존재의 퇴행을 가져온다. 이로 인해서 "가시울에 찔리"게 됨은 물론, 흰 '눈'과 대비된 검은 '까마귀'를 인식하게 된다. 그러나 시인은 그것이 색채로써만 대비될 뿐, 종국에는 내포된 이미지가 같은 것임을 깨닫는다. 즉, 시인은 부정의 세계를 가리는 '눈'과 부정의 존재인 '까마귀'를 이중부정하여 긍정의 세계로의 변환을 예비한다.

이와 같이 "눈발 털며"라는 시인의 의식적 행위는 '눈'과 '까마귀'의 인식에서 비롯된 퇴행 공간에서 벗어나 '활활 소줏고리 달아오르는 주막 거리'로 가고자 하는 결의에 찬 내면 의식으로 환원된다. 이러한 내면 탐색을 통해 시인은 비로소 세상과 맞설 의식과 의지를 회복한다. 나아가 현상 세계 대상들의 이항대립을 통해 발견된 시적 공간은 항상 현실의 슬픔이나 좌절에 굴복하지 않는 강인한 시정신의 골격을 이루게 된다.

> 잠 이루지 못하는 밤 고향집 마늘밭에 눈은 쌓이리.
> 잠 이루지 못하는 밤 고향집 추녀밑 달빛은 쌓이리.
> 발목을 벗고 물을 건너는 먼 마을.
> 고향집 마당귀 바람은 잠을 자리.
>
> ― 「겨울밤」 전문

박용래의 대표작 중의 하나인 이 시는 전체 4행의 단형으로 이루어져 있다. 이 시의 1, 2행에서 '나'라는 함축적 화자는 '눈'과 '달빛'을 대립시키고 있다. 앞의 '나'가 잠을 이루지 못하고 뒤척이는 모습이라면, 뒷 구절의 '눈'과 '달빛'은 안정과 정착의 모습을 형상화한다. 즉, 시인은 잠을 청하고자 하지만, 고민이나 갈등으로 인한 불면의 정황을 고향집에 내리는 '눈'을 상기함으로써 극복하고자 한다.

　1, 2, 4행의 주체인 "눈, 달빛, 바람"은 "쌓이리"와 "자리"에 의해 서술된다. '눈'의 쌓임은 자체 속성 중의 한 부분이고 '달빛'의 쌓임은 현상적으로 불가능하지만, 눈의 쌓임을 통해 시각화가 가능해진다. 나아가 4행에서 이동과 움직임의 유동적 이미지인 '바람'을 끌어들여 "잠을 자리"라고 서술하여, 앞 행의 "쌓이리"라는 부동(不動)의 이미지와 연결시킴으로써 시적 자아의 불안 의식을 안정과 정적인 상태로 이끌어 간다.10)

　이 시의 시간 또한 1, 2행의 현실에 대한 고민으로 "잠 이루지 못하는 밤"인 현재와 "쌓이리"라는 현재 가정, 그리고 3행 "발목을 벗고 물을 건너는 먼 마을"의 과거 회상, 4행의 "잠을 자리"라는 현재 가정의 형태로 이루어져 있다. 이러한 시간의 형태는 현재란 시간에 과거를 놓음으로써 현재에 대한 절대적 부정 의지를 수반한다. 이는 과거를 삶의 이상으로 놓았을 만큼 현실을 부정적으로 인식했던 시인의 비극적 인식 태도와 연관된다.

　박용래 시에서 '눈'의 이미지는 개인적 · 시대적 어둠과 대응되는 원형적 상징이 되며, 그것이 소유한 정적 이미지는 아름다움, 순수함 등을 나타낸다. 그는 이런 감각을 자아와 동일화하는 동시에 과거 시간에 대한 그리움을 융화시켜 본원적 세계 및 화해의 세계를 갈망한다. 이는 쉘링의 말을 빌리면 분화된 공간들이 시간의 힘으로 통합되는 구조이다.11) 이 때 고향집의 "추녀밑, 마늘밭, 마당귀"로 드러나는 분화된 공간은 '달빛'이라는 시간의 힘을 매개로 갈등과 어둠의 세계가 '바람'도 잠을 자는 원초 세계의 정적 공간으로 수렴되기에 이른다.

---

10) 문현주, 「박용래 시 연구」(이화여대 대학원 석사논문), 16쪽.

11) F. Kümmel, 권의무 역, 「Schelling에 있어서 시간단계들의 근원적 관계 규정」, 『시간의 개념과 구조』(계명대 출판부, 1986), 259쪽.

살펴본 바와 같이, '눈'을 모티브로 하는 박용래 시의 의미 구조는 시간과 공간에 의한 이원대립 구조에 그 바탕을 둔다. 또한 눈의 속성인 강설과 적설에 의한 역동적인 상호작용을 통해 수직과 수평, 하강과 상승, 천상계와 지상계의 질서와 한계를 무화시켜 통일하려고 한다. 이러한 '눈'의 상상력은 시공을 초월한 무한구조를 형성하고, 본원적 힘을 발현시켜 원형으로 회귀하고자 하는 시의식을 보여주는 것으로 집약된다.

3 '물'의 변증적 통합 구조

박용래의 시에서 '눈'이 대립 구조에 바탕을 둔다면, '물'을 모티브로 하는 그의 시는 통합 구조로 이루어져 있다. 그가 선택한 '물'은 그의 시 제목에서처럼 「그 봄비」, 「장대비」 등 '비'로써 그 모습을 드러내기도 하고, 그 외 「가을의 노래」, 「먼 바다」, 「버드나무 길」에서는 '물'로 나타나기도 한다. 그의 시에서 흔히 사용되는 '물'의 이미지는 앞의 '눈'과 같이 근원적인 이미지이다.

눈이 이원대립을 통해 세계의 무화를 지향한다면 물은 아픔, 고통, 비천함, 추락, 울음, 방황, 회한에 관계되는 한편 그러한 요소를 극복 지양[12]하고자 하는 변증적 통합의 원리로써 그 실체를 드러낸다. 일반적으로 '물'은 자연물을 구성하는 가장 원초적이고 근원적인 물질이다. 박용래 시는 앞에서 언급했던 것처럼 자연 이미지로써 하늘의 물과 정서적 상관물인 인간의 눈물이 연결되어 흐름의 속성을 띠고 드러난다.

물이 하늘에서 떨어지는 것은 진정으로 불행을 옮기는 감응력이며

---

12) G. Bachelard, 이가림 역, 『물과 꿈』(문예출판사, 1980), 167쪽.

> … 이러한 감응력은 「우주적 고통」의 「색조」, 즉 눈물의 색조를 물에
> 가져오는 것이다.13) … 상상력에 있어서 「흐르는」 모든 것은 물에 속해
> 있다.14)

자연의 '물'은 하늘에서 땅으로 수직 하강의 방향성을 취하고 있기에
흐름에 따라 위치가 변하기도 하고, 사물에 따라 형태를 달리하여 빈
공간을 점유하기도 한다. 또한 위에서 아래로 떨어지는 하강의 속성으로
인하여 눈물이 암시하는 인간의 근원적인 고통을 드러내기도 하고, 흐름
을 통해 재생의 정화작용을 의미하기도 한다. 이러한 '비'와 '물'을 소재
로 하여 박용래는 타자를 인식하는 동시에, 슬픔과 회한을 내포적 속성
으로 묘사하여 점묘라는 회화적 풍경을 이룬다.

> 오는 봄비는 겨우내 묻혔던 김칫독 자리에 모여 운다
>
> 오는 봄비는 헛간에 엮어 단 시래기 줄에 모여 운다
>
> 하루를 섬섬히 버들눈처럼 모여 서서 우는 봄비여
>
> 모스러진 돌절구 바닥에도 고여 넘치는 이 비천함이여.
>
>   ─ 「그 봄비」 전문

박용래가 이 시에서 설정한 표면적 시간은 봄이고, 이면적 시간은 겨
울이다. 그것은 전자의 '겨우내'라는 김칫독이 묻혔던 시간대와 후자의
'시래기 줄'이 매달려 있던 시간대에서 드러난다. 이 시는 박용래의 전반
적인 시와는 달리 시인의 감정이 직접적으로 개입되어 있다.

1, 2연은 비교적 객관적 어조로써 대립적인 쌍을 이루고 있으며, 3,

---

13) 앞의 책, 95쪽.
14) 위의 책, 167쪽.

4연에 와서 주어와 술어는 "오는 봄비"와 "운다"로 동어반복되어 있다. 단지 여기서는 "겨우내 묻혔던 김칫독 자리"와 "헛간에 엮어 단 시래기 줄"이라는 장소만이 다를 뿐이다. 이러한 장소의 차이에 의해 시인은 '봄'이라는 시간적 공간에 존재하면서도 지난 겨울을 연상하게 된다. 따라서 1연의 '김칫독 자리'가 지나온 세월을 상기시킨다면, 2연에서의 '시래기 줄'은 견뎌야 할 세월을 의미한다.

'봄비'에 투사된 자아의 울음은 이중적 울음이라고 할 수 있는데, 이는 슬픔으로 지나온 겨울과 오는 봄에 대한 불안과 회의의 울음이라고 볼 수 있다. 그러나 여기까지는 시적 자아의 감정이 배제된 채 객관적으로 묘사를 하고 있지만, 중요한 것은 무엇인가 있다가 사라진 그 자리에 '비'는 공간을 채움으로써, 그 실체를 드러낸다는 데 있다.

'물'의 형태는 그 전에는 있었으나 지금은 없는 상태인 '비어 있음'을 전제로 한다. 실체는 사라진 빈 공간에 비는 그 실체를 드러낸다. 부재가 존재의 자취를 파악한 후의 인식이라면, 현존은 그 자취를 재현하는 노력을 말하는 것이 된다. 그러나 재현되는 사물의 모습은 그 이전의 형태와는 다르게 나타난다.

이와 같이 '물'은 일정한 형태를 재현한 다음 넘치는 속성을 가지고 있다. '눈'을 모티브로 이루어지는 시에서는 내려서 쌓이는 하강과 상승의 역동적 구조를 통해 공간의 한계를 무화시키고 있는 데 반해, '물'은 부재한 공간의 형태를 재현한 뒤 흘러 넘친다는 데 유의를 해야 한다. 이러한 넘쳐 버리는 행위를 왜 '비천함'으로 파악하고 있는가를 밝힌다면, 그것은 박용래의 시의식을 이해하는 중요한 단서가 될 수 있다.

시인은 실체가 사라진 빈 공간을 점유한 '봄비'를 자아화하는 것이 아니라 모여서 울고 있다고 객관적으로 인식한다. 이는 궁핍한 겨울을

힘겹게 견뎌온 자들의 고통스런 회한의 울음임은 물론이며, '시래기 줄'
로 내포된 견뎌야 할 세월의 지난함을 의미하는 것으로 읽힌다. 그러나
1연과 2연의 두 대상을 통해 느끼는 시적 자아의 인식에는 다소의 차이
가 있다. 1연의 빗방울은 빈 공간을 채우며 모여서 울고 있지만, 2연의
빗방울은 공간을 점유하지 못한 채 매달려 울고 있다는 것이다.

이와 같은 대상 인식이 1연이 현존재를 재현하려는 긍정에서 출발한
것이라면, 2연은 존재를 재현할 수 없는 부재의 인식으로 확대된다. 그렇
기에 3연에 와서 '버들눈'으로 상징된 봄임에도 불구하고 "모여 서서
우는 봄비여"라고 할 정도로 시인의 자조적 인식과 슬픔이 절정에 이르
게 된다. 이렇듯이 마지막 4연의 '비천함'이란 절규에는 가난과 그에 대
한 회한의 울음이 내포되어 있는 것이다.

이와 같이 1연의 "김칫독 자리"와 4연의 "돌절구 바닥"은 존재를 같은
모습으로 재현시킨 뒤 모여서 같이 울 수 있는 현존을, 2연의 "시래기
줄"과 3연의 "버들눈"은 모여서 같이 울긴 하지만 고일 수 없는 부재를,
4연의 "고여 넘치는"은 현존과 부재를 통합하여 인간 존재를 '비천함'으
로 인식한 것이라 볼 수 있다. 이러한 태도는 자연 세계와 무의식의 세계
가 자아를 각성시켜 반성적 사고에 이르는 의식으로 이어진다.

밖은 억수 같은 장대비
빗속에서 누군가 날
목놓아 부르는 소리에
한쪽 신발을 찾다 찾다
심야의 늪
목까지 빠져
허우적 허우적이다
지푸라기 한 올 들고

꿈을 깨다, 깨다.
尙今도 밖은
장대 같은 억수비
귓전에 맴도는
목놓은 소리
오오 이런 시간에 난
우, 우니라
象牙빛 채찍

—「장대비」 전문

　인용시에서 시인이 제시한 시간은 여름이며, 공간은 폐쇄 공간으로
이루어져 있다. 전자는 "장대비"라는 시어에서, 후자는 "심야의 늪"이란
시어에서 파악할 수 있다. 1행에서처럼 밖에는 "억수 같은 장대비"가
온다. 자고 있는 시인은 그 빗소리로 인해 꿈속에서 "누군가 날 목놓아
부르는 소리"를 듣는다. 그 소리에 "심야의 늪"으로 "목까지 빠져 / 허우
적 허우적"거리다 꿈속에서 풀려 나온다. 그러나 깨어난 시인은 현실의
빗소리 속에서도 누군가 "목놓은 소리"를 듣는다. 시인은 이러한 불안
의식에 시달려 마침내 울고 말지만, 그러한 빗소리는 다시 "象牙빛 채찍"
이 되어 화자의 내부와 외부를 각성케 한다.

　이상과 같이 위의 시는 전·후 단락이 대응된다. 1행에서 9행까지는
꿈속이란 추상의 공간으로, 10행에서 16행까지는 현실의 공간으로 나타
난다. 이러한 공간은 밖의 '억수 같은 장대비'를 통해 현실과 환상, 그리
고 시적 자아가 일체화되는 공간이다. 이를 시간현상학으로 말하면 외적
공간을 내적 근거로 삼는 행위양식15)으로 볼 수 있다. 자연은 정신과의

---

15) 독일의 시간현상학자 Baader는 실존의 형성을 다음과 같이 안과 밖의 상호매개로 설명하고 있다.
　　그에 의하면 생명을 근거지우는 행위는 자기 자신의 형태를 주는 내적인 근거로서 외적인 것을
　　매개로 해서만 활동할 수 있다고 한다. 또한 외적인 것도 내적인 것 속에서 자기 상(像)을 발견하여

관계에서 수동적이고 종속적이며 밖을 향하고 있지만, 정신 활동의 능동적 근거가 된다. 이 때 신체는 자유 의지에 의해서 무의식과 통합되고, 정신의 순수한 내면은 자연의 외면과 하나가 된다는 것이다.

나아가 내면적인 것이 외면적인 것으로 구체화되고 외면적인 것이 내면적인 것으로 들어가 빛나게 하여 양자가 함께 분열하지 않는 생명16)을 유지하게 된다는 점이다. 바로 이 시에서도 '장대비'로 상징된 자연세계의 현상이 시인을 '꿈' 속의 무의식 세계에 동화시키고, 분열된 의식이 '象牙빛 채찍'으로 인해 정신 활동의 능동적 힘인 자유 의지를 발현시키게 된다. 이는 자연과 무의식의 세계가 자아의 내적 근거를 만드는 동시에, 이 양자가 분열하지 않고 상호합일되는 경지를 보여주게 된다. 이러한 과정이 시 「가을의 노래」에서는 어둠의 현실을 극복하고자 하는 방법으로 무한한 가능성을 함축한 바다로 귀일하는 의식이 드러난다.

> 깊은 밤 풀벌레 소리와 나뿐이로다
> 시냇물은 흘러서 바다로 간다
> 어두움을 저어 시냇물처럼 저렇게 떨며
>
> 흐느끼는 풀벌레 소리……
> 쓸쓸한 마음을 몰고 간다
> 빗방울처럼 이었는 슬픔의 나라
> 後園을 돌아가며 잦아지게 운다
> 오로지 하나의 길 위

형태가 주어질 때에 내적인 것에 작용하여 자기를 회복한다는 것이다. 이에 의하면 인간은 의지에 의해서 자기의 생명적 근거를 낳는데, 이 근거의 선택이 현실에서 자유 의지인가, 혹은 부자유 의지인가를 결정하게 되는 것이라 할 수 있다. 그러나 인간의 정신은 자연의 맹목적 힘을 자기에게 종속시켜 자연의 기억을 정신의 잠재된 힘으로 상승시킬 수 있기 때문에 자기의 생명을 자유로운 의지에 의해서 근거지울 수 있다는 것이다. F. Kümmel, 「Franz Von Baader의 시간이론」, 앞의 책, 123~128쪽 참조.

16) 위의 책, 116쪽.

뉘가 밤을 絶望이라 하였나
말긋말긋 푸른 별들의 눈짓
풀잎에 바람
살아 있기에
밤이 오고
동이 트고
하루가 오가는 다시 가을밤
외로운 그림자는 서성거린다

― 「가을의 노래」 부분

인용한 시의 시간적 배경은 깊은 가을밤이다. 시인은 모든 빛이 사라지고 타자와의 관계가 정지된 상태로 어둠의 현실을 인식한다. 이런 부재의 시간과 적막한 공간에 존재하는 것은 '풀벌레'와 '나'뿐이다. 풀벌레도 소리로써 존재만을 인식시켜 줄 뿐 본연의 모습을 드러내지 않는다. 쟈크 라깡에 의하면 그것은 단일한 의미이기를 거부하는 타자의 모습이다. 즉, 그것은 다양한 의미로 구체화될 때마다 주체가 작용할 수 있도록 하기 위해 "「결여」와 「간격」을 나타내기도 하고, 주체가 지니고 있는 자기 본위, 특성, 통각작용 및 풍부함을 무력하게 하기도 한다"[17]는 것이다.

이 시의 자아인 '나' 또한 실체로서가 아니라 그림자로 나타난다. 이는 "시냇물이 흘러 바다"로 가고 "하루가 오가는" 시간의 경과에 따라 존재의 실체는 사라진다는 의식에 기인한 것으로 보인다. 시간 속에 갇혀있는 유한자로서 인간의 실존을 자각케 되며, 또한 그로 인해서 '絶望'과 '슬픔'을 거느릴 수밖에 없게 된다. 시적 자아가 부딪는 현실 또한 "찬이슬"에 젖고 "허전한 수풀 그늘"에 앉을 수밖에 없는 비극적 공간인 셈이

---

17) 윤호병, 「박용래 시의 구조 분석」, 『시와시학』(1991. 봄), 119쪽에서 재인용.

다. 따라서 패배와 좌절로 인한 회한에 젖은 자아는 세계에 대한 결여와 간격으로 고독에 휩싸이게 된다.

여기에서 나아가 시적 자아는 풀벌레 소리마저 "떨고", "흐느끼고", "잦아지게 울고" 있음을 느끼는 동시에 "쓸쓸한 마음", "슬픔", "絶望" 등을 인식하게 된다. 그럼에도 불구하고 "깊은 밤"에 "등불을 죽이"는 행위는 "호젓한 꿈 太陽"처럼 지니기 위한 통과제의로 볼 수 있다. 이것은 시적 자아의 위치 변화에서도 드러난다. 즉, '서있다 > 앉아 있다 > 눕는다'에서 볼 수 있듯이, 박용래는 어둡고 불안한 현실을 내면화하기에 이른다. 그리하여 그는 어두운 공간에서 꿈의 세계로, 구체적 현실에서 자연 세계로 나아간다.

이 시의 중심 이미지 '시냇물', '바다', '이슬'은 생명과 자유를 상징한다. 이 중에서 특히 '바다'는 '무한의 가능성'이라 여겨지며, 이러한 가능성을 박용래는 바다에 이르는 과정을 물의 흐름을 통해 보여주고 있다. 그는 현실의 어둠이 심화되면서 '꿈'을 지니는데, 이것은 '별'의 속성에 의한 발상으로써, "하나의 길 위"라는 어두운 지상의 공간을 구체화시킨다. 이로 인해 그는 "어두움을 저어 시냇물처럼 떨"며 '바다'로 가면서 "작은 별들의 눈짓"을 우러르게 된다.

시적 자아는 현실 극복의 대안을 '바다'에 두고 있지만, 지상의 현실도 결코 도외시할 수 없음을 인식한다. 따라서 그는 인위적인 '등불'을 죽이는 행위를 통해 우주의 중심을 이루는 태양을 그리워하게 된다. 즉, "허술한 / 풀벌레와 그림자와 가을밤"으로 표상되는 어둠의 현실을 극복하고자 하는 방법으로 시인은 태양의 모체인 동시에 무한한 가능성을 가진 '바다'로 귀일하고자 하는 것이다. 이 시가 무한한 가능성으로서의 '바다'를 노래한다면, 시 「먼 바다」에서는 영원한 시간과 공간을 함축한 바다의 이미지가 드러난다.

> 마을로 기우는
> 언덕, 머흐는
> 구름에
>
> 낮게 낮게
> 지붕 밑 드리우는
> 종소리에
>
> 돛을 올려라
>
> 어디메, 막 피는
> 접시꽃
> 새하얀 매디마다
>
> 감빛 돛을 올려라
>
> 오늘의 아픔
> 아픔의
> 먼 바다에.

— 「먼 바다」 전문

박용래의 시에서 공간에 대한 자유 의식은 '물'이라는 흐름의 인식을 통해 무한히 공간을 확장해 나아감과 동시에 가장 궁극적인 공간을 물색하게 된다. 군더더기 하나 없이 절제된 언어와 '먼 바다'라는 시적 공간은 점강구조와 점층구조를 바탕으로 펼쳐진다. 전자는 1, 2연에서 각 시행의 서술어 "기울다"와 부사어 "낮게 낮게"에서 찾아볼 수 있으며, 후자는 "어디메, 막 피는 / 접시꽃 / 새하얀 매디마다 / 감빛 돛을 올려라"고 한 뒤, 6연의 "오늘의 아픔 / 아픔의 / 먼 바다에"라고 의미를 종합하여 심화시킨 데서 찾을 수 있다.

이 시는 시인의 이상이 날렵한 어조로 간결하게 묘사된 작품이다. 우선 1연의 "머흐는 / 구름에"의 '머흐는'은 '험한, 궂은'의 뜻을 지닌 고어로써, 바로 여기에서 고통의 축제 서막이 열린다. 마지막 6연의 "먼 바다"는 현실과 연관된 통로라기 보다는 내면적 정서의 표상화로 파악된다. 그것은 한마디로 현실의 '아픔'에서 기인한 시인의 이상 세계에 대한 동경이기도 하고, 결코 절망할 수 없는 그리움의 세계이기도 하다.

1연과 2연에서 볼 수 있듯이, 주체인 "언덕, 구름, 종소리"는 "기울다, 낮게낮게, 드리우다"에 의해서 '종소리'마저 '지붕 밑'으로 스며드는 분위기를 자아낸다. 이러한 폐쇄 공간은 '매디'를 형성하여 '접시꽃'의 개화에 기여하게 된다. 그러나 4연 1행의 "막 피는"이란 시간의 즉시성과 "어디메"라는 공간의 무한성[18]으로 인해 시적 자아가 '오늘의 아픔'을 인식하면서 '먼 바다'라는 영원한 시간과 공간을 함축한 대상과 만나게 된다.

이와 같이 불연속적 세계에 대한 인식과 그에 의한 각성은 존재의 유한성으로부터 비롯된 '어디메'라는 미정성의 세계를 의식하게 된 것이다. 이는 다시 '오늘의 아픔'이라는 현존재의 비극적 삶과 '먼 바다'라는 공간의 문제로 제기되어 자유에 대한 갈망으로 이어진다. 다시 말해서, 시간의 즉시성을 공간의 무한성으로 확장시킨 시인의 변증적 인식은 시간을 공간화하여 비극적 현실을 초월하려는 의도를 내포한다.

위 시가 '물'로써 공간의 확장을 나타낸다면, 다음에 인용된 시 「버드나무 길」은 '물'의 상징 공간 안에서 유기적으로 자연과 현실, 인간을 하나로 아우르는 공간으로 드러난다. 이는 현실에 대한 슬픔과 좌절로

---

18) 윤호병, 앞의 글, 198쪽.

인한 비극적 인식이 자연과의 동화를 통해서 침잠의 세계로 몰입하는
것을 의미한다.

>맘 천근 시름겨울 때
>천근 맘 시름겨울 때
>마른 논에 고인 물
>보러 가자.
>고인 물에 얼비치는
>쑥부쟁이
>염소 한 마리
>몇 점의 구름
>紅顔의 少年같이
>보러 가자.
>함지박 아낙네 지나가고
>어지러이 메까치 우짖는 버드나무
>길.
>
>마른 논에 고인 물.
>
>   — 「버드나무 길」 전문

　위의 시 1, 2행은 삶을 비극적으로 인식하고 그에 대응할 힘이 없는
시적 자아의 인생 태도를 나타낸다. '물'에 대한 절실한 열망은 바로 여
기에서부터 비롯된다. 그러나 여타의 시들과는 달리 이 시에서 '물'은
고요한 상태, 그리고 잔잔한 '물' 위로 되비치는 사물에 대한 인식, 화해
와 평화의 이미지로 형상화된다.

　이 시에서 시적 자아의 현실은 "맘 천근 시름겨"운 공간이다. 이 시
구절 "메까치 우짖는" 소리는 평화의 세계를 표상한다. 이 시의 1행과
2행은 아름다운 평화의 세계가 단절된 현실에서 방황할 수밖에 없었던

자신의 내면을 직시하고 있는데, 그것은 뼈아픈 좌절에 대한 확인일 것이다. 그래서 시인은 "마른 논에 고인 물"을 "보러가"려는 의지를 드러낸다. 이때의 '물'은 현실을 정화할 수 있는 '물'이며, 황폐한 세계에 생명을 부여할 수 있는 물질일 것이다. 그러나 그 '물'은 흐름을 멈춘 채 정지하고 있다는 사실이다.

6행에서 9행 사이에 나오는 "쑥부쟁이, 염소 한 마리, 몇 점의 구름, 紅顔의 少年" 등의 이미지군(群)은 물의 원형상징인 재생과 정화의 거울에 "얼비치"는 상승과 하강의 이중구조를 통해서 자아의 정화에 기여한다. 그리하여, 이렇게 정화된 자아는 2연의 "함지박 아낙네가 지나가고 / 어지러이 메까치 우짖는 버드나무 / 길"을 꿈꿀 수 있는 것이며, 바로 그 길이 "마른 논에 고인 물"로 통합되어 수렴된다.

이상에서 살핀 바와 같이, 박용래의 시는 수직 이미지와 수평 이미지가 '물'의 상징 공간 안에서 유기적으로 통합되고 있다. '물'을 기저로 한 박용래의 시적 공간은 변증적 인식 내에서 부재의 재현, 무한의 가능성, 자유의 갈망, 자아의 내적 근거를 만드는 등 다양하게 드러난다. 이같은 과정은 자연과 현실, 인간을 하나로 아우르는 동시에 침잠의 세계로 귀일하려는 거점을 마련한다. 나아가 이 '물'은 시인의 현실의 슬픔과 비극을 극복하고자 자연과의 동화를 갈망한 시인의 시의식을 이해하는 결정적인 단서가 되는 이미지라는 점에서도 중요하다.

4 '새'의 역동적 확산 구조

무생물의 수직적 상승과 하강, 수평적 흐름의 인식으로 공간 확장에 주력했던 박용래가 자유에 대한 희구를 드러내는 또 하나의 대상은 '새'이다. 현실과 단절된 자폐의 공간에서 끊임없이 되풀이되는 실존적 고독의 인식은 '새'에 의해서 존재의 확인, 공간의 확산, 그리고 시공의 무화 등 다양하게 전개된다.

박용래의 시에서 '새'의 이미지는 대상의 인식에 의해 그 움직임이 표현되는데, 첫째는 존재를 인식하여 자연의 질서를 따르는 경우, 둘째는 공간의 확산을 통해 자유로움을 드러내는 경우, 셋째는 시간과 공간이 결합되어 본래적 원형으로 회귀하는 의식을 드러내는 등 다양한 지향성을 보여준다. 이 경우 지향성이란 인간이 경험하지 못한 그 어떤 세계를 의미한다. 즉, 그는 도달할 수 없는 세계에 대한 갈망을 '새'를 통해 상징화한 것이다.

'새'는 박용래의 시에 등장하여 폐쇄 공간과 초월 공간을 자유롭게 넘나든다는 점에서 일상적 현실을 역동적으로 상승시키는 매체로 작용한다. 또한 그의 시는 의식을 무한정 확장시키기도 하고, 무의식의 공간으로의 이행을 통해 무(無)의 세계에 닿고자 하기도 한다. '새'는 폐쇄 공간에 갇힌 시인의 갈등과 비애를 넘어서 새로운 세계로 상승시키는 정신의 해방을 의미한다. 그리하여 그에게 '새'의 갇힘은 역설적이게도 지상의 속박에서 자아의 한계를 극복하기 위한 내부의 동력이 된다는 점이다.

　　새여, 마스로바의 새여
　　젖빛 안개 속

새벽 文章에서 풀리는 새여
너는 알電燈에 그을렸구나
발목에 무지개는 걸리지 않았고

마스로바의 새여
다시는 郵便函에 갇히지 말라.

―「郵便函」 전문

시적 자아는 폐쇄 공간에 갇히길 거부하는 의식을 우편함의 '새'를 통해 간접적으로 보여준다. 1연에서 새는 "젖빛 안개 속"에 갇혀있다. 그것은 시인의 마음의 분열을 드러내 주는 요소로서, "알電燈에 그을"리고 "발목에 무지개가 걸리지 않"은 부정적인 대상이다. 그러나 이러한 상황 아래에 놓여 있는 '새'는 시인의 "새벽 文章"에서만 풀려나오게 될 뿐이다. 이러한 의식 표출은 부정적이고 부자유한 세계에서 벗어나고자 하는 시의식에 기반을 두고 있다. 따라서 2연에서처럼 "다시는 郵便函에 갇히지 말라"고 강한 어조로 말할 수 있게 되는 것이다.

묘사와 점묘의 시학으로 일컬어지는 박용래가 이 시에서만큼은 철저하게 자아를 드러낸다는 데 주목할 필요가 있다. 그것은 '새'를 통해 생명체를 인식한 결과일 뿐만 아니라, 고독한 실존 공간에 갇혀있던 그가 '새'를 인식함으로써 새로운 모습으로 변화하는 계기가 된 것으로 보인다. 그만큼 '새'는 박용래 시에서 중요한 상징 매체로 그의 시 요소 요소에서 발견된다. 이 시의 '새'가 상징적 의미로서 시인의 의식 변화의 계기를 마련해 준다면, 시「액자없는 그림」에서는 공간에 대한 자유로움을 표상한다.

능금이

떨어지는
당신의
地平
아리는
氣流
타고
수수 이랑
까마귀떼
날며
울어라
물매미
돌 듯
두 개의
태양

― 「액자없는 그림」 전문

　박용래는 이 시에서 의도적으로 한 어절을 중심으로 행 구분을 하고
있다. 이것은 어절과 어절 사이의 관계를 해체함으로써 시적 긴장감을
유발해내는 동시에, 행간과 의미의 유기적인 연관성을 극대화시켜 보여
준다는 점에서 시적 장치가 된다. 이 시에서 '능금'이 드러내는 하강 이
미지와 까마귀가 드러내는 상승 이미지 등은 수직 구조를 형성하여 '물
매미 / 돌듯'이라는 순환성 원리에 입각한 생명적 공간을 점유하게 된다.
　「액자 없는 그림」이란 제목에서도 암시하듯이, 이 시는 시인이 얼마
나 자연적인 것과 자유스러움에 대한 열망이 강한가를 보여준다. 그러나
그것은 시적 공간을 통해 드러날 뿐이지 구체적인 의미로 드러나지는
않는다. 이 시는 1행에서 4행까지 일몰이 진행되던 하강 이미지가 5행에
와서 상승 이미지로 역전되어 '까마귀떼'를 날게 하는 역동적 공간을

만들어낸다. 여기에서 시인은 하늘과 땅이 맞닿는 '地平'에서 '물매미'의 순환성과 만나 "두개의 / 태양", 즉 '능금'과 '태양'을 비로소 바라보게 된다.

이와같이 시인은 상승과 하강의 이미지를 통해 '태양'의 순환 원리와 '능금'의 식물적 재생 원리를 인식하는 동시에, '날아라'고 하는 능동적 의식을 드러낼 정도로 공간에 대한 자유로움을 지향한다. 이러한 자유로움에 대한 열망이 시인으로 하여금 생명을 지닌 역동적 힘으로서의 '태양'을 인식하게 한 것이다. 그러한 점이 시 「風磬」에서는 축소 지향적 사물과 상승 지향형 이미지의 변주로써 구체화된다.

> 山寺의 골담초숲 동박새, 날더러 까까중 까까중 되라네.
> 갓난아기 배냇짓 배우라네. 허깨비 베짱이 베짱이처럼 철이
> 덜 들었다네. 白頭 오십에 철이란 무엇? 저 파초잎에 후둑
> 이는 빗방울,달개비에 맺히는 이슬, 개밥별 초저녁에 뜨는,
> 개밥별?
> 山寺의 골담초숲 동박새, 날더러 발돋움 발돋움하라네.
> 저, 저 백년 이끼 낀 塔身 너머 風磬되라네
>
> — 「風磬」 전문

인용시 「風磬」에 등장하는 '山寺'는 속세와 유리되어 있는 공간이다. 시적 자아의 공간은 '山寺'에서 '골담초숲'으로, 다시 '파초잎'에서 '이슬'로 축소되며, 작은 것들로의 이동을 보인다. 또한 여기에 등장하는 '동박새'는 존재의 자유를 아는 새로서, 시적 자아에게 '까까중'의 수행과 '갓난아기'의 순수함을 배우도록 함과 동시에 '철'이 들도록 한다. 또한 시적 자아에게 '철'이 들도록 하는 "후둑이는 빗방울, 달개비에 맺히는 이슬, 초저녁에 뜨는 개밥별" 등은 궁극적으로는 상승 지향적 사물

이다.

그러나 현상적으로 '후둑이는'은 하강의 형태를, '맺히는'은 상승과 하강의 중간을 점유하는 존재의 응결을, '뜨는'은 지상계에서 천상계로의 이행19)을 동적 심상으로 보여준다. 이와 같은 축소 지향의 시각 이미지와 상승 지향의 동적 이미지가 유기적으로 얽힌 공간에서 다시 '동박새'는 시적 자아에게 "저 백년 이끼 낀 塔身 너머 風磬"으로 변화하기를 요구한다. 이로써 존재 확인의 대상이었던 '동박새, 빗방울, 이슬, 개밥별' 등으로 인해 시적 자아는 세속적인 것에 얽매이지 않는 자유로운 의식을 획득하게 된다.

> 싸리울 밖 지는 해가 올올이 풀리고 있었다.
> 보리바심 끝마당
> 허드렛군이 모여
> 허드렛불을 지르고 있었다.
> 푸슷푸슷 튀는 연기 속에
> 지는 해가 二重으로 풀리고 있었다.
> 허드레
> 허드레로 우는 뻐꾸기 소리
> 징소리
> 도리깨 꼭지에 지는 해가 또 하나 올올이 풀리고 있었다
>
> ―「點描」 전문

「風磬」이 이미지 이동을 축으로 한다면, 위 시에서의 시적 자아는 '풀리고'를 사용하여 공간을 확산시키고 있다. 이 시는 밖과 안의 대립적인 상황을 '해'의 프리즘을 묘사한 '올올이'라는 부사를 이용하여 자연스럽

---

19) '위'에 있는 것 '높은' 곳에 있는 것은 모든 종교적 복합체 가운데 초월적인 것으로 제시된다. M. Eliade, 이동하 역, 『聖과 俗』(학민사, 1983), 98~99쪽 참조.

게 '풀리고' 있는 모습으로 형상화한다. 이 '해'는 "푸슷푸슷 튀른 연기"의 역동성과 맞물리면서 중심 이미지인 '뻐꾸기 소리'를 통해 인간 세계와 자연 세계를 동일화한다. '해'는 그에게 있어 개인적·사회적 어둠과 대응하는 새로움, 아름다움, 순수, 새로운 시작 등을 드러내는 동시에 인간 존재에 대한 근원을 깨닫도록 하는 내적 이미지이다.

이 시에 나타난 '해'의 이미지는 각각 세 가지 양상으로 드러난다는 점에 유의해야 한다. 즉, 그것은 1행의 "싸리문 밖 지는 해", 5행의 "푸슷푸슷 튀는 연기 속에 / 지는 해", 마지막 행의 "도리깨 꼭지에 지는 해"로 나눌 수 있다. 첫째는 인간의 영역인 '싸리울'을 배경으로 하는 해이며, 둘째는 '연기'를 내며 사라지는 해이고, 셋째는 확산과 소멸의 이중성을 지닌 '풀리고'에 의해 가시화된 "도리깨 꼭지"의 해로 귀결된다.

이 시는 '뻐꾸기'의 '소리'를 축으로 자연의 '해'와 인공의 '해'가 "올올이 풀리"며 새로운 차원으로 동화된다. 즉, 이 시 마지막 행의 "도리깨 꼭지에 지는 해"는 인간이 사용하는 도구의 특수성을 빌어 자연의 순환적 질서에 따르는 '해'를 연결시킨다. 시적 자아는 "지는 해"의 풀림을 통해 '도리깨'에 퍼지는 '해'의 모습을 '또 하나'로 인식한 것이다.

이상에서 알 수 있듯이, 이 시는 자연과 분리된 세계에 사는 인간의 삶을 '풀리고'를 통해 자연의 순환적 질서에 동화시키고자 하는 시적 자아의 의식을 드러내고 있다. 따라서 이 시가 의도하는 '해'는 청각을 시각화한 "허드레 / 허드레로 우는 뻐꾸기 소리"와 '징소리'의 확산 이미지를 통해 "도리깨 꼭지에 지는 해"를 연결시켜 자연과 인간의 분리된 공간을 해소하고자 하는 셈이다. 이와는 달리 시 「명매기」는 인위성 배제를 우위에 놓음으로써 걸림 없는 의식의 자유로움을 추구한다.

　　全州 多佳公園
　　날던 명매기
　　公州山城에서
　　우짖누나

　　오늘의 구름
　　그제 같은데
　　백년이 흐른 듯
　　천년이 흐른 듯
　　묵은 日曆 너머
　　菖蒲 피는데

　　소인 없는 사연
　　감꽃 지누나

— 「명매기」 전문

이 시에서 '명매기'라는 새는 상승 이미지로써 공간과 시간을 무화시키는 역할을 한다. 시적 자아는 폐쇄되고 고립된 공간의 지배를 받는데 반해, 공간을 자유로이 왕래할 수 있는 '새'는 시간을 뛰어 넘어 자연으로 귀의할 수 있는 존재로 표상된다.

1연의 "全州 多佳公園"을 "날던 명매기"가 "公州山城"에서 우짖는 모습은 이미 공간에 얽매이지 않은 자유로운 존재를 상징한다. 이러한 공간 이동의 과정에서 시적 자아는 "오늘의 구름"을 '그제'와 같다고 인식한다. "백년이 흐른 듯 / 천년이 흐른 듯"에서와 같이 시적 자아는 시간의 인식마저 부질없음을 깨닫게 되는 것이다. 그런데 여기에서 무엇보다도 주목해야 할 점은 시적 자아가 "묵은 日曆" 너머에서 "菖蒲" 피는 모습을 확인하면서 무시간적 자연과 맞닥뜨리는 계기가 된다는 점이다.

무시간적 자연이란 시간 인식의 유한 속에서 무한을 재현한다는 말로서, 신화적 상상력의 세계[20]라 이를 수 있다. 이러한 시간적 구조는 신화적 시간으로서 과거의 성스러웠던 시간의 끊임없는 반복을 의미한다. 이러한 시적 자아의 의식은 이 시의 마지막 연에 와서 더욱 구체화된다.

박용래는 이 시 1연에서 공간의 무화시키는 '새'의 이미지를 기저로, 2연과 3연에서의 '菖蒲'가 '핀다'와 '감꽃'이 '진다'의 대비를 통해 시간의식을 소거시킨 "소인 없는 사연"을 부각시키기에 이른다. 이러한 언표는 '새'의 확산 이미지를 빌어 유한한 삶 속에서의 무한한 삶, 그리고 인위성을 배제한 삶이야말로 그가 집요하게 추구하고 천착한 세계였음을 확인시켜 준다. 같은 맥락인 시 「接分」은 이보다 한 차원 더 나아간 궁극의 세계에 몰입하는 경지를 보여준다.

青참외
속살과 속살의
아삼한 接分
그 가슴
동저고릿 바람으로
붉은 山
오내리며
돌밭에
피던 아지랭이
상투잡이
머슴들
오오, 이제는
배나무
빈 가지에
걸리는 기러기.

— 「接分」 전문

---

20) 이승훈, 『문학과 시간』(이우출판사, 1983), 188～189쪽 참조.

박용래의 원형 세계에 대한 희구는 인용시에서도 두드러지게 드러난다. 이 시에서 그는 성적 이미저리를 통해 시의식을 드러내고 있다. 시인은 '靑참외'의 '接分'과 봄날 '붉은 山' 오르내리며 땅을 갈아엎는 "상투잡이 / 머슴들"과의 성적 이미지를 기저로 "배나무 / 빈 가지에 / 걸리는 기러기"라는 자연과 인간이 있는 그대로 소요하는 합일의 경지를 보여준다.

자연이라는 것은 어떤 대상을 가리키는 개념이기 전에 한 대상이 존재하는 형태를 강조해서 쓰는 말이다. 따라서 자연이라는 개념은 고정된 사물뿐만 아니라, 사건이나 동작에도 적용될 수 있다. 물을 자연이라 부를 수 있지만, 물의 흐름 혹은 생물의 생성 과정, 그리고 사람의 동작도 경우에 따라 자연이라 부를 수 있기 때문이다.[21]

이 시에서는 앞서 살핀 '명매기'라는 새의 이미지와는 달리 대지를 갈아엎어 '接分'하는 "상투잡이 / 머슴들"의 성적 이미저리와 대비시켜 "배나무 / 빈 가지에 / 걸리는 기러기"와 같은 초탈과 무위라는 노장적 삶의 태도를 구현한다. 무위는 자연과 인간과의 절대적 조화를 구하는 행위[22]이며, 궁극적으로는 죽음에 가까운 무의식적 삶을 이상으로 한다.

한 시인이 지향하는 무위는 구원도 해방도 해탈도 아닌 소요 속에서 경험할 수 있는 樂[23]이라는 전제가 있을 때 의의가 있다. 따라서 시적 자아는 '靑참외'의 "속살과 속살의 / 아삼한 接分"이라는 성적 이미지는 봄날 인간이 땅을 파고 씨뿌리는 '상투잡이 머슴들'의 역동적인 춘경의

---

21) 박이문, 『노장사상』(문학과 지성사, 1980), 34쪽.
22) 위의 책, 같은 쪽.
23) 위의 책, 104~105쪽.

례의 행위와 동일화시킨다. 이것은 우주의 창조과정으로서 남녀의 결합
에 의한 재생과 부활이라는 원형상징으로서, 인류의 시원적 공간[24]으로
회귀하려는 의식과 결부된다.

박용래 시에 드러나는 '새'는 근본적으로 공간을 확산하는 데 기여하
는 역동적 이미지이지만, 그 존재성은 다양하게 표출되고 있다. 그의 시
에서 '새'는 고독한 실존 공간에서 출발하여 자유에 대한 열망의 새, 빈
공간으로의 확산을 강조한 새, 분리된 공간을 해소하는 새, 시간과 공간
을 무화시키는 새, 무위를 지향하는 새 등 다양한 모습으로 살펴볼 수
있었다.

이상과 같이 드러난 새들의 상징처럼 박용래도 시련과 좌절의 역경에
부딪쳤을 때마다 자신의 정체성과 가능성에 도전하는 힘을 발휘했던 것
이다. 비상에 대한 열망은 생명의 가장 근원적인 본능 가운데 하나이면
서도 우주의 원리를 자아의 생명적 근거로 삼아야만 도달이 가능한 세계
이다. 이러한 상상력의 움직임이야말로 인간의 삶 속에서 발현되는 비상
의 몽상인 동시에 존재를 약동시키는 원동력이 된다는 사실을 그는 누구
보다도 여실히 깨닫고 있었던 것이다.

5 맺음말

이 글은 박용래 시에서 상상력의 근간으로 작용하는 '눈', '물', '새'의
상징 이미지를 통해 시인의 대상에 대한 의식을 밝히고, 이미지가 드러
내는 의식의 지향성을 현실과의 관련성 아래 살피는 데 관심을 두었다.

---

24) 김창완, 「신동엽 시 연구」(한남대 대학원 박사논문, 1993. 12), 133~134쪽 참조.

여기에서 시인은 그 사물들의 위치와 방향, 그리고 의식 상태에 따라 대상을 각기 다르게 인식하여 그들만의 고유한 정신 세계를 이루게 됨을 확인할 수 있었다. 이러한 인식의 과정에서 특히 이미지가 축조한 공간은 시의식을 파악하는 데 중요한 요인이 된다는 점이다. 이를 세 가지로 요약해 보면 다음과 같다.

첫째, 박용래의 시는 '눈'을 모티브로 시간과 공간에 의한 이원대립 구조가 시적 상상력의 골격을 이루고 있다. 눈의 속성인 강설과 적설에 의한 역동적인 상호작용을 통해 그의 시는 수직 구조와 수평 구조, 하강 구조와 상승 구조, 천상계와 지상계의 한계를 무화시킨다. 이러한 '눈'의 상상력은 그의 시에서 시공을 초월한 무한구조를 형성하고, 본원적 힘을 발현시켜 원형으로 회귀하고자 하는 시의식을 드러내는 데 집중된다.

둘째, '물'의 상상력을 기저로 한 박용래의 시적 공간은 변증적 인식 내에서 부재의 재현, 무한의 가능성, 자유의 갈망, 자아의 내적 근거를 만드는 등 유기적으로 통합되어 드러난다. 이러한 변증적 인식은 공간 자체의 확장임은 물론 자연과 현실, 인간을 하나로 아우르는 태도를 환기한다. 환언하면, 물의 상징성은 현실에 대한 슬픔과 좌절로 인한 비극적 인식을 자연과의 동화를 통해 극복하고자 한 시의식의 산물이다.

셋째, 박용래가 자유에 대한 희구로 드러낸 또 하나의 대상은 '새'였다. 현실과 단절된 자폐의 공간에서 끊임없이 되풀이되는 실존적 고독의 인식은 '새'를 매개로 하여 드러난다. 이때의 자아는 자연의 질서에 편입되는 경우와 공간의 확산을 통해 자유로움을 드러내는 경우, 나아가 시간과 공간을 무화시켜 원형의 세계를 드러내는 등 다양한 지향성을 표출한다. 즉, 그는 도달할 수 없는 세계에 대한 갈망을 '새'를 통해 표출했던 것이다.

이상에서 살핀 바와 같이, 단순성의 미학으로 대표되는 박용래는 비극적 현실에 대항하는 방법으로써, 공간 확보에 주력했음을 살필 수 있었다. 그의 시적 공간은 현실로부터 도피나 퇴행이 아닌 새로운 삶, 새로운 세계를 향한 힘의 분출이란 점에서 현실 세계의 표층과 심층을 동시에 아우르는 폭과 깊이를 가지고 있다. 달리 말하면 그가 선택한 시적 공간은 개인적 정서의 표출에 그 기저를 두고 있지만, 이를 포괄적으로 결집해 보면 사회 역사적인 상황을 반영하는 구원의 통로였던 셈이다.

제 3 장

진보적 예술론자의 현실 의식 — 오장환론

1 머리말

1933년 『조선문학』에 「목욕간」이란 시를 발표하면서 시단 활동을 시작한 오장환(1918~?)은 제1시집 『성벽』(풍림사, 1937)을 비롯하여 『헌사』(남만서방, 1939), 『병든 서울』(정음사, 1946), 『나 사는 곳』(헌문사, 1947)을 상재하는 등 활발한 작품 활동을 전개한다.[1] 나아가 러시아 시인 에쎄닌의 작품을 번역하여 『에쎄닌 시집』을 간행하기도 했다. 이 외에도 그는 평론과 수필도 활발하게 발표하면서 당대에 주목받던 시인 중의 한 사람이었다.

오장환은 일제 강점 말기의 압제하에서도 절필하지 않으면서, 친일적인 작품 활동을 하지 않은 몇 안 되는 시인의 한 사람이다.[2] 특히 신장병을 앓던 시기에 병상에서 해방을 맞은 그는 좌익 문학 운동에 적극적으로 참여하여 「조선문학가동맹」의 일원으로 활동하다가, 1948년 2월경 월북한 것으로 추정된다. 그가 남한에서 출생했지만, 일관해서 사회 의

---

1) 오장환이 남긴 기록에 의해 창작 시기를 살펴보면, 『성벽』은 1936~1937년 2월까지 쓴 작품들이고, 『헌사』는 그 이후부터 1939년 8월까지 쓴 작품들이며, 『나 사는 곳』은 1937, 7~1945, 8월 사이에 쓴 작품이 대부분이며, 1946년에 낸 『병든 서울』은 해방 이후부터 쓴 것들을 묶어서 펴낸 시집임을 알 수 있다.

2) 윤여탁, 「잃어버린 고향과 고향찾기의 시적 형상화」, 『병든서울』(미래사, 1991), 141쪽.

식과 진보적인 사상을 가지고 월북했다는 점에서, 우리 문학사에서는 그간 그의 시를 편협하고 굴절된 시각으로 폄하한 사실을 부인하기 어려운 실정이다.

해금 이전의 오장환에 대한 연구는 당대의 평문이나 문학사에서 간단히 언급된 정도였다. 그러나 88년에 단행된 해금 이후 본격적인 연구가 이루어지고 있어 다행한 일이 아닐 수 없다. 일반적으로 그에 대한 시각은 순수한 서정주의 문학으로서의 '생명파'나 '모더니스트'로 보는 관점과 진보적 시운동, 혹은 계급의식의 관점으로 이해하는 경향으로 구분된다.

이와 같은 편향된 시각을 지양하면서, 본고는 해방 전후 혼란한 현실 상황에서 그가 시적 출발로 삼은 정신적 기조와 그 현실에 대응하는 한 진보적 예술론자로서의 방황과 고뇌를 추적해 보고자 한다. 왜냐하면 그것은 어려운 시대의 민족현실에 대응하는 한 시인의 적나라한 인식을 통해 울려나오는 목소리를 사상적으로 경도시킨 오류에서 벗어나게 하는 하나의 척도로 삼을 수도 있기 때문이다.

2 보수 전통 지양 – 부정 정신의 저돌성

1936년 경부터 본격적인 시작활동에 임한 오장환이 제일 먼저 관심을 기울인 명제는 전통적 현실의 부정이었다. 그는 자신의 문학이 과거의 삶을 부정하는 데서 출발한다고 선언하면서, 자신을 지탱시켜 주었던 과거적 유산, 즉 전통 권위의 질서 체계를 버려야 할 유물들로 보고 있다.

한국인이라면 누구나 소중하게 지켜야 할 존재의 근원인 조상 숭배나 가문, 혹은 가통의 전승을 거부하기에 이른다. 소위 그가 말하는 신문학

이란, "과거의 잘못된 근성을 버리고 널리 정당한 인생을 위한 문학"3)이
라고 자신의 산문에서 천명한다. 나아가 그는 '문단의 파괴'라는 자극적
인 용어를 거침없이 사용하는 저돌성까지 보여주기도 한다.

오장환이 제시하고 있는 문제는 인간의 의무를 수행해야 하는 것이
신문학이며, 전통과 습속에 눌린 모진 괴로움과 싸워나왔다는 점을 강조
하고 있다. 그의 주된 관심이 작가의 인간성과 생활 자체에 놓여 있었기
때문에 그는 시대에 대한 사명감을 인간의 의무로 받아들이게 된다. 이
것은 바로 인간의 삶을 구속하는 과거의 파행적인 삶을 부정하는 데서
출발할 수밖에 없었던 그가 현실을 적극적으로 수용하겠다는 자세이며,
정당한 인생을 위한 문학이라는 그의 시적 의식의 단초를 분명하게 제시
하는 셈이다.4)

예술의 제재는 자연과 사회의 모든 현상, 즉 현실에서 발견되어야 하
고 문학은 우리가 생활하는 속에서 나오기 때문에 시인이나 작가가 되기
이전에 먼저 과거의 그릇된 인식의 과오에서 벗어난 참된 인간이 되어야
한다는 당위성을 역설한 것이다. 이러한 면은 그의 첫 시집 『城壁』에서
확연히 드러난다.

> 내 성은 오씨. 어째서 오가인지 나는 모른다. 가급적으로 알리어주는
> 것은 해주로 이사온 ―淸人이 조상이라는 가계보의 검은 먹글씨. 옛날
> 은 대국숭배를 유심히는 하고 싶어서, 우리 할아버니는 진실 이가였는

---

3) 오장환, 「文壇의 破壞와 참다운 新文學」, 『오장환전집 2』(창작과 비평사, 1989), 9~13쪽.
4) 오장환은 "人間의 의무! 즉 자아만을 버린 인간 전체의 복리를 위하여 문학도 존재하는 것이 옳은
  일이라고 생각한다. 그러기에 내가 말하는 新文學이란 과거의 잘못된 근성(지말적인)을 버리고 널리
  정당한 인생을 위한 문학이 신문학인 줄로 생각된다. <중 략> 나는 이제부터라도 기꺼이 인간의
  의무를 이행하기에 노력하겠다. 내가 이제부터 쓰려는 文學은 나의 의무를 위한 문학이다. 나에게
  있어서는 이것이 진정한 新文學이라고 생각되고 또 이 길을 밟으려 한다"고 자신의 문학관을 누구보
  다도 명백히 밝히고 있다. 오장환, 위의 글, 같은 쪽 참조.

지 상놈이었는지 알 수도 없다. 똑똑한 사람들은 항상 가계보를 창작하
였고 매매하였다. 나는 역사를, 내 성을 믿지 않아도 좋다. 해변가으로
밀려온 소라 속처럼 나도 껍데기가 무척은 무거웁고나. 수퉁하고나. 이
기적인, 너무나 이기적인 애욕을 잊을랴면은 나는 성씨보가 필요치 않
다. 성씨보와 같은 관습이 필요치 않다.

― 「姓氏譜」 전문

이 시의 부제에서 시인은 <오래인 관습―그것은 전통을 말함이다>라
고 말하면서, 이 시의 끝행에서도 "성씨보와 같은 관습이 필요치 않다"고
말했는데, 이것은 한마디로 전통에 대한 부정을 선언한 것이라고 말할
수 있다.[5] 나아가 시인은 "역사를, 내 성을 믿지 않아도 좋다"고 말한다.
이렇게 말할 수 있는 것은 그가 서자(庶子)였다는 사실과도 무관하지는
않아 보인다. 때문에 시인은 우리 민족이 가장 귀중하게 여겨온 전통적
관습의 핵심인 성(姓)까지 부정하며 보수전통을 비하하기에 이른다.

오장환은 자신의 존재 근거나 정체성만이 아니라, 한국인의 공동체적
삶으로서의 역사 그 자체까지도 부정하는 것이다. 여기서 우리는 그의
시적 관심의 폭이 자연스럽게 시대상황과 무관하지 않은 인생 제반의
문제로 확산될 조짐을 감지할 수 있다. 그리하여 그의 시는 시대에 걸맞
지 않는 정체된 현실을 철저하게 파헤치려는 자세를 보여준다.

世世傳代萬年盛하리라는 성벽은 편협한 야심처럼 검고 빽빽하거니
그러나 보수는 진보를 허락치 않어 뜨거운 물 끼없고 고춧가루 뿌리던
성벽은 오래인 휴식에 인제는 이끼와 등넝쿨이 서로 엉키어 면도 않은
터거리처럼 지저분하도다.

― 「성벽」 전문

---

5) 오세영, 「탕자의 고향발견―오장환론」, 『문학사상』(1989. 1), 324쪽.

위 시에서도 볼 수 있듯이 시의 화자는 성벽이라는 대상물을 통해 "편협된 야심처럼 검고 빽빽"한 진보를 허락치 않는 요지부동의 현실에 개탄을 하게 된다. 이 진보와 보수라는 관념어는 시인의 역사의식을 반영한 특별한 개념이라기 보다는 과거적인 것과 새로운 것, 전통적인 것과 서구적인 것, 봉건적인 것과 근대적인 것을 은유적으로 표현한 것이라 보인다. 이는 보수와 진보의 양측면의 극단적인 단절의 비유6)로서 기득권을 포기하지 않으려는 보수측과 변화를 갈구하며 이에 대항하는 측의 갈등 공간에 성벽이 위치하고 있는 모습으로 드러난다.

보수측은 '편협한 야심'의 '성벽'이기에 진보에 맞서 '뜨거운 물'과 '고춧가루'를 뿌리며 공격을 시도한다. 그러나 "면도 않은 터거리처럼 지저분하"게 남아있는 '성벽'은 이미 진보라는 숨겨진 공격 대상에 어느 정도 패배하여 '오래인 휴식'에 들어선 모습이다. 즉, 이 시의 성벽은 보수만을 지칭하는 것이 아니라, 이미 진보에 대한 공격에 실패하여 "등넝쿨이 서로 엉키어"진 채 진보를 인정하는 갈등 상황을 드러내 주고 있는 것이다.

이와 같은 경우는 시 「花園」에서도 그대로 적용할 수 있다. 이 시에서의 상대개념들의 나열은 꽃밭 속에서 다양하게 비유적으로 처리된다. 다시 말해서 진보의 공간을 꽃밭으로 설정하고, 생존의 위협을 주는 전통적 보수계층에 대한 적대감을 '버러지'로 비유하여 비판하고 있는 것이다.

> 꽃밭은 번창하였다. 날로 날로 거미집들은 술막처럼 번지었다. 꽃밭을 허황하게 만드는 문명. 거미줄은 새어나가는 향그러운 바람결. 바람결은 머리카락처럼 간지러워…… 부끄럼을 갓 배운 새악시는 젖통이가 능금처럼 익는다. 줄기채 긁어먹는 뭉툭한 버러지. 유행치마 가음처럼

---

6) 김명원, 「오장환 시 연구」(한남대 대학원 석사논문, 1988), 41쪽.

어른거리는 나비 나래. 가벼이 꽃포기 속에 묻히는 참벌이. 참벌이들.
닝닝거리는 울음. 꽃밭에서는 끊일 사이 없는 교통사고가 생기어 났다.
— 「花園」 전문

봄날이라는 계절을 배경으로 펼쳐지는 이 시는 진보와 보수로 대조된
이미지의 연결을 통해 보수계층의 적대감을 상징적으로 드러내고 있다.
"술막처럼 번지는 거미집"과 "거미줄은 새어나가는 향그런 바람결", "부
끄럼을 갓 배운 시악시"와 "줄기채 긁어먹는 뭉툭한 버러지", "꽃포기
속에 묻히는 참벌이"와 이들의 "닝닝거리는 울음" 등이 그것이다. 이러
한 서로 긴장된 이미지의 선택 연결은 결국 "끊일 사이 없는 교통사고"
라는 축약된 이미지로 귀결된다.

이와 같이 서로 대조되는 이미지군은 전통적 현실에 안주하려는 계층
과 진보세력과의 갈등의 표출로서 보수세력에 대한 적대감을 조성하여
비판하고 있는 것으로 보인다. 즉, '거미집, 버러지, 참벌이'로 비유된
기존의 현실과 '바람, 시악시, 꽃포기' 등으로 드러낸 진보의 당위성을
자연의 섭리를 통해 묘사하고 있는 것이다. 이 관념은 카프적 관점에서
보면 인생의 한 단면이지만, 진보적 관점에서 보면 훼손된 세계, "끊일
사이 없는 교통사고"가 일어나는 닫힌 절망의 현실에 대한 부정정신의
표출이다.

이와 같은 오장환의 부정 정신은 보수전통을 향해 치열한 대립의 자세
로 분출되고 있다. 그러한 관점에서 보면, 시인은 시 「古典」에서 드러낸
바와 같이 '고전'은 한낱 "전당포에 고물상이 지저분하게 늘어슨" 쓰레
기에 지나지 않는 것이 되며, 「毒草」에서처럼 과거 전통유물로 상징된
'썩어 문드러진 나무뿌리'는 '독버섯'을 키우는 온상에 지나지 않는다고
개탄하기에 이르게 되는 것이다.

이렇듯이 그는 전통과 유산, 삶의 역사적 토대를 포기하는데, 이는 일체의 전통적 현실의 권위로부터 자유로워진 존재를 갈망하는 의식의 표현으로 볼 수 있다. 시인은 당대의 현실에 대해 그 책임을 우리에게 묻고 있는 것이다. 말하자면 조국이 일제의 식민지 지배하에 있었던 것이라든지 일찌기 근대화를 이루지 못하고 세계사의 뒤안길에서 낙후된 것 등은 우리의 잘못된 역사, 도덕규범, 전통 등이 있기 때문이라고 보았던 것이다. 그렇기 때문에 이를 버리지 않으면 안된다는 일종의 강박관념이 있었던 것이다.

그러나 분명한 것은 역사 의식의 왜곡이며 일제에 의해 조작된 식민지 사관의 한 표현이라는 사실이다. 정당한 현실 인식, 나아가 역사의 발전적 수용이 전통과 과거 역사에 대한 주체적인 해석 없이는 불가능하다는 것은 굳이 설명할 필요가 없다. 따라서 그의 전통적 가치에 대한 부정이 정당한 인생을 위한 것이었다는 그의 주장은 이미 논리의 한계가 없는 바 아니지만, 프롤레타리아 문학운동의 근간으로 작용한다는 점은 부인하기 어렵다.

3 인생예술론자로서의 진보성 — 무당파적 사유

오장환의 좌익활동과 프롤레타리아 시의 창작은 일제치하에서는 전혀 찾아볼 수 없으며, 해방 이후부터 월북하기까지의 2~3년 사이에 이루어져 있다. 그리고 이 계열의 모든 작품들은 시집 『병든 서울』에 수록되어 있다. 이 기간에 씌어진 다른 순수한 작품들도 시집 『나 사는 곳』에 묶여있는 것을 보면, 시집 『병든 서울』의 간행 의도를 쉽게 짐작할 수 있다.

이와는 대조적인 측면에서 그는 일제 때에나 해방 직후에는 도식적이
거나 관념적 사회주의 시인이 아니라, 나름대로 자신과 사회 현실에 대
해 한 인간으로 충실하려 했던 성향7)의 시인인을 알게 해준다. 그러나
그가 쉽게 프롤레타리아 문학운동에 가담할 수 있었을 소지는 이미 해방
이전의 그의 행적에서 찾아볼 수 있다. 가령 다음과 같은 시는 오장환의
정신의 일면을 잘 보여준다.

> 그 뒤에 나는
> 동경에서 신문배달을 하였다.
> 그리하야 붉은 동무와
> 나날이 싸우면서도
> 그 친구 말리는 붉은 시를 썼다.
> 그러나
> 이 때도 늦은 때였다.

― 「나의 길」 부분

이 시는 1946년 3월 「민성」지에 발표했던 자전적 내용을 담은 작품이
다. 그 가운데서 그가 1936~39년 사이 동경에 체류했던 시절을 회상한
부분만을 인용해본 것이다. 그가 습작으로 썼으리라 짐작되는 「붉은 시」
는 전혀 문단에 발표된 바 없기에 그 내용이 어떠했는가는 알 길이 없으
나, 적어도 위의 인용시는 그가 일제시대에 이미 프롤레타리아 문학에
대한 관심을 가지고 있었으리라는 추측을 가능하게 해준다.

그러나 프롤레타리아 문학에 대한 이 시기 그의 태도를 보다 공개적으
로 드러내 보여준 것은 그가 쓴 몇 개의 단편적 문학론 가운데서 「文壇의

---

7) 구중서, 「오장환론」, 『시문학』(1989. 6), 66쪽.

破壞와 참다운 新文學」이라는 단 한 편의 글에 의해서이다. 여기서 오장환은 "시라든가 노래 혹은 춤, 이러한 것은 우리 인생에서 떼일 수 없는 생활에의 한 태도이나 또한 그 이상의 아무것도 아닌 것"[8]이라 주장한다. 따라서 "인간의 의무! 즉 자아만을 버린 인간 전체의 복리를 위하여 문학도 존재하는 것이 옳은 일"[9]이라 말하게 되는 것이다.

이와 같은 주장에서 더 나아가 그는 "작가들 중에는 흔히 순수한 예술적인 작품을 찾고 무당파적(無黨派的)인 것을 주창한다. 하나 이것은 작업의 기술화로 인하여 생겨나온 오류 이외에 아무것도 아니요 따라서는 그들의 좁은 의견과 굴종은 현실에 모순과 합류하기에 가장 쉬운 것이 되어버린다"[10]는 언급을 하고 있다. 또한 그는 앞으로 건설해야 될 신문학이 "널리 정당한 인생을 위한 문학"[11]이라는 점과 이에 가장 접근한 것이 "『백조시대』의 신경향파에서 카프에 이르는 문학"임을 지적하고 있다.

그의 문학론은 자체가 원래 소박한 것이었지만, 이 글은 원래 소위 '예술을 위한 예술'로서의 문학이 아니라 '인생을 위한 예술'로서의 문학을 주장한다는 것이다. 이러한 관점에서 프롤레타리아 문학이 이 후자의 태도에 가깝다는 것 정도였지 그 자신이 프롤레타리아 시인임을 자처한다든가 프롤레타리아 문학운동을 촉구하는 내용은 아니었다.

이와같이 해방 이전 그의 문학관에서 프롤레타리아 문학운동에 묵시적 동조를 보냈던 오장환은 해방이 되자 좌익의 입장을 지지하는 시를 다수 발표함으로서 프롤레타리아 시인으로서의 자신의 위치를 분명히

---

8) 오장환, 앞의 글, 9쪽.
9) 위의 글, 12쪽.
10) 위의 글, 13쪽.
11) 위의 글, 11쪽.

한다. 8·15 이후 오장환은 "어떻게 하면 이 현실에 똑바를 수 있을까를 찾기 위하여 다만 시밖에는 쓸 줄 모르는 내가 울부짖고 느끼며 크게 맹세하려던 그날그날"[12]이 민족 앞에 다가와 있었으며, 이러한 좌익적 인식을 기반으로 현실을 바라보기 시작했다. 그리고 그 계열에서 같은 인식을 갖고 생활하려던 사람들을 '우리'라고 부르며 자기를 포함한 공동적 집단을 지칭하는 심리적 시어를 구사하게 된다.

'나'에서 '우리'로 바뀌어가는 프로적 공동체 구성의 애착이 잘 나타나 있는 시가 바로 「病든 서울」이다. 오장환은 1946년 7월 이 시를 표제로 하여 『병든 서울』이란 시집을 낸다. 8·15부터 일기처럼 날짜를 박아가며 쓴 이 시집에 그는 대단한 의미를 부여하면서 예전의 시들이 큰 욕심과 자기를 떠난 보람을 구한 것이라면, 이것은 어떻게 하면 자신에 충실하고 이 현실에 똑바를 수 있을까를 찾기 위한 것이라고 했다.

> 8월 15일 밤에 나는 병원에서 울었다. / 너희들은 다 같은 기쁨에 / 내가 운 줄 알지만, 그것은 새빨간 거짓말이다. / 일본 천황의 방송도, / 내게는 곧이가 들리지 않았다. / 나는 그저 병든 탕아로 / 홀어머니 앞에서 죽는 것이 부끄럽고 원통하였다. / <중 략> / 그렇다. 병든 서울아, / 지난날에 네가, 이 잡놈 저 잡놈 / 모도 다 술취한 놈들과 밤늦도록 어깨동무를 하다시피 / 아 다정한 서울아 / 나도 밑천을 털고 보면 그런 놈 중의 하나이다. / 나라 없는 원통함에 / 에이, 나라 없는 우리들 청춘의 반항은 이러한 것이었다. / 반항이여! 반항이여! 이 얼마나 눈물나게 신명나는 일이냐 / <중 략> / 병든 서울, 아름다운, 그리고 미칠 것 같은 나의 서울아 / 네 품에 아모리 춤추는 바보와 술취한 망종이 다시 끓어도 / 나는 또 보았다. / 우리들 인민의 울음으로 씩씩한 새 나라를 세우려 힘쓰는 이들을…… / 그리고 나는 웨친다. / 우리 모두 인민의 이름으로 / 우리네 인민의 공통된 행복을 위하야 / 우리들은 얼마나 이것을 바라는

---

12) 오장환, 『병든 서울』(정음사, 1946), 62쪽.

것이냐. / 아, 인민의 힘으로 되는 새 나라

— 「병든 서울」 부분

위의 인용시는 72행에 달하는 긴 시로써 우리에게 긴장감 있게 읽힌다. 그 이유는 인용한 부분에서처럼 솔직한 자기 비판의 자세를 견지하고 있기에 가능한 것이다. "나도 밑천을 털고 보면 그런 놈 중의 하나이다"라는 말에서 자기 비판의 진정성을 확인된다. 그리하여 해방의 날인 "8월 15일밤에 나는 병원에서 울" 수밖에 없는데, 이는 그가 실제로 병원에서 앓았다는 개인사적 사실과도 무관하지 않다.

그러나 그보다 더 근본적인 이유를 그는 "그저 병든 탕아로 / 홀어머니 앞에서 죽는 것이 부끄럽고 원통"해서라고 진술한다. 여기에서는 '병든 서울'을 객체로서 비판하는 것이 아니라 내면화시켜 "나라 없는 원통함"과 그로 인한 "우리들 청춘의 반항"이 고작 술취할 수밖에 없었던 현실을 직시하게 된다.

일제말 미래에 대한 전망을 마련하지 못하고 민족해방운동에 적극적으로 뛰어들지 못한 시인에게 남겨진 것은 "나라없는 원통함"을 술로 푸는 정도였을 것이다. 그렇기에 그러한 비애에 젖은 자신을 뒤돌아보며 비판하던 시인은 "아모리 춤추는 바보와 술취한 망종이 다시 끓어"도 "우리들 인민의 이름으로 씩씩한 새 나라를 세우려 힘쓰는 이들"를 보며 미래에 대한 전망을 갖게 되는 것이다.

오장환이 꿈꾼 유토피아는 바로 "인민의 힘으로 되는 새나라"였다. 이러한 역사적 시기에 소시민 의식을 청산하려는 이 「병든 서울」이 당대에 주목받는 작품이 되었던 이유는 "인민의 이름으로 우리의 인민의 공통된 행복을 위하야"라고 새 나라에 대한 당위를 주장하기도 하지만,

그보다 앞서 진보적 사고를 바탕으로 자기 갱신의 절실한 몸짓을 드러냈기 때문일 것이다.

이 외에도 1945년 11월 『인민일보』에 발표된 「깽」은 프롤레타리아 의식을 기저로 한 그의 대표적인 작품이다.

> 깽이 있다.
> 깽은 고도한 자본주의 국가의 첨단을 가는 직업이다
> 성미 급한 이 땅의 젊은이는 그리하야 이런 것을 받어들였다
> 알콜에 물 탄 양주와
> 딴쓰로 정신이 없는
> 장안의 구석구석에
> <중 략>
> 그리하야 점잖은 의상을 갖추운 자본가들은
> 새로이 이것을 기업한다
> 그리하야 그들은 번창해질 장사를 위하야
> '한국'이니 '건설'이니 '청년'이니
> '민주'니 하는 간판을 더욱 크게 내건다
>
> ― 「깽」 부분

위의 시는 좌익의 입장에서 자본주의 사회와 남한의 사회상을 비판하고 있음이 단적으로 드러난다. 그러나 보다 적극적으로 좌익의 정책을 시로 표현한 것들로서는 「내 나라 오사랑하는 내 나라」, 「共靑으로 가는 길」, 「찬가」 등을 들 수가 있다. 오세영의 주장처럼 "그의 좌경시들이 모두가 좌익의 노선을 지지하고 있긴 하지만 계급의식의 고취나 프롤레타리아 혁명론과 같은 마르크스주의 기본 입장에서 현실을 바라보기보다는 단순히 남한사회의 비리를 혐오 비난하는 방식을 취하고 있다는 점"13)에 그 특수성이 있다.

앞에서 예를 든 몇 편을 제외할 때 그의 대부분의 시는 해방후 남한에서 일제의 잔재를 청산하는 과정에 노정된 부정과 비리를 성토하거나 새로운 사회로서 공산주의 사회의 건설을 감상적으로 미화하는 것이 내용으로 되어 있다. 당시 일제 부역자 숙청문제라든가 미군정하 남한사회의 혼란에 실망한 상당수의 진보적인 지식인들이 상대적으로 북측의 정책에 일말의 공감을 가졌던 것도 사실이다. 그렇다고 하여 이들을 공산주의자라고 할 수 없는 것처럼 오장환의 좌경시에 포함된 남한사회에 대한 비판 역시 이와 유사한 태도에서 기인한 것으로 보인다.

이와 같은 이유는 오장환은 그 자신의 문학론에서나 정치적 태도에 있어서나 마르크스주의 이념을 선명하게 선언하지 않았음에서도 드러나지만, 그의 다른 글에서 보여지는 소박한 기능주의 문학관에서도 살펴볼 수 있다. 또한 그는 이른 바 '인생을 위한 예술'로서의 문학관이 해방 이후 그가 좌경시를 쓰는 과정에서도 별로 발전하거나 변모되지 않고 상식적인 차원에서 머물고 있다는 데서 알 수 있다.

1947년에 발표된 비평문 「朝鮮詩에 있어서의 象徵」에서 오장환은 예술지상주의가 일제 탄압 아래서 "다만 한정된 자기세계와 위치를 감수하여 이것을 합리화하려는 비진취적인"[14] 예술이라고 비판한다. 그리고 우리의 문학은 "순전히 이땅에 삶으로 인하야 벅차는 가슴을 호소하기 위해 자기의 위치를 탐색하기 위해 또 불의의 일에 반항하고 투쟁하기 위해"[15] 존재해야 한다고 주장한다. 그러나 이를 프롤레타리아 문학론에 관련시키지 않고 자기 나름으로 현실적 대안을 찾는 시적 편력을 보

---

13) 오세영, 앞의 글, 321쪽.
14) 오장환, 「朝鮮詩에 있어서의 象徵」, 앞의 글, 74쪽.
15) 위의 글, 73쪽.

여주고 있어 그의 시의식은 마르크스주의에 크게 경도되지 않았음을 짐작할 수 있다.

이상에서 살펴본 바와 같이 오장환의 시적 편력을 추진시키는 힘은 무엇보다도 비판의 정신을 기저로 한 진보주의적 세계관이라 볼 수 있다. 진보란 인간 생활이 전반적으로 나은 상태로 이행해 가는 것을 의미한다고 할 때, 진보주의란 그러한 진보에 대한 열망이나 신념을 위주로 하는 사유 경향이라고 말할 수 있을 것이다. 이렇게 보면 '인생을 위한 문학'이라는 그의 문학관이나 현실에 대한 비판적 인식 자체도 진보주의적 세계관에서 도출된 것으로 볼 수 있다.

오장환이 허위와 거짓만이 착종된 시기에 시적 편력을 수행한 것은 더욱 나은 미래에 대한 기대 때문이었을 것이다. 그리고 더 나은 미래가 올 것을 믿기에 그는 '인생을 위한 문학'을 역설할 수 있었던 것이다. 해방 이후 그가 좌익문예운동에 가담했던 것은, 선동적 마르크스주의자로서의 행동이라기보다는 미군정하에 있던 남한사회의 혼란과 비리에 대응하고자 했던 소박한 한 진보적 인생예술론자의 현실 인식 태도였던 것이다. 이는 물론 그의 좌익문학운동의 실상을 부인하려는 것이 아니라, 그의 좌경이 세계관과 작품 속에서 구체화되지 않았다는 점을 밝히려는 의미이다.

4 맺음말

이상에서 논의에서 확인한 바와 같이, 오장환의 시는 당대 현실에 대한 시적 고뇌를 새로운 세계 질서의 재편에서 찾고자 하였다. 이러한

시적 포즈에는 어느 이념에도 경도되지 않은 자기 변혁의 의지와 함께
한 인생예술론자의 치열한 유토피아적 열망이 담겨 있다. 따라서 36년경
부터 본격적인 시작 활동에 임한 그가 제일 먼저 관심을 기울인 명제는
전통적 현실의 부정이었다. 그는 자신의 문학이 과거의 삶을 부정하는
데서 시작될 것임을 선언하면서, 특히 전통 권위의 질서 체계를 거부하
는 의식을 드러낸다.

　오장환의 주된 관심이 인간과 생활 자체에 놓여 있었기 때문에 그는
당대적 현실에 대한 사명감을 인간의 의무로 받아들인다. 여기에서의
의무란 한 시인이 지고 있는 시대적 고뇌를 의미한다고 할 때, 그는 바로
인간의 삶을 구속하는 과거의 파행적인 삶에서 그 원인을 찾아낸다. 이
것은 그가 현실을 적극적으로 수용하겠다는 자세이며, 정당한 인생을
위한 문학이라는 그의 시정신의 단초를 분명하게 제시하는 근거로써 작
용한다.

　이와 같은 정신적 기조를 근거로 오장환은 해방 이후부터 월북하기까
지의 2~3년 사이에 좌익활동과 프롤레타리아 시의 창작에 전념한다.
해방 이전 그의 문학관에서 프롤레타리아 문학운동에 암묵적인 동조를
보냈던 그는 해방이 되자 좌익의 이념적 노선을 지지하는 시를 다수 발
표한다. 그러나 그는 도식적이거나 관념적 사회주의 시인이 아니라, 나
름대로 자신과 사회 현실에 대해 한 인간으로 충실하려 했던 태도가 그
의 시세계 형성에 더욱 결정적인 역할을 한다.

　8·15 이후 오장환의 시가 좌익의 노선을 지지하고 있긴 하지만 계급
의식의 고취나 프롤레타리아 혁명론과 같은 마르크스주의 기본 입장에
서 현실을 바라보기보다는 단순히 남한사회의 비리를 혐오하거나 비난
하는 방식을 취하고 있다. 따라서 '인생을 위한 문학'이라는 그의 문학관

이나 현실에 대한 비판적 인식 자체도 무당파적 세계관에서 도출된 것으로 볼 수 있다. 이처럼 해방 이후 그가 좌익문예운동에 가담했던 것은 확신에 찬 마르크스주의자로서의 행동이라기보다는 남한사회의 혼란과 비리에 대응하고자 했던 한 진보주의적 인생예술론자의 현실 인식 태도였던 것이다.

제4장

생명 탐색과 자아 확립 — 박봉우론

1 머리말

박봉우는 1934년 전남 광주에서 태어나 1956년 조선일보 신춘문예에 시 「休戰線」이 당선된 이후 "반공이데올로기의 강제와 관변문학의 영향으로부터 자유롭지 못했던 1950년대의 상황"[1]에서 치열하고 끈질기게 민족해방으로서의 통일을 절규하던 시인이었다. 그가 17살 때인 1950년 감수성이 예민한 나이에 이 땅의 분단이데올로기가 가져온 처참한 전쟁의 와중에서 어두운 중학시절을 보냈으므로 전쟁은 그의 시세계에 절대적인 영향을 미쳤던 것으로 보인다.

그는 첫 시집인 『休戰線』(1957)을 간행한 이후 『겨울에도 피는 꽃나무』(1959), 『4월의 火曜日』(1962), 『荒地의 풀잎』(1976), 『딸의 손을 잡고』(1987) 등 전 5권의 시집에 이르기까지 '분단'이라는 민족현실을 직시하고 시대와의 불화 속에서 평생을 꿈꾸고 좌절하면서도 희망을 잃지 않았던 유일한 시인[2]이었다.

박봉우가 등단작 「休戰線」을 쓸 당시로 보이는 1955년은 동서 양극체

---

1) 심선옥, 「1950년대 분단의 시학」, 조건상 편저, 『한국전후문학연구』(성균관대학교 출판부, 1993), 152쪽.
2) 정한용, 「휴전선에 피어난 진달래꽃」, 『시와시학』(1993. 겨울), 105쪽.

제의 첨예한 이데올로기가 거의 극점에 이른 시기였다. 6 · 25전란이라
는 동족상잔의 비극을 체험했던 한반도에서는 휴전이란 전쟁 종식 상태
에도 불구하고 이승만 정권은 양극체제의 틈바구니에 끼어 힘의 논리에
편승한 통일정책을 추진하고 있었다. 이른바 이러한 반공정책은 민족공
동체로서의 평화와 복리를 염원하는 제 3의 논리, 탈이데올로기의 논리
를 부정하는 것이었다.3)

　　당시의 시단도 이렇다 할 만한 반성이 기미를 보이지 않은 채 이에
경도되어 있었다. 전후 냉전체제 속에서 양산된 수많은 작품들은 이를
그대로 보증해 주고 있을 뿐이었다. 그러나 1956년 쓰여진 「나비와 철조
망」 같은 작품은 당시 시단의 풍경으로 보아서는 극히 예외적인 시적
작업의 소산이었기에 분단문학사의 복원의 각도에서 뿐만 아니라, 한
선구적 사례로서 반드시 그 의의를 짚고 넘어가야 한다4)는 지적은 설득
력을 지니기에 충분하다.

　　그러나 이와 같은 박봉우의 시적 성취와는 무관하게 아직까지 그의
시가 현대 시사에서 온당한 평가를 받지 못하고 있다. 그나마 다행스러
운 사실은 1950년대 이후로 문학연구가 진행되면서 몇몇 논자들에 의해
고구되고 있다는 사실만 해도 고무적인 일이 아닐 수 없다.

　　박봉우의 연구가 그간 부진했던 이유는 문단정치에 환멸을 느낀 그가
문단 내부에 편입되기를 꺼려했던 점에도 있었지만, 그보다 더 근본적인
이유는 그가 제기해 놓은 분단, 전란, 민족 동질성 회복의 과제들을 신동
엽, 김수영 같은 시인들이 확대 · 심화된 시각으로 형상화해 놓고 있었기
때문이다.5) 그렇다고 해서 지금에 이르기까지 박봉우 시에 대한 진지한

---

3) 권오만, 「박봉우 시의 열림과 닫힘」, 『시와시학』(1993. 겨울), 87쪽.
4) 한형구, 「1950년대의 한국시」, 문학과비평연구회 편, 『1950년대 문학연구』(예하, 1991), 105〜106
　쪽 참조.

탐구가 없다는 사실은 우리 문학사의 측면에서 볼 때 불행한 일이 아닐 수 없다.

이와 같은 사실들을 바탕으로 본고는 아직까지 논의에서 제외된 박봉우의 전후시를 관류하는 자아 의식의 일각을 밝히는 데 바쳐질 것이다. 나아가 그가 전쟁의 비극과 시대적 고뇌를 어떠한 방법으로 대항했으며, 그 의식의 지향성과 한계는 무엇이었는지를 밝히는 데 한정할 것이다. 이 같은 논의는 현단계의 논의 수준으로부터 한 걸음 더 폭을 넓힌 것으로서, 새로운 연구의 출발점이 되고자 한다.

2 파행적 현실 인식과 무력한 자아

박봉우는 1956년 조선일보 신춘문예에 「休戰線」이 당선되면서 등단하였다. 이 시기의 한반도는 동서의 양극체제가 첨예한 대립을 벌이고 있던 그야말로 격변의 시기였다. 이러한 상황 아래서 6·25전란이라는 동족상잔의 비극을 체험했음에도 불구하고 동족간의 이데올로기의 대립과 갈등은 극단의 길로만 치닫고 있었다. 그렇기에 그는 문단에 나온 이후 줄곧 그의 시적 관심사를 분단된 조국의 비극적 상황에 둘 수밖에 없었던 것이다.

박봉우가 시작활동을 시작한 당대는 모든 언로가 닫혀있었음은 물론, 자유민주주의의 이데올로기에 대한 탄압은 이른 바 "순수주의를 빙자하여 현실인식이 배제된 열악한 문화환경을 조성"6)하고 있었다. 그리하여

---

5) 권오만, 위의 글, 103쪽 참조

6) 이영섭, 「50년대 남한의 현실인식과 시적 형상」, 현대문학연구회 편, 『1950년대 남북한 문학』(평민사, 1991), 74쪽.

그 누구도 평화통일이나 민족공동체 의식에 대한 언급조차 할 수 없는
살벌한 시기였다. 그러나 그는 이러한 상황하에서도 민족분단의 현실
인식을 담은 시를 잇따라 발표하고 있어 주목된다.

앞으로도 저 강을 건너 산을 넘으려면 몇 <마일>은 더 날아야 한다.
이미 날개는 피에 젖을 대로 젖고 시린 바람이 자꾸 불어간다. 목이 빠삭
말라버리고 숨결이 가쁜 여기는 아직도 싸늘한 적지.

— 「나비와 철조망」 부분

상처입어 탄약의 흔적에 피가 넘치는
눈도 다리도 달아나고 눈알도 파편처럼
발화되어 달아난 이 어두움 속에

— 「受難民」 부분

내 영혼은
지치고 시달린 시가지에서
빛나는 아침 해를
안아보고 싶은데

— 「악의 봄」 부분

나에겐 나의 주변에서는
나를 애무해주는
그늘이라곤 없는 7월의 灰色地가 있을 뿐.

— 「灰色地」 부분

어느 선량한 시민은
슬픈 鳥籠의 새들을 기르는 주인을 위해서,
멋진 자살을 생각해보는
신록의 오월.

— 「오월의 미소」 부분

박봉우의 눈에 비친 1950년대 후반기 조국의 현실은 철저하게 파행적으로 수렴되어 드러난다. 그는 피난 생활을 겪으면서 전쟁의 비참성과 가치관의 붕괴, 나아가 극한 상황 속의 인간의 모습을 그 누구보다도 아프게 체험했기 때문이다. 이러한 시기에 예민한 감성의 소유자였던 그에게 당대의 현실은 말 그대로 전후의 후유증에서 벗어나지 못한 "아직도 싸늘한 적지"일 뿐이며, 육체적으로 보더라도 "팔도 다리도 달아나고 눈알도 파편처럼 / 발화되어 달아"나 버린 "어두움 속" 그 자체였던 것이다.

민족사의 역사적 시간이 좌우 이데올로기의 대립으로 인해 극단의 길로 치닫고 있었기에 박봉우에게 있어 조국의 현실은 "지치고 시달린 시가지"이며, 고통마저 희석된 '灰色地'로 인식될 뿐이다. 그래서 그는 특별한 통일정책의 대안을 내놓지 못한 채 동서 양극체제의 힘의 논리에 편승하여 "슬픈 鳥籠의 새"들만을 기르는 당대의 정권을 향한 비아냥거림으로서 "멋진 자살을 생각해보"는 것이다.

이와 같이 비극적 세계에 대항하는 자아는 세계를 초극할 수 없다는 무력함을 전제로 한다. 거대한 전쟁의 소용돌이는 일제 36년 식민지 체험 이상으로 한국인의 패배주의와 허무주의를 심화시켰으며, "시대를 압도하는 비극성"7)이었기에 어떠한 희망도 가질 수 없는 자아의 모습은 연약하고 무력한 존재로 드러나게 된다.

> 언제까지나 이러한 나라의 벌판이나 험한 산악이거나 바다에서 이야기를 시작해야만 하는 카키 전투복을 입은 창백한 병정은 지독하게 배암을 무담시 죽이고 싶으면서 여태 한 마리 죽여보지 못한 망나니의 슬픈 목숨인가.
>
> ― 「사미인곡」 부분

---

7) 김재홍, 『한국전쟁과 현대시의 응전력』(평민사, 1980), 117쪽.

어데로 향하야 어떻게 날아갈 것인가.
저렇게 연약한 나래를 가지고……

— 「禱」 부분

그만 지는 꽃잎과 같이 흩날릴 아쉬운 날개, 왜 우리는 이렇게도 모든
것에서 버림받았는가.

— 「死守派」 부분

벽, 벽……처음으로 나비는 벽이 무엇인가를 알며 피로 적신 날개를
가지고도 날아야만 했다. <중 략> 얼마쯤 날으면 我方의 따시하고 슬픈
철조망 속에 안길,

— 「나비와 철조망」 부분

인용한 시에서도 볼 수 있듯이 극복할 수 없는 세계 앞에서 세계와의
동일성을 획득하지 못하는 자아의 모습은 "창백한 병정"과도 같이 "배암
을 무담시 죽이고 싶으면서"도 "여태 한 마리 죽여보지 못한 망나니의
슬픈 목숨"으로 드러난다. 세계와 단절된 이 슬프고 무력한 자아는 또한
"연약한 나래를 가지"고 "어데로 향하야 어떻게 날아갈 것인가."라고
절규하며 불행한 사태를 해결할 수 없는 세계의 벽 앞에서 신음한다.
이것은 "그만 지는 꽃잎과 같이" 우리 민족은 "모든 것에서 버림받았"다
는 파행적 현실의 인식에서 기인되는 것이다.

역사의 주체로서 역할을 담당해야 할 자아는 스스로의 무력함에 절감
하는 동시에 패배주의자의 모습을 보인다. 이것은 분단 극복을 위한 싸
움에서 지식인으로서 발휘할 수 있는 역량에 회의를 느낀 계몽주의자들
의 경우와 같이 민중들의 무지와 그로 인한 세계의 단단한 '벽'을 실감했
기 때문으로 여겨진다. 이러한 비극적 현실 속에 존재하는 무력한 자아
의 삶은 좌절과 방황의 비극적 모습을 수반한다. 이것은 자아 실현을

위한 탐색의 과정을 상징적으로 보여주는 길의 모습에서 더 구체적으로 드러나고 있다.

길은 보편적인 의미에서 자아 탐색의 과정을 상징하는 것으로 그것은 정체된 공간이 아니라 생명의 움직임을 자극하는 동적 긴장을 내포한다. 그렇기에 출발과 도착의 과정을 구체화시키는 행위의 공간이다. 길의 공간성은 언제나 도달해야 할 지향의식의 표출이란 점에서 주목을 요한다. 따라서 길은 목적지를 향해 가는 과정으로서의 길이며, 목적지에 다다르기 위해 시련을 극복해야 하는 정신세계로서의 길이다.[8]

　　차라리 비가 나려 진창인 이 진흙길을

—「受難民」 부분

　　참으로 울고 싶은 가난한 마음아
　　둘이서 가는 것도 더 외롭지만
　　혼자서 가는 것도 외로운 길

—「창백한 병원」 부분

　　나 혼자만이라도
　　흘러가고 싶은
　　길이다.

—「街路의 체온」 부분

　　내가 눈물로 걸어온 길은
　　아무도 모른다.

—「그늘에서」 부분

길은 비가 내려 '진창'일 수밖에 없기에 파행적 현실의 상징인 '진흙

---

8) 김현자, 『한국 현대시 작품연구』(민음사, 1988), 155쪽.

길'로 존재한다. 이것은 자아가 전후 분단의 질곡에서 좌절과 방황, 그리고 자아 상실의 위기감에 처해 있음을 보여준다. 현실 속에서 자아실현의 통로는 완전히 차단되어 좌절할 수밖에 없을 뿐만 아니라, 그 어디에도 안주할 수 없는 입지조건임을 일깨워 준다.

초극할 수 없는 비극적 세계에서 자아상실의 위기감이 고조된 "참으로 울고 싶"은 자아는 "둘이서 가는 것도 더 외롭"기에 "혼자서 가"는 "외로운 길"을 선택하고 만다. 이는 타자 인식을 의도적으로 거세한 자아가 허무주의자의 모습으로 굴절됨을 의미한다. 그리하여 "나 혼자만이라도 / 흘러가고 싶은 / 길"이라는 현실에 대한 극복 의지가 아닌 자기 당위성의 근거를 마련하기에 이른다. 이러한 자아 의식은 현실 공간을 부정하고 타자를 거부함으로써 "내가 눈물로 걸어온 길은 / 아무도 모른다"는 정신적 위안을 얻는다. 현실의 그 어디에도 안주할 수 없다는 파행적 세계 인식은 현실의 부정적 사태를 버리고 새로운 안주의 공간을 찾게 되는 것이다.

세계와 자아가 충돌할 때 자아가 취할 수 있는 태도는 여러 가지 있을 수 있다. 외부 현실이 자신과 괴리될 때 '내'가 취하는 태도는 현실 조건을 극복하기 위해 몸을 던져 싸우는 혁명가가 될 수도 있고, 일체의 외부 조건을 부정하는 무정부주의자가 될 수도 있다. 또한 철저한 순응주의나 철저한 회의주의자가 될 수도 있으며, 구원의 가능성을 일차적으로 외부 현실과 다른 내면세계에서 찾기 위해 자아 속으로 침잠하는 길을 택할 수도 있다.

분단과 팽팽한 이데올로기의 대립의 어둡고 절망적인 현실에서 자신의 무력함을 통감한 박봉우는 현실에 대한 적응기제로서 도피를 택한다. 도피는 적응이 곤란한 사태에서 불안과 긴장을 해소시키려는 행동양식이다.9) 이와같이 그는 파행적 현실에서 자아를 지키기 위해 현실에서 한 발 물러나 자기 내부의 관념세계로 도피한다.

> 산을 넘으면 강,
> 강을 건너가면 또 산
> 나는 이런 공동묘지에서
> 대답이 없이 살고 있다.
>
> — 「지성을 잃고 있는 공동묘지」 부분

> 꽃밭에는 선녀가 서서
> 얼굴엔 잔잔한 무늬의 그림자를
> 수놓고, 산 너머 구름 같은 천년을
> 먼동과 함께 불러보는
>
> — 「고궁 풍경에서」 부분

> 모든……
> 사랑한 체 하는
> 立像들에게로 떠나고 싶은,
>
> — 「악의 봄」 부분

세계와의 동일성을 획득하지 못하는 자아는 세계를 거부하고 스스로 자신을 자신의 내면 세계에 감금시켜 버린다. 이러한 자아는 자기 안에 자신을 가둠으로써 타락한 세계와의 관계를 단절하고, 타인과의 접촉을 끊음으로써 심적인 평온을 느끼며 자기 실존을 긍정할 수 있는 것이다. 타락한 세계로부터 물러선 자아는 현실세계로부터 멀리 떨어진 '공동묘지', '꽃밭', '立像' 등 협소한 공간으로의 지향 의식을 드러내고 있다. 이러한 공간은 혼돈의 외부 세계로부터 자아를 지키기 위하여 스스로

---

9) 나병술, 『심리학』(교학연구사, 1984), 203쪽.

선택하고자 하는 심적인 공간이다. 박봉우는 이러한 내면의 깊은 공간에 자신을 가두고 세계와의 관계를 분리함으로써 심적인 안정을 찾고자 한다. 그러나 이러한 방법은 현실의 도피일 뿐 근본적으로 분단의 현실을 극복하는 대안일 수가 없다. 왜냐하면 그의 좌절감은 현실에서 촉발된 것이기에 현실이 개선되지 않고는 극복이 불가능하기 때문이다.

3 우주적 생명 탐색과 신생의 의지

해방공간의 무질서와 혼란 속에서 좌우 이데올로기의 첨예한 대립과 갈등에 시달리던 우리 민족은 또다시 동족상잔의 비극이라는 6·25를 체험하게 되었다. 이러한 전쟁은 직접적이든 간접적이든 세계 인류사적인 소용돌이 속에서 식민지 시대를 겪어야 했던 비운과 함께 이념간의 갈등으로 인한 동족상쟁이라는 치유받을 수 없는 역사의 비극으로 얼룩졌다.

이 비극은 우리 민족에게 인간 존재의 허무감과 절망감을 뿌리 깊게 배태시켰으며, 동시에 자유와 조국의 소중함을 재인식시키는 계기도 되었다. 그 당시 열여덟 살로서 중학교 2학년이었던 박봉우는 분단이데올로기가 가져온 처참한 전쟁의 와중에서 무등산으로 피난하여 어두운 시절을 보내게 된다. 정신적으로나 육체적으로 가장 민감한 나이에 겪은 전쟁의 참상은 결코 외면할 수 없는 민족적인 비극이요 개인적인 상흔일 수밖에 없었다.

상처입어 탄약의 흔적에 피가 넘치는
눈도 다리도 달아나고 눈알도 파편처럼

발화되어 달아난 이 어두움 속에
차라리 비가 나려 진창인 이 진흙길을

<중 략>

전쟁에 울고 이그러진 가슴에……
붕대를 감아주려고 온 다사로운 너의 숨결
그것은, 겨울을 풀어헤치는 긴 강.
목을 베어버릴 만한 손도 마즈막 빼앗긴
영토에게. 심연한 포옹과 사랑을 끝없이
노래부르려는,

아직도 울어서는 안 될 금빛 아침의 목숨.
무던히도 메마른 우리의 땅에
살고 싶은, 살고 싶은
비가온다. 강이 언제나 푸르게 흐를 날은

상처입은 가슴에 푸른 나무가 무성히 자랄 날이……

창같이 열려올 아침은 언제인가
시들어버린 폐가에 누구를 응시하는
당신의 눈. 당신의 눈은……

— 「受難民」 부분

　　이 시에서 박봉우는 6·25전쟁의 상흔을 서정적 어조로써 담담하게
제시하고 있다. "상처입어 탄약의 흔적에 피가 넘치는 / 눈도 다리도 달
아나고 눈알도 파편처럼 / 발화되어 달아"나던 그날의 비극적인 상황을
구체적으로 목격했던 그이기에 "상처입은 가슴에 푸른 나무가 무성히
자랄 날"을 기다리고 있는 것이다. 그러나 전쟁의 비극과 아픔을 노래하
며, 새로운 세계를 염원하는 기다림의 정서를 '봄'을 통해 표출할 뿐 전

쟁의 의미를 다시금 생각해보는 역사 의식은 보이지 않는다.

이 시에 드러나는 시적 자아는 전쟁의 참상과 그로 인한 상흔에 애정과 연민을 보내며 "창같이 열려올 아침"을 기다리지만, 그날에 피흘린 사람들을 바라보는 시선은 예각적이다. 이는 그가 함께 피흘리고 고통받던 서민의 모습에 시각을 고정하기 보다 이러한 세계를 딛고 이상 세계를 갈망하는 심리가 더 강했기 때문으로 보여진다. 이것은 당시 앞에서 언급한 것처럼 그가 전쟁에 직접 참여를 하지 않고 피난생활을 한 사실과도 무관하지 않을 것이다.

해방의 기쁨과 새로운 조국의 건설에 대한 기대가 국내의 정치적 혼란으로 무산되고, 더욱이 6·25라는 동족간의 전쟁으로 초토화된 한반도와 피폐진 민심은 시인인 박봉우에게 가혹한 형벌이 아닐 수 없었을 것이다. 그리하여 그는 전후 팽팽한 이데올로기의 대립 아래서 방황하면서 새 조국 건설의 열망을 우주적 생명 탐색의 과정으로 노래한다. 이것은 참혹한 민족의 실상과 이데올로기의 대립과 갈등의 무거움을 내면에 몰입하는 방법으로 벗어나 정신적인 위안을 얻으려는 데서 오는 것이다.

> 차라리 말을 하지 않는 것이 아름다운 당신. 열리지 않은 저 창 안에는 사월과 오월이, 그리고 여름 가을 겨울이 잠들고, 사랑의 연연한 손짓이 아지랑이 같이 피어나는…… 어느 봄의 언저리.

> 하늘을 가득 배경으로 한 한 주 능금나무. 저 많은 열매들의 의미는 전쟁에 이긴 눈물 같은 것, 서로 익어가는 사상 밑에서, 무성한 나무 그늘을 이루는 세계. 세계여…… 나의 갈망인 완숙. 완숙이여
>
> — 「능금나무」 부분

전쟁으로 인한 잔혹한 현실 뒤에도 어김없이 찾아오는 '봄'의 의미는 박봉우에게 새로운 각성을 촉발시킨다. 이 각성은 좌우 이데올로기 갈등

으로 민족 동질성 회복에 대한 기대가 차단된 현실에서 비롯되는 것으로 그는 "차라리 말을 하지 않는 것이 아름"답다고 되뇌인다. 그는 전쟁으로 인해 초토화된 강토에서 이념의 대립을 일삼는 것에 대해 "서로 익어가는 사상 밑에서, 무성한 나무 그늘을 이루는 세계. 세계여"라고 제3의 논리인 탈이데올로기의 실현을 강조하고 있다. 또한 그는 뜨거운 "사랑의 연연한 손짓"으로 봄의 밑바탕에 내재되어 있는 생명의 의지를 발견해 내고 함께 어울려 사는 화해로운 우주적 세계를 지향한다.

이런 처참한
공동묘지에 살고 있다.
도시의 장미가 시들 무렵
나를 더욱 처참하게 불러 줄
사랑하는 사랑할 뿐인
공동묘지의 창백한 얼굴들이
보고 싶다.

통곡에 지친 묘지에
내 정신이 묻힐
내 이름이 죽을 묘지에
머언 먼 날 사랑이 넘칠 강이여
나는 지금 너희들이 오면 대답할 수 있는
공동묘지에서
신록 같은 출발을 준비하고 있다.

지성들이 앓고
우리들이 더욱 사랑할 수 있는 도시
공동묘지를 위하여
태양 같은 장미를 곁에 두고 싶다.
　　　　　　　　　　　　　　— 「지성을 앓고 있는 공동묘지」 부분

"처참한 공동묘지"라는 황폐하고 폐쇄된 의식 속에서도 시인은 "나를 더욱 처참하게 불러줄 / 사랑하는 사랑할 뿐인 / 공동묘지의 창백한 얼굴들이 보고 싶다"는 희망을 가지고 있다. 이러한 희망과 사랑의 힘이 의식의 기저에 면면히 흐르고 있기에 시인은 "머언 먼 날 사랑이 넘칠 강"이라는 미래에 대한 강한 기대감을 보일 수 있는 것이다. 그리하여 현실로부터 괴리된 죽음의 '공동묘지'에서조차 "지성들이 앓"고 있는 것이며, "우리들이 더욱 사랑할 수 있는 도시"라는 뜨거운 사랑으로 승화된 인식의 깊이에 이르게 된다. 이는 시인이 사랑을 가진다면 모든 것이 폐허화된 공동묘지에서도 "신록같은 출발을 준비"할 수 있다는 신생(新生)의 믿음을 가지고 있기에 가능한 것이다.

박봉우는 6·25 전쟁으로부터 비롯된 생의 참혹함과 황폐화된 가슴 속에서도 생명에 대해 뜨거운 애정을 기울임으로써 새 삶의 희망을 키운다. 전쟁의 격렬한 포화 뒤의 폐허화된 조국의 현실과 그로 인해 말살되어진 민중들의 인간성과 생활고는 그에게 신생의 의지로 우주적 생명을 탐색하는 데 더욱 집착하게 했을 것이다.

6·25 전란에 관한 이미지들이 그의 시 도처에 발견되는 것은 그만큼 감수성이 예민했던 그에게 있어 전쟁은 감당하기 어려운 상처였기 때문이다. 또한 해방을 맞아 새로운 조국을 건설하려는 그의 의지와 기대가 국내의 정치적 혼란과 전쟁으로 인해 무산됨으로써 오는 절망과 허탈감을 이겨내기 위한 정신적인 노력의 하나로 보인다.

우리 世代는 六·二五 전란을 몸소 체험하였고 現代詩는 우리에게 또하나의 과제를 부여했던 것입니다. <중략> 詩人이 向하는 意志는 어떤 기적을 바랄 수는 없읍니다.
민족의 대홍진을 겪은 전쟁에서 우리 世代의 자세는 절망과 절규로서 끝나지 않는데 詩人의 가치가 부여될 것입니다.

　戰雲 속에서 新生한 무리들의 作業은 앞으로 어떤 방향으로 生成되어
갈 것인가 하는 문제성은 무엇보다도 긴박한 것입니다.[10]

　文學人은 다시 한번 눈을 크게 뜨고 周圍를 돌아보아야 할 것이며
사무친 決意와 새로운 精神의 武裝을 加一層 가다듬고 언제나 民族이란
大義를 위한 先驅者的인 正道를 向하여 邁進하고 雄飛하는 太陽이어야
할 것이다.[11]

　이와 같은 자세를 바탕으로 박봉우는 전후 폐허가 된 조국의 현실
속에서 진한 허망감과 비운의 상처를 극복하기 위해 대상의 밑바탕에
내재해 있는 새로운 생명의 의지를 남성적 어조를 통해 드러내기도 한
다.

　오월의 장미는 눈물이 있고 순간에 져버리는 넋이라도 나는 久遠한
빛을 하늘에 이고 살아야 아무런 원망도 없이 살아야 넓고 푸르른 하늘
우러러 그 같은 의지로 소리없는 노래 부르고 보란 듯 살아야

<중 략>

　바보라고 비웃어라 사랑의 패배자라 비웃어라 그래도 잔디밭의 버섯
처럼 피어 영원한 침묵 속에 못난 체 살아야 오랜 세월을 눈물 한 번
없이 살아야 웃음 한 번 없이 살아야

— 「石像의 노래」 부분

　위 시에서 시인은 "순간에 져버리는 넋이라"도 "久遠한 빛을 하늘에
이"고 "넓고 푸르른 하늘 우러"르며 "그 같은 의지로 소리 없는 노래

---

10) 박봉우, 「新世代의 姿勢와 荒蕪地의 精神」, 『한국전후문제시집』(신구문화사, 1961), 369쪽.
11) 박봉우, 「민족정신과 문학전선」, 『조선일보』(1957. 3. 6일자).

부르고 보란 듯 살아야” 한다는 견인적인 의지를 보여주고 있다. ‘하늘’
과 ‘땅’을 동시에 아우르는 이러한 의지는 “사랑의 패배자라 비웃”으라
고 할 정도로 가슴 깊은 데서 울려 나오는 당당하고 강렬한 남성적인
비장함을 동반한다. 그리고 여기에서 한 걸음 더 나아가 시인은 ‘눈물’과
‘웃음’ 한 번 없이 오랜 세월을 “잔디밭에 버섯처럼 피어 영원한 침묵
속에 못난 체 살아야” 한다며 어떤 난관이나 고난도 극복해야 하는 당위
성을 마련함은 물론, ‘석상’처럼 흔들림 없이 현실을 지고 가려는 스스로
의 구도적인 자세를 확인하기에 이른다. 즉, 시인은 ‘잔디밭’이 가지고
있는 새로운 생명을 잉태시키는 우주의 이법과 ‘석상’의 변하지 않는
의지를 통해 강한 신생의 의지를 보여주고 있는 것이다.

눈이 내린다.
잠자는 고아원의 빈 뜰에도
녹슬은 철조망가에도, 눈이 쌓이는 밤에는
살벌한 가슴에 바다 같은 가슴에도
꽃이 핀다.
화롯불이 익어가는
따수운 꽃이 피는 계절.

모두가 잊어버렸던 지난 날의 사랑과 회상
고독이거나 눈물과 미소가
꽃을 피우는 나무.

사랑의 원색은
이런 추운 날에도
꽃의 이름으로 서 있는
외로운 立像.

나는 쓸쓸한

사랑의 주변에서
해와 같은 심장을
불태우고 있는
음악을 사랑한다.

모두 추위서 돌아가면
혼자라도 긴 밤을 남아
모진 바람과 눈보라 속에서
뜨거운 뜨거운 화롯불을 피우리.

겨울의 나무도
이젠 사랑을 아는 사람
꽃을 피우는 사람
금속선을 울리고 간 내재율의 음악을
사랑한다.

— 「겨울에도 피는 꽃나무」 부분

박봉우는 그가 지향하고 있는 의식 세계를 "겨울에도 피는 꽃나무"의 강하고 질긴 생명력을 통해 형상화하고 있다. "살벌한 가슴에 바다 같은 가슴에도 / 꽃이 핀"다는 꽃나무의 상징을 통하여 시인은 비극적인 삶으로부터 초극하려는 밝고 건강한 생명력의 분출을 보여주고 있다.

사랑을 "추운 날에도 / 꽃의 이름으로 서 있는 / 외로운 立像"으로 인식한 시인은 "모진 바람과 눈보라 속"에서도 "해와 같은 심장을 불태우고 있"는 음악과도 같은 나무의 맥박에 귀 기울이며 자신의 의지와 동일시한다. 때문에 시인은 "모두 추위서 돌아가"더라도 "혼자라도 긴 밤을 남"아 "뜨거운 화롯불을 피"운다는 강한 초극의 의지를 드러내기에 이른다. 이는 시대적 고뇌에 대항하는 시인 자신의 내면적 결단인 동시에 새로운 세계를 꿈꾸는 부활 의지에 다름 아니다.

이와 같이 시인은 전쟁 뒤의 참담한 상황을 온몸으로 견디며 꽃을 피우는 "겨울의 나무"를 "이젠 사랑을 아는 사람 / 꽃을 피우는 사람"으로 부각시켜 사랑으로써 완성된 우주적 인식의 세계를 보여준다. 이는 새로운 삶을 향한 의지의 소산으로서 황폐화된 시대적 고뇌를 스스로 감당하려는 시인 자신의 구도적 정신에서 비롯된 것이라 볼 수 있다.

시집『겨울에도 피는 꽃나무』에서 드러나는 바와 같이 박봉우는 전후 폐허화된 현실을 극복하는 대안으로 생명력의 분출을 통한 가열한 신생의 의지를 표출하고 있다. 전후 피폐된 질곡의 삶 속에서도 이를 극복하려는 그의 초인적인 의지는 조국애와 인인애를 바탕으로 한 내면적 결단인 셈이다. 이처럼 박봉우는 6·25 전쟁의 비극과 그에 따른 민중들의 정신적 상처를 치유하기 위한 방법적 모색에 골몰해 왔던 것이다. 그러나 그의 이러한 고통과 아픔은 거개가 관념적인 차원을 벗어나지 못하고 있다는 점이다.

첫 시집에서 주로 발견된 무력한 자아는 두 번째 시집으로 넘어오면서 능동적이고 적극적인 자아상으로 변모했지만, 개인적인 내면 세계 안에 머물러 있어 역사 의식을 수용하는 데까지는 이르지 못한 약점이 있다. 즉, 그의 자아는 관념화된 내면 공간에 고착해 있었기 때문에 공동체 의식을 가진 사회적 자아로서의 리얼리티를 체득하지 못한 채 서정적 보편화로 기울어 설득력의 약화를 초래한 것으로 볼 수 있다.

4 맺음말

박봉우의 전후시의 자아는 전쟁의 후유증과 전망부재라는 비극성에 연루된 보편적인 슬픔의 실재로써 드러난다. 그것은 거개가 사회적인 문제들을 내면 공간으로 옮겨놓는 절실하고도 정직한 노력의 소산이다. 따라서 그의 시는 보편적 경험의 개별화라고 여겨질 만큼 주관적인 태도를 구현한다. 그러나 그의 슬픔의 정서가 주정적인 감상성에 떨어지지 않은 것은 세계를 자아화하여 극복하려는 시정신이 뒷받침되어 있었기에 가능한 일이었다. 논의한 바를 간명하게 요약하면 다음과 같다.

첫째, 박봉우 시에 드러난 자아는 비극적 세계를 초극할 수 없다는 무력함을 전제로 한다. 거대한 전쟁의 소용돌이는 일제 36년 식민지 체험 이상으로 한국인의 패배주의와 허무주의를 심화시켰으며, 시대를 압도하는 비극성이었기에 어떠한 희망도 가질 수 없는 자아의 모습은 연약하고 무력한 존재로 드러나게 되는 것이다.

그리하여 박봉우는 비극적 현실에서 자아를 지키기 위하여 현실에서 한 발 물러나 내면의 깊은 공간에 자신을 가두고 세계와의 관계를 분리함으로써 심적인 안정을 찾고자 한다. 그러나 이러한 방법은 현실의 도피일 뿐 근본적으로 분단의 현실을 극복하는 대안이 될 수가 없었다. 그가 느낀 절망감 자체가 현실에서 촉발된 것이기에 그는 현실이 개선되지 않고는 극복이 불가능하다는 것을 깨닫고 다시 한번 무력한 모습으로 좌절하게 되는 것이다.

둘째, 박봉우는 전후 폐허화된 조국과 팽팽한 이데올로기의 대립 아래서 방황하면서도 새 조국이 건설될 것을 열망하며 의욕적인 신생(新生)의 의지를 노래한다. 이것은 참혹한 민족의 실상과 이데올로기의 대립과 갈등을 극복하려는 능동적이고 적극적인 자세로서 우주적인 생명을 탐색하는 자아의 모습으로 그 실체를 드러낸다.

이와 같이 박봉우는 전쟁 뒤의 참담한 상황을 온몸으로 견디며 사랑으로써 완성하려는 우주적 자아 인식으로 확대된다. 이는 새로운 삶을 향한 가열한 신생의 의지로서 황폐화된 시대적 고뇌를 스스로 감당하려는 시인 자신의 구도적 정신에서 비롯된 것이라 볼 수 있다. 전후 피폐된 질곡의 삶 속에서도 이를 극복하려는 그의 견인적인 의지는 조국애와 인인애를 바탕으로 한 내면적 결단인 셈이다.

　이상에서 논의한 바와 같이, 박봉우의 시는 현실의 인과율에 포섭된 자아의 고통과 아픔이 순전히 관념적인 차원에서만 머무르고 있다는 점이다. 첫 시집에서 주로 발견된 무력한 자아는 제2시집으로 넘어오면서 능동적이고 적극적인 자아상으로 변모했지만, 심리적인 내면 공간 안에 머물러 있어 첨예한 역사 의식을 획득하는 데까지는 일정 부분 한계점을 노정한다. 즉, 그의 시는 개인적 자아의 좁은 세계에 머물러 있었기 때문에 공동체 의식을 가진 일원으로서의 사회적 자아로 심화·확대되지 못해 설득력이 약화된 결과를 낳고 말았다.

제5장

현대시의 「춘향전」 패러디 양상

― 김소월 · 서정주 · 박재삼의 시를 중심으로 ―

1 머리말

작가에 있어 패러디 작품은 원텍스트, 패러디텍스트, 작가, 독자의 유기적 관계에 의해 작품을 완성해 가는 일련의 과정이다. 그리고 당대적 상황의 비판적 수용이라는 관점에서 본다면, 패러디텍스트는 문학 사회학적인 면에서도 상당한 의미가 있다. 그것은 작가가 현재에 위치에서 과거의 작품세계로 옮겨 놓기 때문이 아니라 과거의 작품을 과거로부터 현재 독자의 위치로 옮겨놓기 때문이다.

시인이 쓴 장르 패러디 작품군은 당대의 정치, 경제, 사회, 문화 체제에 대한 자신의 특정 신념과 태도인 이데올로기를 띤 언어적 실천이다.[1] 따라서 시인이 장르패러디를 통해 당대적 삶에 접근하는 것은 과거와 현재를 동시에 아우르는 입체적 함축성을 내포하는 동시에 인간의 보편적 정서를 환기시키는 요인으로 작용하기도 한다.

「춘향전」은 우리 문학의 대표적인 고전으로서, 지금도 끊임없이 관심을 갖고 새롭게 해석하여 수용하려는 살아 있는 작품이다. 지금까지 알

---

1) 고현철, 「한국 현대시와 장르 패러디」, 김준오 편, 『한국 현대시와 패러디』(현대미학사, 1996), 160쪽.

려진 이본의 수만 해도 80여 종이며, 설화에서 판소리로, 그리고 소설로의 변모 과정을 거쳐 유동·생성해 오고 있다. 현대에 와서도 이「춘향전」은 판소리, 오페라, 연극, 방송극, 마당극, 발레, 텔레비전, 영화, 시등 장르를 초월하여 재생산되어 오고 있을 정도이다.

「춘향전」은 각 시대마다 수용 양상을 달리하면서 장르를 초월하여 생성을 거듭하고 있다. 본고에서는 범위를 좁혀서 현대시로 패러디된「춘향전」의 수용 양상을 살펴보고자 한다. 다 현대시이지만 이들의 수용 양상은 시인의 개성이나 시대에 따라 변별력 있게 드러나 있다. 패러디 작품은 수용자의 이해 범위에 따라 수용되어진다는 해석학적 원칙에 따라 각각 달리 변용된다는 것은 자명한 일이다.

나아가 시대를 초월하여 항상 새로운 담화 구조로써 존재해 오고 있는「춘향전」의 각 장르에 걸친 활발한 재창조 작업은 모두 다 그 수용 양상이 밝혀져야 하는 당위성에 직면해 있다. 그러나, 여기에서는 현대시인들 중에서 김소월, 서정주, 박재삼 등이 패러디한 텍스트만을 두 가지로 유형화하여, 이 시들이 수용미학적 관점에서 당대 현실에 어떤 의의를 지니는가에 관심을 한정할 것이다.

2 물신적 지평에서의 영원 지향 의식

시에 형상화된 춘향의 양상은 시대에 따라 변별력을 달리하면서 여러 가지 유형으로 드러난다. 그 중에서도 계급을 초월한 사랑의 유형으로 파악한 것이 가장 많다. 일반적으로 동양에서의 남녀의 사랑은 유착하는 물과도 같이 서로가 서로를 닮으려는 마음의 조화와 합일을 중요한 덕목

이었다. 춘향전을 사랑의 문학으로 파악한 시들에서 나타난 시인들의
이해와 시야는 엄격한 봉건사회 계층에서는 이룰 수 없는 사랑의 애달픔
과 그것을 성취하고자 하는 춘향의 사랑에 대한 집념을 담고 있다.
  미당 서정주의 「春香遺文」은 춘향이 이도령에게 보내는 고별사의 형
식을 취하고 있다.

> 안녕히 계세요.
> 도련님
> 지난 오월 단오ㅅ날, 처음 만나든날
> 우리 둘이서 그늘밑에 서있든
> 그 무성하고 푸르른 나무같이
> 늘 안녕히 계세요.
>
> 저승이 어딘지는 똑똑히 모르지만
> 춘향의 사랑보다 오히려 더 먼
> 딴 나라는 아마 아닐 것입니다.
>
> 천길 땅밑을 검은 물로 흐르거나
> 도솔천의 하늘을 구름으로 날드래도
> 그것은 결국 도련님 곁 아니예요?
>
> 더구나 그 구름이 쏘내기 되야 퍼부을 때
> 춘향은 틀림없이 거기 있을 거예요!
>   ― 서정주, 「春香遺文」 전문

  상기의 인용시는 죽음의 한계 상황까지 넘어선 춘향의 사랑에 대한
집념을 불교적 시공관과 윤회사상에 실어 노래한다. 이때 작품 속에 울
리는 목소리는 종교적 세계관과 결부되어 심화된 춘향의 육성인 동시에
춘향의 극적 상황을 빌어 인간적 집념과 사랑의 항구적인 영속성을 노래

하는 시인 서정주의 독백2)이기도 하다.

2연에서 드러난 바와 같이 춘향이 죽음 앞에서도 초연할 수 있는 것은 "저승이 어딘지는 똑똑히 모르지"만 그녀 자신의 "사랑보다 오히려 더 먼 / 딴 나라는 아마 아닐 것"이라는 인식에 기인한다. 죽음의 세계마저도 그녀의 사랑 안에 있으며, 생사를 초월한 그녀의 지극한 사랑의 일념은 3연에 나타난 윤회사상에 그 기반을 두고 있다.

3연에서의 윤회 과정은 '물→구름→소나기'로 이어지는 일련의 자연현상을 통해 드러난다. 이는 시적 자아인 춘향이 자연의 이법에 귀일하여 현실을 비극을 극복하려는 의식의 단초를 이룬다. 죽어서 "천길 땅밑을 검은 물로 흐르거"나, 수증기로 기화하여 극락인 "도솔천의 하늘을 구름으로 날드래"도 언젠가는 소나기가 되어 이승으로 다시 돌아올 것을 믿는다. 시인의 이러한 윤회관이 공허하게 느껴지지 않고 설득력을 지니게 되는 것은, 그것이 움직일 수 없는 자연현상에 결부되기 때문이다.3)

그리하여 다시 순환 구조로 되어 있는 1연으로 돌아가 "지난 오월 단오ㅅ날, 처음 만나든날 / 우리 둘이서 그늘밑에 서있든 / 그 무성하고 푸르른 나무같이 / 늘 안녕히 계세요."라고 말할 수 있는 것이다. 비록 현실의 지평에서는 사랑의 실현이 불가능하여 체념에 이르지만, "그 무성하고 푸르른 나무같이 / 늘 안녕히 계"실 도련님에게 소나기가 나무를 적셔 늘 푸르게 만들어 주듯이 우리의 사랑은 늘 싱싱하고 아름다운 것이 되길 바란다.

이와 같이 미당은 죽음까지도 초극하는 사랑의 영원성과 신성함을 노래함으로써, 기존의 춘향전의 이야기 구조로서 드러낼 수 없는 사랑의

---

2) 김흥규, 「춘향·구의 얼굴」, 『현대시학』(1971. 4), 86쪽.
3) 신경림·정희성, 『한국 현대시의 이해』(진문출판사, 1981), 172쪽.

절대성을 우주적 순환 원리로 풀어내고 있는 것이다.

미당과 더불어 박재삼도 「춘향전」을 패러디하여 다수의 작품을 창작하였다. 박재삼은 「춘향이 마음」이라는 10여 편의 시에서 춘향이 처한 상황의 디테일은 거의 생략하고 있으며, 춘향전 스토리에서 수용한 어떤 정서만을 형상화하고 있다.

> 목이 휘인채 꽂진 꽃대같이 조용히 春香이는 잠이 들었다. 칼 위에는 눈물방울이 어룽져 꽃이파리의 겹쳐진 그것으로 보였다. 그렇다, 그것은 달밤일수록 영롱한 것이 오히려 아픈, 꽃이파리 꽃이파리들이 되어 떨고 있었다.
>
> 참말이다. 春香이 一片丹心을 생각해 보아라. 願이라면, 꿈속엔 훌륭한 꽃동산이 온전히 제것이 되었을 그것이다. 그리고, 그것을 가꾸는 슬기 다음에는 마치 저 하늘의 달에나 비길것인가, 한결같이 그 둘레를 거닐어 제자리 돌아오는 일이나 맘대로 하였을 그것이다. 아니라면, 그 많은 새벽마다를 사람치고 그렇게 같은 때를 잠깨일 수는 도무지 없는 일이란 말이다.
>
> — 박재삼, 「華想譜」 전문

박재삼의 시 「華想譜」에서는 큰 칼을 쓰고 옥에 갇힌 상황의 춘향이 형상화되고 있다. 춘향은 "목이 휘인채 꽂진 꽃대"같이 "칼 위에는 눈물방울이 어룽"진 채 서러운 모습으로 잠들어 있다. 마음만 바꾸어 변학도의 수청을 들면 제 몸 하나는 편안히 살 수 있는 데도 불구하고 이도령을 향한 '一片丹心'으로 목숨을 걸고 수청을 거부한다. 현실의 경험적 지평에서는 이도령이 춘향이의 구원자로서 확실하게 등장한다는 보장 없는 상태인데도 말이다.

박재삼은 여기서 달밤에 더욱 서럽게 드러나는 소외자로서의 춘향의 절망적인 옥중 상태를 통하여 춘향의 일편단심으로 극대화된 순수한 사랑의 영원성을 형상화하고 있다. 박재삼은 또 「綠陰의 밤에」에서는 "笞杖 끝에 피멍"진 춘향의 아픈 몸과 전혀 구원의 가망이 없는 옥중의 상황을 부각시켜 사랑의 숭고함을 일깨워 주고 있는 것이다.

> 흐느낌으로 피던 살구꽃 等屬이 또한 흐느끼며 져버린 것을 어쩌리요.
> 세상은 더욱 너른 채 소리내어 울고 있는 綠陰을,
> 언제면 蘇復 본단 말이요.
> 피릿구멍같은, 獄에 내린 달빛 서린 하늘까지가 이내몸에 파고들어
> 가쁜 命줄로 앓아쌓는 저것을 어쩌리요.
> 이런때, 天地는 입덧이 나 후덥지근하고,
> 笞杖 끝에 피멍진 賤妾 春香의 全身滿身 캄캄한 살 위에도 병 생기는
> 아픔을……
> 만일에도 이한밤 당신이 서서 계신다면은 어느 별만 우러러 아프게
> 반짝인다 하리요.
>
> — 박재삼, 「綠陰의 밤에」 전문

이 시는 철저한 소외자인 춘향이 냉혹한 현실에도 "全身滿身 캄캄한 살 위에"도 오직 밤하늘에 반짝이는 별같이 환한 이도령만을 그리워하지만, 전혀 희망의 빛이라고는 찾을 수 없는 절망적인 상태의 심리적 정황을 부각시키고 있다.

"흐느낌으로 피던 살구꽃 等屬이 또한 흐느끼며 져버"리고 "세상은 더욱 너른 채 소리내어 울고 있는 綠陰"의 달밤에 "피릿구멍같은, 獄에 내린 달빛 서린 하늘까지가 이내몸에 파고들어 / 가쁜 命줄로 앓아쌓는" 소생할 한 줄기 빛도 없는 절망적이고 비극적인 옥중 상황이 형상화되어 있다.

여기에서 보이는 박재삼의 「春香傳」에 대한 기대 지평은 확실한 희망

도 없는 현실 속에서 춘향은 '不更二夫'의 논리로 사또의 수청을 거역한 까닭에 거역관장의 죄목으로 능지처참하라는 판결을 받고 옥에 갇혀 있다는 것이다. "笞杖 끝에 피멍"진 몸으로 서러운 달빛 아래 서 있을 뿐 살아날 한 가닥 희망도 없는 상태다. 그런데도 불구하고 "만일에도 이한 밤 당신이 서서 계신다면은 어느 별만 우러러 아프게 반짝인다 하리요." 라고 하며 박재삼은 이도령을 향한 춘향의 사랑이 얼마나 절대적인가를 확인하는 방식을 취하고 있다.

또 다른 연작시 「無縫天地」에서 박재삼은 한 맺힌 춘향의 독백을 담아 내고 있다.

底底히 할말을 뇌일락하면 오히려 사무침이 무너져 한정없이 멍멍한 거라요. 문득 때까치가 울어오거나 눈은 이미 장다리 꽃밭에 흘려 있거나 한 거라요. 비오는 날도, 구성진 생각을 앞질러 구성지게 울고 있는 빗소리라요.
참, 그때, 아무도 없는 단오의 그네 위에서 아뜩하였더니, 절로는 옷고름이 풀리어, 사람에게 아니라도 부끄럽던 거라요. 또는 卞學道에게 퍼부을 말도 그때의 杖毒진 아픔의 살이, 쓰린 소리를 빼랑빼랑 내고 있던 거라요. 허구헌날 서방님 뜻 높을진저 바라면, 맑은 정신 속을 구름이 흐르고 있었고, 웃녘에 돌림병이 퍼져 서방님 살아계시길 빌었을 때에도 웃마을의 복사꽃이 웃으면서 뜻을 받아 말하고 있던 거라요……
— 박재삼, 「無縫天地」 전문

인용시와 같은 현실의 절망적인 상황 속에서도 춘향은 꽃 피는 오월 오일 단오날에 만나 사랑을 나누었던 도련님을 "허구헌날 서방님 뜻 높을진저 바라"고 "웃녘에 돌림병이 퍼"졌을 때에도 "서방님 살아계시길 빌"었던 존재이다. 여기서 박재삼은 기다림의 슬픔, 절망적인 현실의 지평, 간절한 사랑의 고뇌를 무봉천지 · 철저한 소외자의 상태로서의 춘향이 마음으로 형상화하고 있는 것이다.

　미당 서정주와 박재삼이 춘향을 순수한 사랑의 화신으로 수용한 것은 현대 사회가 물신주의, 이기주의의 팽배로 말미암아 지극하고 깊은 인간적 신뢰 및 사랑의 부재로 파악한 이해의 결과로 보여진다. 지극하고도 진실한 사랑이 성립하려면 자본적 우위가 아닌 인간적 우위를 인정하는 사회 풍조가 바탕이 되어 있어야 할 것이다. 그러난 작금의 세태는 진정한 사랑보다는 연애 감정을 상품화하는 자본주의적 인식이 우위를 점하고 있다. 그 결과 사랑 감정의 부재, 무분별한 성애(性愛)와 의사연애(擬似戀愛)의 범람 상태가 일상적 현실이 되어 버렸다.

　영화, 드라마는 차치하고서라도 소설은 대중성을 띠고 있다는 이유만으로도 문화의 중심축으로서 우위를 점하게 되었다. 그러나 이러한 소설의 강점이 금권과 결탁하는 요인으로 작용하여 자본주의적 상품으로 전락한 지 이미 오래되었다. 그 결과 여러 저널화된 매체들은 일회적이고 경박한 사랑과 섹스의 감정만을 마음속에 되풀이하는 과정을 보여줄 뿐이었다. 따라서 남성이나 여성은 성년이 되자 감정을 다 소비해 버린 의식의 진공 상태에 이르게 되었다. 말하자면 사랑의 꽃을 피우기엔 감정이 굴절되어 메말라 버렸다는 것이다.

　이와 같은 시대에 미당과 박재삼이 수용한 「춘향전」은 인간적 신뢰와 사랑의 소중함과 고귀함을 일깨워주었다는 점에 그 의의가 있다.4) 때문에 미당 서정주의 「春香遺文」과 박재삼의 「華想譜」, 「綠陰의 밤에」, 「無縫天地」 등으로 말미암아 춘향전의 사랑의 구조는 더욱 더 아름다운 것으로 승화되었고 순수한 사랑의 의미는 더욱 강조되기에 이르렀다고 여

---

4) 수용미학적 관점은 <예술을 위한 예술>에서처럼 예술의 자율성을 주장하는 입장이 아니라 어디까지나 현재 수용자의 기대 지평에서 비롯되는 실재 생활에서의 현실 인식과 역사적 인식이 결부된 문학 작품의 관찰에 입각하고 있다. 차봉희, 『수용미학』(문학과지성사, 1985), 46쪽.

겨진다.

다른 한편으로 이들의 시 중에서 미당의 시가 고교 교과서에 수록되어 있음을 인식할 때, 가장 순수하고 예민한 감수성을 가진 청소년기의 고교생이 그 독자로 존재하고 있음을 알 수 있다. 이 독자들은 「春香遺文」과 관련된 시들을 공부하며 춘향을 죽음까지도 초월한 순수한 사랑의 화신의 존재로 수용하게 될 것이다. 그러므로 이 사랑은 영원하고 숭고하고 가치있는 것으로 여겨지게 할 것이다.

독자는 단순히 책을 읽는 자만이 아니라 사회를 형성하는 원동력이다. 따라서 이러한 작품의 독자들은 사랑에 대한 나름대로의 가치관을 형성하는 데 있어 이 작품의 영향이 클 것이다. 이처럼 독자의 문학 경험이 독자의 실생활 이해 범위 안으로 들어와 독자의 생활 경험을 형성해 주어서 실제의 사회적 환경에 영향을 미칠 수 있음을 감안할 때, 수용미학에서 강조하는 문학의 사회적 기능은 분명해진다.

이와 같이 패러디 작품의 독서는 원작이 지닌 원래의 미학성과 독자가 지닌 역사성과의 상호작용이다. 따라서 변화가 불가능한 과거사의 객관적인 진술을 요구하는 실증주의적 관점도 문학작품의 경우 잘못된 요구일 수밖에 없다. 문학텍스트는 항상 유동적이고 다양한 해석의 가능성을 보여준다. 특히 고전문학의 실체는 수세기를 지나서도 독자가 귀를 열고 접근을 해나가면 독자가 듣게 되는 새로운 질문을 그 독자에게 제시해 주는 항상 새로운 대화구조5)이다.

종래의 문학사회학에서 문학이 주어진 현실의 서술이라는 모방이론의 한계와 마르크스주의 문학방법론에서 문학이 사회 반영의 역할만을 할 뿐이라는 것을 염두에 둘 때, 수용미학의 독자는 문학 경험으로 사회

---

5) 차봉희, 앞의 책, 67~68쪽.

적 태도를 위한 제한된 공간을 확대시켜 새로운 소망 요구 목적에 대처하도록 해주어 미래의 현실 경험을 위한 길을 열어주는 통로 구실을 한다. 다시 말해서, 이러한 작품의 독자들은 순수한 사랑의 지각이 가능케 된다는 것이다.

3 계급적 지평에서의 원형 지향 의식

다음에 살펴볼 작품들은 「춘향전」을 수직적 구조라는 사회 계급간의 갈등을 넘어서려는 사랑의 원형으로 파악한 유형의 시들이다. 봉건적 현실의 계층 구조에서는 불가능한 춘향과 이도령의 사랑이기에 신분상으로 미천한 춘향의 입장에서는 과거길에 오른 님을 불안한 마음과 애타는 그리움으로 기다릴 수밖에 없는 상황이다. 이러한 이해의 지평을 통해 형상화된 작품들로는 서정주의 「다시 밝은 날에」, 박재삼의 「바람 그림자를」, 「水晶歌」, 「待人詞」, 김소월의 「春香과 李道令」이 이에 해당한다.

> 신령님……
> 처음 내 마음은
> 수천만마리
> 노고지리 우는 날의 아지랑이 같았읍니다.
>
> 번쩍이는 비눌을 단 고기들이 헤염치는
> 초록의 강 물결
> 어우러져 날르는 애기 구름 같았읍니다.
>
> 신령님……

그러나 그의 모습으로 어느날 당신이 내게
오셨을 때
나는 미친 회오리 바람이 되었읍니다.
쏟아져 내리는 벼랑의 폭포
쏟아져 내리는 쏘내기비가 되었읍니다.

그러나 신령님……
바닷물이 적은 여울을 마시듯이
당신은 다시 그를 데려가고
그 훠-ㄴ한 내 마음에
마지막 타는 저녁 노을을 두셨읍니다.
그러고는 또 기인 밤을 두셨읍니다.

신령님……
— 서정주, 「다시 밝은 날에」 전문

인용한 시는 이도령이 떠난 뒤의 기다림과 애달픔에 불타는 사랑을 간절한 어조로 드러내고 있다. 1연과 2연은 춘향이 이도령을 만나던 날을 회상하면서, "처음 내 마음은 / 수천만마리 / 노고지리 우는 날의 아지랑이 같었읍니다. // 번쩍이는 비눌을 단 고기들이 헤엄치는 / 초록의 강물결 / 어우러져 날르는 애기 구름 같었읍니다."라고 말하고 있다. 여기서처럼 봄날의 '아지랑이'와 '애기 구름'같이 마냥 행복하고 즐거운 희망에 부풀어 있던 시의 화자인 춘향이 3연의 "어느날 당신이 내게 오셨을 때 / 나는 미친 회오리 바람이 되었읍니다. / 쏟아져 내리는 벼랑의 폭포 / 쏟아져 내리는 쏘내기비가 되었읍니다."에서 볼 수 있는 바와 같이 그들의 만남과 사랑은 열렬하고도 정열적이었던 것이다.

그러나 신령님 당신은 "바닷물이 적은 여울을 마시듯"이 "다시 그를 데려가고 / 그 훠-ㄴ한 내 마음"에 이도령을 사랑하는 열렬한 마음과도 같은 "마지막 타는 저녁 노을을 두셨읍니다." 그러고는 또 독수공방의 "기인 밤을 두"었다는 것이다. 이처럼 신령님 당신은 나에게 이도령의 모습으로 나타나 사랑의 불길만을 붙여놓고 기약없이 떠났다. 전지전능한 신령인 당신이기에 무력한 인간인 나는 그 앞에서 어찌할 수가 없다는 것이다. 이와 같이 미당은 춘향과 이도령을 동등한 관계로 놓지 않고, 신령 이도령과 인간 춘향으로 표상화해 놓고 있다. 미당의 기대 지평은 무엇이기에 이러한 관계 등식을 설정해 놓은 것인지를 살펴볼 필요가 있다.

미당은 춘향이 퇴기 월매 딸이라는 데서 오는 봉건적 사회 계층 구조 하에서의 속박으로 말미암아 이도령과의 사랑이 고난의 가시밭길이라고 여겼던 듯하다. 현실적으로 보아 첩이라는 종속관계가 아닌 대등한 관계로의 완전한 부부가 되는 것은 춘향의 꿈일 뿐이다. 그래서 봉건적 계층 구조하에서의 고난과 불안으로 가득찬 춘향과 이도령의 사랑이 여기서는 신적인 힘을 가진 이도령과 인간 춘향으로 변용되어 나타나고 있다. 「춘향전」은 봉건적 사회계급의 두터운 벽을 넘어선 사랑의 이야기이기에, 무력한 인간 춘향은 신령으로 변용된 이도령만을 다만 불타는 사랑과 애타는 기다림으로 번민할 수밖에 없다는 구조의 변용에 다름 아닌 것이다.

미당은 봉건적 현실 구조에서는 불가능한 춘향의 사랑을 신과 인간 춘향과의 사랑으로 변용시켜 현실의 계층 구조에서 오는 불가능한 사랑의 조건을 신 앞에 무력할 수밖에 없는 인간의 모습으로 재해석해 내고 있는 것이다.6) 그러나 춘향의 사랑의 집념은 현실의 벽을 깨듯이 신과의

---

6) 김윤식과 김현은 「춘향전」이 두 개의 언어체계로 씌어졌다고 본다. 하나는, 漢土 故事 투성이로 중국 역사 및 고전의 인용을 하고 있다. 그 언어체계의 기능을 메타포로 보며, 조선사회가 신성한 것에 대한 규범을 지녔다는 데서 연유하는 것으로 파악한다. 다른 하나는, 일상적 언어용법, 현실적

영적 교합을 이루고 싶은 강한 충동으로 "마지막 타는 저녁 노을"과 같이 "또 기인 밤"을 지새우며 기다리고 기다린다. 즉 신적인 완전성과 인간적 무력의 차이를 넘어 사랑을 성취하려는 집념의 표상인 것이다.

박재삼은 「바람 그림자를」에서 먼 들판을 서성이는 "구름 그림자"에도 님인가 하여 마음 졸이는 기다림의 원형으로서 춘향을 노래하고 있다.

> 어지간히 구성진 노래끝에도 눈물나지 않던 것이 문득 먼 들판을 서성이는 구름 그림자에 눈물져 올 줄이야.
>
> 사람들아 사람들아
> 우리 마음 그림자는, 드디어 마음에도 등을
> 넘어 내려오는 눈물이 아니란 말가.
> ─문득 李道令이 돌아오자 참 가당찮은 세월을 밀어버리어, 천지에 넘치는 바람의 화안한 그림자를 춘향은 눈물 속에 아로새겨 보았을 줄이야.
>
> ─ 박재삼, 「바람 그림자를」 전문

이 시에는 "문득 먼 들판을 서성이는 구름 그림자에"도 님의 자취인가 하여 가슴 내려 앉는 오직 그리움과 기다림으로 점철된 춘향의 모습이 크로즈업된다. 기다림이나 그리움은 물리적으로 먼 거리에 있을 때나 사랑을 상실한 경우에 더욱 크게 배가된다. 곧 역경에 처했을 때는 그 깊이가 더해지는 것이 그리움의 주조이면서 사랑의 원형적 힘이란 점은 두 말할 나위가 없다.

시 「바람 그림자를」에서도 그것이 예외일 수는 없다. 시인은 2연 4행

언어용법으로 「춘향전」은 현실성을 획득한다. 언어구조의 이원성은 양반과 서민의 이원성이며, 중국 고사 지문을 사용한 것은 당시 사회의 봉건적 권위질서를 반영한 것, 일상어를 대화 속에 사용한 것은 당시 사회의 새로운 역사적 측면을 반영한 것으로 보고 있어 주목된다. 김윤식·김현 『한국문학사』(민음사, 1973), 58~61쪽 참조.

의 "참 가당찮은 세월"이라는 함축 속에서 두 사람의 재회 이전의 상황을 대담하게 생략하여 제시하고 있다. 이 대담한 생략의 배경으로 나타나는 것은 춘향이 바람 같은 도련님을 외로움 속에서 기다린다는 것이며, 변학도의 계급적 압력 아래서도 일구월심으로 이도령만을 기다리면서 모진 고통을 참고 있다는 것이다. 그리하여 재회의 눈물 속에는 "천지에 넘치는 바람의 화안한 그림자"인 이도령을 확인하게 된다.

다시 요약하면, 박재삼은 바람처럼 떠난 바람 같은 님(이도령)이 야기한 계급적 갈등을 그리움의 힘으로 극복한 춘향의 모습을 형상화하고 있는 것이다. 박재삼의 또다른 시 「水晶歌」에서는 춘향이 바람 같은 서방님을 간절히 기다리고 있는 또 하나의 상황이다. 그러나 이별한 님을 결코 원망하거나 한탄에 이르지는 않는다.

> 집을 치면, 精華水 잔잔한 위에 아침마다 새로 생기는 물방울의 선선한 우물집이었을레 또한 윤이 나는 마루의, 그 끝에 平床의, 갈앉은 뜨락의, 물냄새 창창한 그런 집이었을레 서방님은 바람같단들 어느때고 바람은 어려울 따름, 그 옆에 順順한 스러지는 물방울의 찬란한 春香이 마음이 아니었을레.
> 하루에 몇번쯤 푸른 산 언덕 들을 눈 아래 보았을까나 그러면 그때마다 일렁여 오는 푸른 그리움에 어울려, 흐느껴 물살짓는 어깨가 얼마쯤 하였을까나 진 실로, 우리가 받들 山神靈은 그 어디 있을까마는, 간과 언덕들의 萬里같은 물살을 굽어 보는, 春香은 바람에 어울린 水晶빛 임자가 아니었을까나.

— 박재삼, 「水晶歌」 전문

위 시는 "푸른 산 언덕 들"을 바라볼 때마다 "일렁여 오는 푸른 그리움에 어울려, 흐느껴 물살짓는 어깨"를 수없이 반복하면서 기다리는 서글픈 상황이다. 계급적 지평에서는 불안하고 고난에 찬 그들의 사랑이지만, 춘향은 수청처럼 맑고 깨끗한 마음으로 님을 기다린다. "서방님은 바람같단들 어느때고 바람은 어려울 따름"이라는 굳은 신념으로 온갖 불안한 상념을 다 뿌리친다. 결코 이별한 님을 한탄하지 않으면서 산이나 언덕에서, 그리고 바람에서도 님의 호흡을 느끼며, 수정 같은 마음으로 님을 기다리며 환상으로 그려볼 따름이다.

박재삼은 「待人詞」에서도 님 생각 때문에 어떤 다른 일에도 흥미없이 언제 올지 모르는, 아니 올 줄도 모르는 님을 호흡하며 어느 날인가 님이 돌아와 눈물 속의 한(恨), 즉 현실에서는 불가능한 계급적 초월을 기대하며 간절하게 기다리는 처절한 모습이 부각되어 있다.

> 저 칠칠한 대밭 둘레길을 내 마음은 늘 바자니고 있어요. 그러면, 훗날의 당신의 구름같은 옷자락이 不測스레 보여 오는 것이어요. 눈물 속에서는, 당신 얼굴이 여러 모양으로 보여 오다가 속절없이 사라지는, 피가 마를 만큼 그저 심심할 따름이어요. 그러니 이 생각밖에는요.
>
> 『당신이 오실 땐 그 많은 다른 모양의 당신 얼굴을 한 얼굴로 다스리시고, 또한 대밭 둘레길에 사무친 恨의 내 얼굴일랑은 당신의 옷자락에 載陽치듯 환하게 하시라』고요.
>
> — 박재삼, 「待人詞」 전문

이 시에서 춘향의 마음은 항상 저 대밭 둘레길에 오시는 듯한 도련님 당신 생각 때문에 다른 일은 흥미가 없고 "저 칠칠한 대밭 둘레길을 내 마음은 늘 바자니고 있"는 것이다. 춘향은 대밭 둘레길을 "피가 마를 만큼" 보고 기다려도 도련님은 아니 오고 그녀의 눈가엔 어느덧 속절없는 눈물만이 흐르고 있다. 춘향의 그리움에 지친 눈물 속에는 "훗날의 당신의 구름같은 옷자락이 不測스레 보여 오"기도 하고 "당신 얼굴이 여러 모양으로 보여 오다가 속절없이 사라"지기도 한다.

나아가 춘향은 도련님 "당신이 오실" 땐 "대밭 둘레길에 사무친 恨의 내 얼굴일랑은 당신의 옷자락에 載陽치듯 환하게" 씻어지길 기대하며 매양 춘향은 님을 기다리고 있는 것이다. 언제 올 지도 모르고 어쩌면 영원히 오지 않을지도 모르는 도련님을 기다리는 춘향의 피가 마를 듯한 기다림의 번뇌가 이 「待人詞」에 사무치게 누적되어 있다.

퇴기의 딸이라는 춘향의 신분에 양반 도령과의 당당한 정식 혼사를 누가 인정해 줄 수 있는가. 오직 도련님과 춘향과의 언약일 뿐 아닌가. 믿을 수 있는 것은 도련님뿐인 것이다. 그러하기에 피가 마르는 심정으로 기다릴 수밖에 없는 가여운 존재가 춘향인 동시에 민족 정서를 포괄하는 한맺힌 기다림과 사랑, 그리움의 표상인 것이다.

이에 반해 김소월은 「春香과 李道令」에서 조국 강산의 아름다움을 예찬하면서, 그 옛날 평화롭던 시절에 아름다운 사랑을 속삭였던 춘향과 이도령을 부러워하는 마음을 회고조로 읊조리고 있다.

> 平壤에 大洞江은
> 우리 나라에
> 곱기로 으뜸가는 가람이지요
> 三千里 가다가다 한가운데는
> 우뚝한 三角山이
> 솟기도 했소.
>
> 그래 옳소 내 누님, 오오 누이님
> 우리 나라 섬기던 한 옛적에는
> 春香과 李道令이 살았다지요.
>
> 이편에는 咸陽, 저편에는 潭陽,
> 꿈에는 가끔가끔 山을 넘어
> 烏鵲橋 찾아찾아 가기도 했소.

그래 옳소 누이님, 오오 내 누님
해 돋고 달 돋아 南原 땅에는
成春香 아가씨가 살았다지요.
— 김소월, 「春香과 李道令」 전문

　인용시는 대동강과 우뚝한 삼각산이 있고, 과거 남원 땅에서는 성춘향 아가씨가 뜨겁게 사랑을 나누었던 아름다운 우리 강산이 지금은 일제하의 지배하에 있어 안타까운 현실 통찰이 기저를 이루고 있다. 즉, 지금은 일제에 의해 탄압당하는 빼앗긴 조국 강산이지만, 그 옛날에는 오작교를 찾아 서로 사랑을 나누었던 순수하고 아름다운 사랑의 정신이 우리 민족의 원형적 모습임을 강조하고 있다. 춘향과 이도령의 만남이 영원한 사랑의 대명사로 남아있는 이 땅에 들어와 민족 정신을 말살하는 일제의 지배 논리에 의한 탄압을 우회적으로 비판하고 있는 것이다.

　춘향과 이도령이 만나 열렬하게 사랑하였던 것은 전설처럼 남은 그 옛날의 상황일 뿐이고, 지금의 조국 강토는 일제하의 상태이기에 그 아름답던 사랑의 회고는 봉건사회의 계급적 질서보다 더욱 더 완강한 현실만을 부각시킬 뿐이다. 패러디는 전통의 계승과 위반이라는 이중적 성격7)을 지니고 있는 바, 이 시에서는 완판본 「춘향전」을 표백한 춘향의 기대 지평이 조국의 상실에 의한 현실 지평과 합쳐져 민족적 원형 정서로서의 한 연인으로 재생산된 것이라 볼 수 있다.

---

7) Linda Hutcheon, 김상구·윤여복 역, 『패러디 이론』(문예출판사, 1992), 113쪽.

4 맺음말

패러디텍스트의 연구는 작품을 재단하는 것이 아니라 한 사람의 수용자로서 밀도 있게 작품을 완성해 나가는 과정이다. 또한 시인도 창작 이전에는 한 사람의 독자라는 것을 염두에 두지 않는다면 창작 동인이 도외시될 소지가 있다. 따라서 본고는 우선 현대의 시인이 「춘향전」을 시대적 요인과 관련하여 어떻게 인식하였으며, 무엇을 패러디텍스트로 구현했는지 그 양상을 수용미학적 관점으로 밝혀보고자 하였다. 이를 요약하면 다음과 같은 두 가지 유형으로 구분된다.

첫째, 서정주의 「春香遺文」, 박재삼의 「華想譜」·「綠陰의 밤에」·「無縫天地」 등의 유형은 비극적 지평에서 영원성을 지향하는 의식을 드러내고 있으며, 둘째, 서정주의 「다시 밝은 날에」, 박재삼의 「바람 그림자를」, 「水晶歌」, 「待人詞」, 김소월의 「春香과 李道令」 등의 유형은 계급적 지평에서 원형성을 지향하는 의식으로 형상화된 것이 가장 두드러진 특징이다. 이 중에서도 김소월의 시는 현실 지평과 기대 지평의 거리를 하나로 이어주는 구실을 한다는 점에 큰 의미를 부여할 수 있겠다.

그러나 차별성을 근간으로 하는 「춘향전」 패러디텍스트가 대부분 과거의 지평 속에 고착화되어 있어 과거와 현재를 차별하는 입체성을 확보하지 못한 점은 아쉬운 대목이다. 패러디텍스트는 원텍스트를 현실의 지평에 맞추어 비판적인 다양한 형식과 내용으로 수용했을 때만이 원텍스트와 패러디텍스트, 그리고 독자의 기대 지평을 변별력 있게 미학적으로 아우르는 동시에 현실 인식의 총체성도 부여할 수 있기 때문이다.

앞에서도 살펴보았듯이, 독자는 단순히 책을 읽는 자만이 아니라 사회를 형성하는 원동력이다. 따라서 이러한 작품의 독자들은 사랑에 대한 나름대로의 가치관을 형성하는 데 있어 작품의 영향이 지배적이다. 이처럼 독자의 문학 경험이 독자의 실생활 이해 범위 안으로 들어와 독자의 생활 경험을 형성해 주어서 실제의 사회적 환경에 영향을 미칠 수 있음을 전제할 때, 수용미학에서 강조하는 문학의 사회적 기능은 분명해질 수 있다.

종래의 문학사회학에서 문학이 주어진 현실의 서술이라는 모방이론의 한계와 마르크스주의 문학방법론에서 문학이 사회 반영의 역할만을 할 뿐이라는 것을 염두에 둘 때, 수용미학의 독자는 문학 경험으로 사회적 태도를 위한 제한된 공간을 확대시켜 새로운 소망 요구 목적에 대처하도록 해주어 미래의 현실 경험을 위한 길을 열어주는 통로 구실을 한다. 다시 말해서, 이러한 작품의 독자들은 순수한 사랑의 지각이 가능케 된다는 점에 큰 의미를 부여할 수 있을 것이다.

찾아 ■ 보기

석정 시의 시간과 공간

인쇄일 초판 1쇄 2004년 2월 15일
        2쇄 2015년 8월 10일
발행일 초판 1쇄 2004년 2월 27일
        2쇄 2015년 8월 16일

지은이 강 희 안
발행인 정 찬 용
발행처 **국학자료원**
등록일 2006.113.02 제2007-12호

서울시 강동구 성내동 447-11 현영빌딩 2층
Tel : 442-4623~4 Fax : 442-4625
www. kookhak.co.kr
E- mail : kookhak2001@hanmail.net
ISBN 978-89-541-0179-0 *93810
가 격 17,000원

★저자와의 협의 하에 인지는 생략합니다.